KB261611

오표

오포 4

나의 산에서 판타지 장편 소설

초판 1쇄 찍은 날 § 2007년 3월 27일
초판 1쇄 펴낸 날 § 2007년 4월 7일

지은이 § 나의 산에서
펴낸이 § 서경석

편집장 § 문혜영
편집책임 § 최하나
편집 § 문정흠

펴낸곳 § 도서출판 청어람
등록번호 § 제1081-1-89호
등록일자 § 1999. 5. 31
어람번호 § 제1-0813호

주소 § 경기도 부천시 원미구 심곡1동 350-1 남성B/D 3F (우) 420-011
전화 § 032-656-4452 팩스 § 032-656-4453
http://www.chungeoram.com
E-mail § eoram99@chollian.net

© 나의 산에서, 2006

ISBN 978-89-251-0624-3 04810
ISBN 89-251-0466-0 (세트)

FIVE GUN
Fantasy Frontier Spirit
오포
[복수] ― 완결
나의 산에서 퓨전 판타지 장편 소설
4
도서출판 청어람

CONTENTS

쟌다르크와 피타고라스

“무엇입니까?”

“시간을 끌라는군.”

“방법을 생각해 보겠습니다.”

회의는 언제나 그렇듯이 지루한 이야기들이 오갔다. 특히 오늘은 더했다.

오늘 회의의 주요 논의 사항은 발렌 성의 공략에 관한 것이었다. 하지만 회의를 한다고 해서 획기적인 방법이 나올 것 같지는 않았다.

회의라는 것이 어떠한 의견을 돌출해 내기 위해서 여러 사람의 의견을 수용하고 가장 적합한 방법을 취하는 방식이었지만, 인수는 요즘 들어 이러한 방법에 적잖이 실망하고 있었다. 실망의 원인은 장시간의 회의에도 불구하고 뚜렷한 해결책이 나오지 않는다는 것에 있었다. 이렇게 탁상공론만 할 바에는 차라리 독재자가 되는 것이 낫겠다는 생각마저 들었다. 그런 인수의 생각을 아는지 모르는지 오늘은 부사령관들 외에도 각 진영에서 기사들 몇이 더 참석해서 지휘부의 막사가 평상시보다 더 북적거렸다.

"오늘 있었던 항복 권유를 이스터 자작은 단호히 거부했습니다. 이제 남은 것은 무력을 통한 점령뿐입니다."

"정말 괜찮은 조건이었는데, 안 그런가?"

인수는 아쉬움에 입맛을 다셨다.

"그렇습니다."

몇몇 사람들이 추임새를 넣듯이 말했다.

정말로 나쁘지 않은 조건이었다. 만약 인수가 발렌 성에서 저항을 하고 있는 이스터 자작과 같은 상태에 놓이고 인수가 했던 제의를 받았다면 생각할 것도 없이 항복했을 것이다. 물론 적들을 믿는다는 대명제가 만족되어야 하겠지만.

"항복 거절의 이유로는 여러 가지를 생각해 볼 수 있습니다. 첫째가 그들의 항전을 독촉할 만한 믿는 구석이 있다는 것입니다."

"그 믿는 구석은 여기 있는 사람들이 전부 알고 있는 사실이 아닌가? 물론 구원병이 올 수도 있겠지. 그에 대한 대비는?"

인수가 정찰대 대장 미첼을 바라보며 물었다.

"이미 정찰병들이 완벽하게 주변을 통제하고 있습니다. 적들이 오우거의 장벽을 넘는다면 최소 일주일 전에 알 수 있습니다."

"좋아. 다음은?"

"둘째로 저희를 믿지 못한다는 것이 그들의 이유입니다."

"그 부분에 대해서는 뭐라고 할 말이 없군."

인수도 난감한 부분이었다. 적들의 피로 목욕을 했다는 등의 유언비어와 함께 항복을 해도 모두 죽인다는 소문이 퍼진 탓인지도 모른다. 격렬한 전투가 끝나고 옷에 피가 묻는 것은 당연했다. 아마도 그것이 와전된 모양이었다. 소문의 확대, 재생산은 인수가 손쓸 수 있는 부분이 아니었다. 어쩌면 소문이 조금 부족한 면이 있었는지도 모르겠다는 생각이 들었다. 유일한 해결책은 더욱 악명이 드날리게 만들어서 적이 인수를 보게 되면 오줌을 지리며 무조건 항복하게 만들도록 하는 것이었다. 그래야 이 전쟁이 불필요한 피를 흘리지 않고 조금은 더 빨리 끝나게 될 것이다.

회의는 계속되었지만 여전히 주제를 피해 겉돌고 있었다. 누구 하나 나서서 확고한 방법을 제시하는 사람이 없었다. 그만큼 발렌 성의 모습은 모두에게 부담감을 주었다. 너무나 쉽게 함락된 피넬 성과는 비교할 수 없을 정도로.

"발렌 성은 북부 5개 성 중 가장 오래된 성입니다. 처음 북부 영지를 개척할 때 '오우거의 장벽' 너머에 처음으로 완성된 성이 발렌 성이었습니다. '오우거의 장벽'이란 인간이 엘프들의 영역으로 들어오는 것을 저지하기 위한 장벽이었습니다. 이름에서도 알 수 있듯이 오우거가 아니면 넘지 못하는 곳이라는 의미를 가진 거대한 바위 절벽으로 이루어져 있으며, 외부와의 단절을 위해 엘프들이 땅을 솟아오르게 했다는 전설 같은 이야기도 있습니다. 하지만 어쨌든 해안가부터 북부 산맥까지 이어진 높이 50미터 이상의 바위 절벽은 인간의 영역이 확대되는 것을 막는 역할을 나름대로 충실히 했습니다."

"이야기가 옆으로 새는 것 같은데, 안 그런가?"

인수의 지적에 발표를 하던 리베 휘하의 기사가 헛기침을 했다. 기사가 발표한 내용은 인수도 모두 아는 내용이었다. 인수의 기억이 정확하다면 제목은 잘 기억나지 않지만 책에 쓰여 있는 내용이었다.

"죄송합니다."

리베가 조용한 목소리로 사과를 했다.

"괜히 나선 것 같군. 배경 지식을 자세히 아는 것도 중요하지. 더구나 이곳 지리에는 익숙하지 않은 게리슨 부사령관도 있으니 자세히 설명을 해주면 좋은 의견이 나오겠지."

인수는 그렇게 말하며 게리슨에게 눈길을 주었다. 좀처럼 적극성을 띠지 않는 게리슨에 대한 은근한 공격이었다.

"훌륭한 기사들이 많으니 좋은 의견이 나올 것입니다."

기다리고 있었다는 듯이 유연하게 받아넘기는 게리슨을 보며 인수는 역시나 쉬운 상대가 아니라는 생각이 들었다. 더구나 그의 모호한 말투는 더욱 그런 점을 느끼게 만들었다. 훌륭한 기사란 도대체 누구의 기사란 말인가? 미스트르의 기사들을 이야기하는 것인지, 아니면 다른 기사들을 지칭하는 것인지 저 모호한 말투를 듣고 있자면 은근히 화가 치밀어 올랐다.

"맞습니다."

리베가 부드러운 목소리로 게리슨의 대답에 응대를 했다.

인수는 리베가 점점 게리슨에게 물들어간다는 생각과 함께 어쩌면 둘 사이에 모종의 결탁이 있었는지도 모르겠다는 생각이 들었다.

인수가 잠잠하자 기사가 보고를 계속하기 시작했다.

"인간은 불가능이라 여겨졌던 오우거의 장벽에 결국 길을 만들고 오우거의 장벽을 넘어 자신들의 영역을 확장시켰습니다. 그리고 장벽을 넘은 인간들이 만든 첫 번째 거점이 바로 발렌 성이었습니다."

결국 오늘의 주제인 발렌 성이 기사의 입에서 나오기 시작했다. 발렌 성에 대한 이야기가 나오기까지 사설이 너무 길었다는 생각이 들었다.

　아직까지 오우거의 장벽에 대한 특별한 대책은 없었다. 그리고 아직까지는 발렌 성에 신경을 집중하는 것이 좋았다. 물론 상태에게 지시한 물건이 시간 안에 전달이 된다면 더할 나위 없이 좋았지만, 날짜상으로 봐도 지금 그 물건이 도착할 수는 없었다. 게다가 그 물건을 정말 사용할지에 대해서는 인수도 아직까지 판단이 명확히 서지 않은 상태였다.

　"몬스터들의 공격을 효과적으로 막아내기 위해서 성은 계속 증축, 보완되었고 지금에 와서는 북부의 5개 성 중 가장 방어력이 뛰어난 성으로 손꼽히고 있습니다. 크기도 일반적인 성의 두 배 정도 되는 크기입니다."

　"정확하게 조사된 내용이 있나?"

　인수는 좀 더 공격적으로 회의를 이끌 필요를 느꼈다. 문학적인 설명보다는 정확하고 계산적인 설명이 공성에 더 보탬이 되기 때문이었다.

　"공식적으로 8번 증축되었고, 크기상으로 비교하면 베르켄 성의 두 배 정도로 기록되어 있습니다."

　리베가 보고를 하는 기사를 대신해서 말했다.

　눈으로 봐도 그 규모가 베르켄 성보다는 훨씬 컸다.

　"그렇군."

　인수는 물론 이미 알고 있던 내용이었다.

　"제가 대신 보고를 해도 되겠습니까?"

리베가 약간 못마땅한 얼굴로 말했다. 아무래도 인수가 계속 보고를 지연시킨다고 생각한 모양이었다. 인수가 일부러 지연시킨 것은 아니었다. 단지 좀 더 빨리 회의를 끝내고 싶었을 뿐이었다. 하지만 상대가 그렇게 생각한다고 굳이 변명을 할 필요는 없었다.

"그렇게 하도록 해, 리베 부사령관."

"발렌 성은 북부 다섯 개 성에서는 유일하게 해자를 가지고 있습니다. 해자의 넓이는 30피트이며, 깊이는 공식 기록이 없습니다."

"해자의 깊이를 조사할 수 있습니까?"

듣고만 있던 게리슨이 입을 열었다.

"시도는 할 수 있겠지만 정확한 깊이를 알기는 힘들 것입니다. 적도 이미 우리에 대한 충분한 대비가 되어 있는 상태이기 때문입니다. 어쩌면 무척 깊어졌을지도 모릅니다."

리베가 신중한 태도로 말했다. 그렇지만 인수에게는 큰 감흥이 없었다. 조금만 관심을 가지면 충분히 생각할 수 있는 문제였다.

"사령관님, 해자를 메우는 것이 어떻겠습니까?"

인수는 의외라는 얼굴로 게리슨을 쳐다봤다.

"제 얼굴에 뭐가 묻었습니까?"

게리슨이 얼굴을 쓰다듬으며 미소를 지었다.

'응, 재수없고 가식적인 미소로 가득 차 있어' 라고 대꾸하고 싶었지만 그렇게 보이는 대로 말할 수는 없었다. 게리슨은 가장 많은 병사를 보유하고 있으며, 연합의 한 축이었다. 아직까지는…….

"좋군, 아주 좋아."

인수는 가식적인 느낌이 들 정도로 큰 소리로 말했다.

"계속해도 되겠습니까?"

그런 인수의 반응에 크게 개의치 않겠다는 것인지, 아니면 무시를 하고 있는 것인지 게리슨이 인수를 보며 물었다. 역시나 입가에 미소를 걸고.

"좋은 의견이 나오면 좋겠군."

"저도 보탬이 되면 좋겠습니다."

역시 한마디도 지지 않았다. 지금의 모습이 그의 진정한 모습이라는 생각은 들지 않지만 위험한 놈이라는 생각에는 변화가 없었다.

"다들 알고 있겠지만 해자가 있는 성의 공략은 몇 가지 정형화된 공격 방법이 있습니다. 그중에서 제가 제안하는 방법은 해자를 메우는 것입니다. 시간이 조금 걸리기는 하겠지만 가장 확실한 방법이라고 생각합니다."

"그 방법이 가장 일반적이기는 하지만 많은 시간과 병력의 축차 소모는 어떻게 생각하십니까? 적은 이미 그에 대한 대비를 하고 있을 것입니다. 작업하는 병력을 보호할 방법이 있습니까?"

리베가 제법 날카롭게 질문을 했다. 저런 면으로 보면 둘 사이에 인수가 모르는 연계가 이루어진 것 같지는 않았다.

"리베 부사령관님, 좋은 의견입니다. 저의 이야기가 끝나면 충분한 대답이 될 것입니다. 일단 저희에게는 공성 무기가 전무하다시피 합니다. 발리스터나 공성차 같은 것도 없습니다. 지금은 거의 쓸모가 없는 공성추만을 가지고 있습니다."

쓸모가 없다는 부분을 말하며 게리슨의 눈길이 슬쩍 인수를 스쳐 지나갔다.

인수는 머리 속으로 참을 인 자를 되새기며 꾸욱 참았다.

"해자도 문제이지만 저 두껍고 단단한 성도 문제가 되는 것입니다. 그렇기에 저는 문제를 하나씩 해결해 나가자는 것입니다. 일단 공성탑을 만들어서 병사들이 해자를 메우는 작업을 하는 동안 적절한 견제를 하자는 것입니다. 해자만 메울 수 있다면 성을 넘는 것에는 큰 문제는 없을 것입니다. 안 그렇습니까?"

게리슨의 마지막 질문은 피넬 성 전투에 대한 감흥에서 하는 말인 것 같았다.

"해자만 없다면 지금 이렇게 회의를 할 필요도 없었겠지."

인수는 게리슨을 보며 조금은 냉소적으로 말했다.

"공성탑을 만드실 생각이십니까?"

리베가 미묘한 분위기를 눈치 채고 얼른 화제를 바꾸었다.

"그렇습니다, 리베 부사령관님."

"공성탑을 만들려면 시간이 꽤 소모될 것 같습니다만?"

"그렇기는 하지만 병사들의 안전도 고려해야 되기 때문에 공성탑이 꼭 필요하다고 생각합니다."

"훌륭한 판단이십니다, 게리슨 부사령관님."

"여기 있는 모두가 전부 그렇게 생각하고 있을 것입니다, 리베 부사령관님."

둘 사이의 달짝지근한 대화를 들으니 무언가 연계가 있었던 것도 같고, 아닌 것도 같았다.

재수는 회의가 지겨운지 귀를 후비고 있었다. 역시나 도움이 되지 않았다. 도신이는 또 어딘가 처박혀서 병사들을 닦달하고 있을 것이다. 결국 판단은 인수가 해야 했다.

게리슨이 주장하는 방법이 나쁘지는 않았다. 아니, 꽤 설득력있는 방법이었다. 게리슨이 갑자기 태도가 바뀐 것은 의심스러웠지만 어쨌든 인수에게 딱히 떠오르는 다른 공략 방법은 없었다. 더구나 공성탑을 모르지는 않았다. 언젠가 임진왜란을 다룬 드라마에서도 공성탑을 본 기억이 있었기 때문이다. 그것이 공성탑이 맞는지는 확신할 수 없지만.

"탑이라……."

"그렇습니다. 탑입니다. 설마 공성탑을 모르지는 않으시겠지요?"

무의식중에 소리를 내서 중얼거린 모양인지 게리슨이 덧

붙이듯 말했다. 약간은 비꼬는 듯한 말투였지만 지금 중요한
것은 그것이 아니었다. 모든 사람들의 시선이 인수에게 쏠려
있었다. 무의식중에 중얼거린 그 한마디가 게리슨의 계획에
대해 깊이 생각하고 있다는 인상을 준 모양이었다. 어디까지
나 인수는 사령관이었다.

'젠장.'

인수는 무언가 잘못되었다는 것을 직감적으로 알아차렸
다. 게리슨의 계획이 어느 정도 설득력이 있었기 때문에 만약
지금 거부를 한다면 개인 감정으로 인해 거부한 것처럼 비추
어질 수도 있었다. 그리고 그것은 지휘부를 구성하고 있는 지
휘관들에게도 나쁜 영향을 미칠 수 있었다.

"나쁘지 않군."

인수는 마지못해 말할 수밖에 없었다.

"저도 그렇게 생각합니다."

기다렸다는 듯이 리베가 찬성을 표했다.

"하지만 지금 그것을 만든다면 시간이 많이 걸릴 것 같군."

"그렇기는 하지만 다른 대안이 현재로서는 없지 않습니
까?"

인수의 공격에 게리슨이 재빨리 반격을 했다. 말투나 어조
는 부드러웠지만 뼈있는 말이었다. 다른 공격 방법이 있으면
얘기해 보라는 식이었다.

"섣불리 판단하는 것은 좋지 않으니 공성탑에 대해서 더

이야기를 해보지. 준비가 되어 있나?'

　인수의 말이 끝나자 게리슨의 미소가 더 짙어졌다. 사실상의 항복인 셈이었다.

　"이미 생각해 둔 바가 있습니다. 일단 공성탑은 5개 정도 만들어서 적들의 방어가 한곳에 집중되지 않도록 할 생각입니다. 탑은 성벽의 높이를 감안해 최소 50피트 이상으로 할 생각이며, 발리스타 같은 것을 장치할 생각입니다. 그렇게 되면 적의 발리스타 같은 무기를 제거할 수도 있습니다."

　"덧붙여서 조금 더 규모를 크게 만들어서 석궁병을 배치하는 것도 좋을 것 같습니다."

　"좋은 생각입니다, 리베 부사령관님."

　"제가 괜히 나선 것 같습니다."

　"아닙니다. 아주 좋은 의견입니다."

　왠지 인수만 따돌림당하는 것 같았다. 그것은 인수가 원치 않는 전개였다. 역전의 기회를 노려야 했다.

　"공성탑이 그런 용도만 있는 것은 아니지 않나?"

　인수는 틈을 비집고 들어갔다.

　"그렇습니다. 공성탑에 트랩(다리)을 달아서 성벽에 직접 투입이 가능하기도 합니다."

　"그 방법으로 생각해 보는 것이 어떤가?"

　인수는 주도권을 잡기 위해 계속 말을 이었다.

　"하지만 그 방법을 이용하자면 트랩의 길이가 최장 30피트 이상이 되어야 합니다.”

“문제가 되나?”

“만들 수는 있겠지만 시간이 많이 걸릴 것입니다. 아니, 만들어낼 수 있을지도 의심스럽습니다. 공성탑의 높이를 50피트 정도로 예상하고 있는데 거기에 트랩을 붙인다면 계산상으로 따져도 80피트나 됩니다. 지금까지 그 누구도 해자가 있는 성에서 그런 긴 트랩을 이용한 공성탑을 사용한 전례가 없습니다.”

누구도 생각해 내지 못했다고 하니까 인수는 더욱 욕심이 생겼다. 성공을 하게 된다면 모두가 깜짝 놀랄 것이다.

“이번에 해보는 것도 나쁘지는 않을 것 같은데?”

“공성탑을 만드는 시간만 최소 20일 이상은 걸릴 것입니다. 그래도 하시겠습니까? 더구나 제 구실을 할지도 의심스럽습니다.”

“리베 부사령관의 생각은 어떤가?”

인수는 리베에게 화살을 돌렸다.

“사령관님의 의견이 대단하다는 생각은 듭니다. 하지만 다분히 모험적인 측면이 강합니다. 만약 공성탑이 제 구실을 못할 경우 시간만 허비하게 될 것입니다. 그렇기에 저는 게리슨 부사령관의 안정적인 계획이 나을 것 같습니다.”

“그렇다면 할 수 없지. 공격 계획은 세워져 있나?”

다리를 걸어서 성을 직접 공략한다는 계획은 즉흥적인 생각이었기 때문에 인수도 확신할 수는 없었다.

"예, 일단 견제용 공성탑 제작이 5일 정도 걸리고, 해자를 메우는 작업이 최소 5일 정도 소요될 것 같습니다."

"그 정도나?"

인수는 시간을 단축시키기 위해 일부러 반문을 했다.

"예, 그것도 최대한 단축한 결과입니다."

하지만 게리슨은 인수의 질문을 유유히 피해갔다. 최소 10일 은 꼼짝없이 허비하게 생겼다. 하지만 인수는 포기하지 않았 다. 역전의 기회는 아직도 있었다.

"게리슨 부사령관, 대단한 계획이야."

인수는 그렇게 말하며 가식적으로 박수를 쳤다. 나머지도 그런 반응에 즉각 동조해 박수를 치기 시작했다.

인수는 박수 소리가 잦아들기를 기다렸다가 회심의 일격 을 날렸다.

"공성탑과 해자를 메우는 일은 계획을 입안한 게리슨 부사 령관에게 맡기도록 하지. 열심히 하게나. 리베 부사령관과 나 도 최선을 다해서 돕도록 하겠네."

인수는 게리슨이 거부할 수 없도록 재빨리 말하고 박수를 쳤다.

막사 안은 인수가 유도한 박수 소리로 시끄러워졌다.

2

"당했어."

"그래도 시간은 벌지 않았습니까?"

"그렇기는 하지만……."

"그래도 대처를 잘하셨습니다."

"그런가?"

"예, 특히 공성탑에 그런 긴 트랩을 매단다는 계획은 정말 놀라운 계획이었습니다."

"나도 그 이야기를 들으며 속으로 무척 놀라고 말았네. 어떻게 그런 생각을 해냈는지. 잘못했으면 시간을 더 끌지 못했을지도 몰라."

"다행스럽게도 스스로 계획을 포기한 덕에 일이 쉽게 풀리는 것 같습니다. 어쩌면 즉흥적인 생각이었는지도 모릅니다."

"그렇다 해도 그들의 생각이 너무 뛰어나다는 생각이 드는군."

"어차피 이용물에 불과합니다. 최대한 시간을 끌면서 일을 수행하면 됩니다."

"병사들의 피해가 클 것 같아 걱정이군."

"대의를 위한 희생입니다. 국왕 전하께서도 탓하지 않으리라 생각합니다."

"그렇지. 대의."

“예, 대의. 그것이 중요합니다.”

“해자를 넘을 수 있겠습니까?”
한 녀석이 물었다.
“있어.”
짧게 대답해 주었다. 회의에는 참석도 안 하고 숨어 있다가
이제야 얼굴을 내민 녀석이었다.
“그 뒤의 성벽은?”
또 다른 녀석이 이번엔 미심쩍은 눈을 하고 물었다.
“있어.”
이번에도 똑같이 짧게 대답해 주었다.

말을 무조건 길게 한다고 해서 상대방이 이해를 잘할 것이
라고 생각하면 안 된다는 것을 경험으로 알고 있었다. 물론
길게 설명하면 조금 더 이해를 잘할 수도 있겠지만, 지금은
그런 일반적인 경우와는 달랐다. 이해 이전에 믿음을 주어야
하는 경우였다. 이런 경우 장황한 설명보다 오히려 이런 짧은
단답식의 대답이 듣는 이에게 더 많은 믿음을 준다는 것을 경
험으로 알고 있었다. 또한 일을 해나가는 데에 있어서 믿음만
큼 중요한 것도 없었다.

“정말입니까?”
서로의 생각을 교환할 수 있는 어떤 특별한 매커니즘이라
도 있는지 이번엔 둘이 합창을 했다.

생각보다 믿음을 주지 못했다는 것을 알 수 있었다.

하긴 언제나 어디로 튈지 모르는 럭비공처럼 이들은 아메바가 아니라 생각을 가진 인간이었다. 가끔은 너무 단순해서 아메바라는 생각이 들기도 하지만, 그렇다고 이들을 무시하거나 깔아뭉갤 생각은 해본 적이 없었다. 이들은 친구였다. 물론 이들은 그렇게 생각하지 않을 수도 있었다. 요즘 들어 더욱 그런 느낌을 받는 경우가 많아졌다. 그것은 말로써가 아니라 행동이나 기타, 다른 무언가의 것으로 느낄 수 있었다.

"시끄럽다."

이번에도 짧게 대답했다. 물론 이번엔 물음을 원천 봉쇄하는 것이 낫다는 걸 알기에 약간 강한 어조로 말투도 살짝 거칠게 내뱉었다. 그렇다고 눈앞에 있는 이들이 겁을 먹지는 않을 것이다. 이들은 이미 남이 휘두르는 칼에 자신의 몸을 내맡긴 적이 있었다. 그것도 한 번이 아닌 여러 번이나. 눈부시게 반짝거리는 검 앞에서도 꿈쩍하지 않는데, 하물며 분홍빛의 가녀린 모습을 가진 세 치 혀에 겁을 낼 이유가 없었다. 물론 겁을 먹을 만한 뇌도 가지고 있지 않다고 가끔은 믿고 싶어졌다. 그 편이 더 좋을지도 모른다. 아무것도 모르면 번뇌도 그만큼 줄어드니까.

"일단은 게리슨에게 공격을 맡길 거니까 병사들을 적당히 쉬게 해주면서 훈련에 힘을 쏟아."

일방적인 명령을 내렸다. 이러지 말아야지 하면서도 이렇게 일방적으로 명령을 내리게 된다. 이들을 좀 더 생각한다면 이런 식으로 대하면 안 된다고 느끼고는 있지만, 막상 이들과 대화를 하다 보면 이들이 한없이 어리고 보호해 주어야 할 존재로 느껴졌다. 어쩌면 그것이 이들의 명을 단축하게 만들지도 모른다는 생각이 들었지만, 그것은 나중의 문제였다. 아직까지 이들은 아주 팔팔하게 살아 있다.

'내가 없다면 이들은 어떻게 될까?'

쉽게 답을 내리기가 어려웠다. 막연하게 어떻게 되겠지 하는 생각도 들지만 그것은 너무 무책임하다는 생각이 들었다. 주위에는 이들을 노리는 늑대들이 너무나 많았다. 특히 주인의 말을 잘 듣는 충직한 개처럼 행동하는 2마리 늑대를 조심해야 한다. 이들도 아주 바보는 아니어서 막연하게 싫은 놈들이라 생각하곤 있겠지만 좀 더 고차원적으로 행동을 할 필요가 있었다. 막연한 경계만으로는 어딘가 부족했다.

리베와 게리슨은 회의가 끝나자 곧바로 자신들의 막사로 돌아갔다. 간단한 인사를 남긴 채 뒤돌아서는 그들을 보며 인수는 머리가 복잡해졌다.

그들을 과연 언제까지 믿을 수 있을까? 그런 물음에 인수는 아직까지 확답을 할 수 없었다. 강인한 모습으로 현재 그들을 이끌고 있었지만, 그것도 오래 지속되지는 않을 거라는 것을 어렴풋이 느끼고 있었다. 한 번이라도 패하게 되면 그 뒤로는 걷잡을 수 없이 일이 커질 것이고, 그 순간 그들은 날카로운 이빨을 드러낼 것이다. 그전에 무언가 대비를 해두어야 한다는 생각이 들었지만 딱히 좋은 방법이 떠오르지는 않았다. 그렇다고 마냥 손놓고 있기에는 치러야 할 희생이 너무 컸다. 어차피 잠도 잘 오지 않으니 그 방법들을 생각하는 것도 좋을 것 같다는 생각이 들었다.

불면의 밤이 갈수록 길어지고 있었다. 불면증의 원인이 전장에서 느끼는 불안감과 스트레스 때문인지, 아니면 단순히 불면증이 생긴 것인지 알 수가 없었다. 어쨌든 오늘도 뜬눈으로 밤을 새야 할지도 몰랐다. 물론 잠을 못 자는 만큼 좋은 생각이 떠오른다면 그것으로 만족할 수 있었다. 그만큼 지금의 상황은 절박했다.

"무슨 생각해?"

"응? 뭐?"

갑자기 들려온 목소리에 인수는 깜짝 놀라고 말았다. 또 머릿속에서 상상의 나래를 혼자 펼치고 있었다는 것을 알았다.

"무슨 생각을 그렇게 하냐고? 형수님들 생각했어?"

재수의 음성이 은근했다.

"크, 형수님은 무슨… 네가 케이트 보고 싶은 건 아니고?"

"들켰나?"

재수가 순순히 시인을 했다.

날짜로 따져 보면 출정을 한 지 얼마 지나지 않았지만 느낌 상으로는 벌써 한 일 년은 지난 것만 같았다.

"농담 그만 하고 할 말 없으면 그만 가봐."

"좀 더 있다 가면 안 될까?"

"왜? 할 말 있냐?"

"아니, 한인수 병장이 외로워 보여서. 그렇지 않냐, 도신아?"

"예, 요즘 들어 피곤해 보이십니다."

도신이까지 한다리 끼어들었다.

인수는 그런 그들이 싫지 않았다. 누군가 자신을 걱정해 준다는 것이 어쩔 때는 부담스럽기도 하지만 어쩔 때는 힘이 되기도 한다.

"피곤은 무슨……."

인수는 그렇게 얼버무렸다. 어쩌면 정말 피곤한 건지도 몰랐다. 단지 누군가에게 약하게 보이고 싶지 않아서 애써 외면하고 무시하는 것인지도 모른다.

"아니야. 요즘 들어 피곤해 보여!"

재수가 평소 같지 않게 걱정스러운 얼굴로 인수를 쳐다봤다. 저런 표정을 짓는 걸 보니 이미 얼굴에 드러난 것 같았다. 포커페이스 같은 얼굴이 인수에게는 아직 많이 낯설었다. 감정의 조절이 지금도 제멋대로였다. 특히, 얼굴 표정은 신경을 쓰지 않으면 금방 남에게 드러나 버린다. 지금처럼.

“그냥 제대로 가고 있는 건지 갑자기 불안해지잖아.”
인수는 사실대로 말해주었다.
“흠.”
“그렇습니까?”
둘 다 의외라는 얼굴이었다.
“왜?”
“그냥 평소하고 많이 달라서 그렇습니다.”
도신이가 먼저 말했다.
“뭐가?”
“가끔 우리가 알던 한인수 병장이 맞나 하는 생각이 들 때가 있었거든.”
인수의 의문에 재수가 답했다.
“그래?”
“응.”
“나 고백할 게 있어.”
인수가 조용히 입을 열었다.
“뭔데?”
“나, 사실은 한인수가 아니야.”
“그럼 뭔데?”
재수가 시큰둥한 반응을 보였다.
분위기를 보니 어설픈 농담이 통할 것 같지 않아서 인수는 잠시 머뭇거렸다.

“말하십시오. 외계인이라던가, 아니면 귀신이라던가 같은 식상한 대답만 빼고.”

도신이가 눈에 힘을 주며 말했다.

“미안하다, 식상해서.”

인수는 사과를 하며 속으로 재미없는 놈들이라고 욕했다.

“앞으로는 조심해.”

재수가 엉덩이를 의자에서 떼며 말했다.

“크, 내 가슴에 비수를 박는구나.”

인수가 가슴을 움켜쥐며 고통스러운 듯한 표정을 지었다.

“재미없습니다.”

도신이도 그렇게 말하며 일어섰다.

갈 생각인 모양이었다.

“정말 재미없는 거야?”

“응. 하지만 오늘 마지막에 한 방 먹인 것은 멋있었어.”

재수가 엄지를 세우며 말했다. 회의에 관심없는 것 같더니 그 부분은 제대로 들은 모양이었다.

“직접 게리슨의 표정을 봤어야 하는 건데. 다음번에는 꼭 회의에 참석하겠습니다.”

“내 꿈꿔.”

인수는 재수와 도신에게 화답을 해주었다.

인수는 간만에 깊은 잠에 들었다. 깊은 잠을 자게 된 원인이 통쾌함에서 기인했다는 사실을 부인할 순 없을 것이다. 그리고 인수는 잠에서 깨자마자 꿈에서 본 것을 잊을 세라 급하게 종이에 꿈에서 본 내용을 적어 나가기 시작했다.

인수가 고민하던 모든 해결책은 꿈속에 있었다. 그것은 일종의 신탁이라고 할 수 있었다. 신은 가끔 엉뚱한 방법으로 어린양을 이끌어간다는 멋들어진 표현을 머릿속에 생각해 냈다. 정말 꿈을 꾸지 않았다면 기억해 내지 못했을지도 모른다.

"쟌다르크라……."

인수는 그렇게 종이에 쓴 꿈의 내용을 보완하기 시작했다. 이대로만 된다면 더 바랄 것이 없었다. 만약 성공하게 되어 어떻게 생각해 냈냐고 물으면 할 말이 없을지도 몰랐다. 일단은 인수의 의도대로 사악한 음모가 드러나지 않게 모든 것이 자연스럽게 흘러갈 수 있도록 만드는 것이 급선무였다. 게다가 '그것' 을 생각해 내야 했다. '그것' 이 이번 일의 핵심이었다. 머리가 제대로 움직일지 고민이 되었다.

3

"낮의 일은 정말 예상 밖이었습니다."
"나도 놀랐네. 그런 방법을 쓸 줄이야."
"조금 단축되기는 하겠지만 영향을 미치지는 않을 것입니

다. 해자를 메울 때 가능한 천천히 진행해서 시간을 벌어야
합니다.”
　“역시 그 방법밖에 없겠군.”

　“일 잘하고 있나 구경이나 한번 가자.”
　인수의 뜬금없는 말에 재수는 어리둥절한 표정을 지었다.
　“무슨 소리야?”
　귀찮아하는 기색이 역력했다.
　“내가 좋은 구경시켜 줄게.”
　인수는 다시 한 번 말했다. 이번에는 좀 더 은밀하게 말했
다. 마치 무언가 즐거운 것이 있다는 냄새를 풍겼다.
　“무슨 구경?”
　재수가 관심을 보였다. 역시 은밀하게 말하는 것이 재수에
게는 더 효과가 있었다.
　“아주 좋은 구경이야.”
　“구경은 싸움 구경, 불구경이 최곤데.”
　“보기나 해. 아주 멋질 테니까.”
　“방어는?”
　재수가 목책 주위를 쳐다보며 말했다.
　재수의 반응에 오히려 인수가 당황스러웠다. 재수가 이런
책임감을 가진 녀석이었나 하는 생각이 들었으나 인수는 이
내 그 생각을 지워 버렸다. 역시 사람은 발전하기 마련이라는

생각이 들었다. 결국 재수도 사람이었다.

"리베한테 미리 말해뒀으니까 알아서 할 거야. 가자."

"그러면 뭐, 할 수 없지."

마치 마지못해 따라가는 것처럼 재수가 따라왔다. 혼자 가도 되는 일이었지만 둘이 할 때 더 즐거운 일도 있는 법이었다.

작업장은 무척이나 부산했다. 아직 자리가 잡히지 않아서 더욱 그런 것 같았다. 늦게까지 자는 모양인지 게리슨의 모습은 보이지 않고 기사들 몇이 통제를 하고 있었다.

그 모습에 인수는 왠지 배가 아파왔다. 누구는 아침 내내 '그것' 을 생각해 내느라 머리가 다 아팠다. 물론 머리가 아직까지는 많이 녹슬지 않아서 '그것' 을 기억해 낼 수 있었지만, 한편으로는 '그것' 을 기억해 낸 자신이 대견스러워서 자기 자신을 칭찬하기까지 했다. 그리고 불완전한 요소가 포함된 계획은 순식간에 완전한 계획으로 완성되었다. 그것을 생각하자 아프던 배가 조금은 나아지는 것 같았다. 복수는 아름답게 하면 되는 것이다.

망치질과 도끼질의 쿵쾅거리는 소음, 시큼한 땀 냄새에 때로는 고함과 욕설이 튀어나오기도 했다. 더불어 작업 속도도 그와 비례해서 상승하고 있었다. 하지만 그래도 어딘가 부족했다. 아니, 부족하다고 느끼고 있었다. 그 부족함을 채우기 위해 인수는 특별한 것을 준비했다.

인수의 모습을 알아봤는지 기사 한 명이 이쪽으로 다가오고 있었다.

"사령관님, 어서 오십시오."

기사는 제법 멋들어진 동작으로 군례를 취하며 말했다. 이름까지는 기억나지 않지만 몇 번 얼굴을 본 적이 있는 자였는데, 게리슨의 최측근은 아니었다. 오히려 인수에게는 그 편이 나았다. 인수가 하려는 일에도 도움이 될 것임이 분명했다.

"이른 아침부터 수고가 많군. 경의 이름이 어떻게 되는가?"

인수는 친근하게 대하며 이름을 물었다. 이름을 묻는다는 것은 친근감의 표시였다.

"리암, 리암 포엘입니다."

"좋은 이름이군. 기억해 두지, 리암 경."

의미없는 말이지만 인수는 친근감을 담아서 말했다. 물론 부드러운 미소를 덤으로 곁들였다. 효과는 금방 나타났다. 리암은 감동까지는 아니어도 조금은 고무된 모습이었다.

"그런데 여기는 어쩐 일로……?"

조금은 소심한 성격인지 리암은 말끝을 흐렸다. 인수에게는 좋은 징조였다.

"같은 연합군이 아닌가? 이렇게 고생을 하는데 사령관으로서 그대들의 노고를 치하하고자 왔네."

"연합의 일원으로서 최선을 다하고 있을 뿐입니다."

인수의 말에 제법 화기애애한 응대의 말이 따라왔다. 제법 이야기가 잘 풀리는 것 같았다.

"공성탑의 설계는 끝났나?"

"예, 이미 설계는 끝났습니다."

"빠르군, 빨라. 역시 미스트르의 정예병인가!"

인수는 괜히 감탄한 척 말했다.

"과찬의 말씀이십니다."

싫지는 않은지 대답하는 리암의 얼굴에 미소가 감돈다.

[미쳤지?]

재수가 뒤에서 한국말로 물었다.

[왜?]

[닭살 돋을 것 같은 말을 계속하니까 그렇지. 오늘 아침에 이상한 것 먹은 거 아니야?]

[기다려 봐. 사전 작업은 철저히 해야 좋은 거야.]

리암이 뭔가 눈치를 챘는지 경계의 눈빛으로 쳐다봤다. 어조라는 것은 숨길 수가 없는 모양이었다.

[웃어. 망치면 내 손에 죽을 줄 알아.]

인수는 웃는 얼굴과 다르게 재수에게 살짝 협박을 했다. 괜히 재수를 데려왔다는 생각이 들었다.

"미안하군, 리암 경. 엘프디언 장이 바쁜 사람을 붙잡아두었다고 핀잔을 주는군."

"아닙니다. 오히려 이렇게 찾아와 관심을 가져주시는 것만으로도 영광입니다."

어설픈 변명이 그럭저럭 먹힌 모양이었다. 재수 때문에 빨리 끝내는 것이 좋겠다는 생각이 들었다.

"공성탑을 설계한 사람을 직접 만나서 치하를 해주고 싶은데 가능하겠나?"

"물론입니다. 잠시만 기다리십시오."

얼마 되지 않아 나이가 꽤 되어 보이는 병사를 리암이 데리고 왔다.

병사는 인수와 눈도 제대로 마주치지 못하고 군례를 올렸다.

"자네가 그 뛰어난 장인인가?"

"예?"

노회한 병사는 조금 놀란 듯한 음성이었다. 인수의 귓가에 그 노회한 병사의 미친 듯이 뛰는 심장 소리가 들리는 것 같았다.

"엘프디언은 능력있는 사람들을 좋아한다네. 그러니 부담 갖지 말고 편하게 있게."

"예, 예, 알겠습니다."

대답에서 부담을 팍팍 가진 것을 느낄 수 있었다.

인수는 작은 주머니를 하나 꺼내 병사에게 내밀었다.

"약소하지만 자네의 노고에 대한 나의 치하일세."

병사는 감히 받을 엄두를 내지 못하고 주머니와 리암을 번갈아 쳐다봤다.

"받아두게, 그로네."

"감사합니다, 사령관님."

리암이 부드럽게 말하고 나서야 병사는 큰 목소리로 대답을 하고 주머니를 받았다. 주머니에는 조금 과하다 싶을 정도로 금화가 들어 있었지만 인수는 금화가 조금도 아깝지 않았다. 그는 계획의 중요한 일부였다.

"작은 당부를 하고 싶은데 그래도 되겠는가?"

"당부라니요. 당치도 않습니다. 명령만 내려주십시오."

효과는 빠르게 나타났다. 제법 배포도 커졌는지 이제는 대꾸도 하고 있었다.

"다른 건 아니고 적이 발리스타를 가지고 있다는 것 같아서 말이야. 공성탑을 튼튼하게 만들어주었으면 하네."

"걱정하지 마십시오, 사령관님."

"자네만 믿겠네."

"옛, 사령관님!"

인수는 병사의 대답을 들으며 흐뭇하게 미소를 지었다. 1단계는 성공이었다. 튼튼하게 만들어줄 거라는 생각이 들었다.

"아, 그리고 공성탑은 높이가 얼마나 되나?"

인수는 막 생각난 것처럼 말했다.

"60피트 정도로 잡고 있습니다."

조금은 아슬아슬한 숫자였다.

"그런가? 흠, 조금 곤란하군."

인수는 심각한 어조로 말했다.

"무슨 문제라도 있습니까?"

리암이 조바심을 내며 말했다.

"탑이 좀 더 높으면 아무래도 우리 군사들이 좀 더 유리하지 않겠나? 내가 계산을 해보니 65피트가 가장 적당하겠다는 생각이 들어서 말이야. 그 정도면 성가퀴 사이에 숨은 병사들도 내려다보며 공격할 수 있을 것 같기도 하고. 하지만 뭐, 60피트도 문제는 없겠지."

인수는 한발 물러서는 인상을 주었다. 물론 모든 것이 이미 계획된 행동이었다.

"아닙니다, 사령관님. 5피트 정도는 크게 문제가 되지 않습니다."

병사에게서 기다렸던 반응이 나왔다.

"내가 괜한 욕심을 부린 것 같아서 말이야. 괜히 일만 만드는 것은 아닌가?"

인수는 일부러 한 번 더 뺐다.

"아닙니다, 사령관님. 5피트가 더 높다면 아무래도 적을 상대하는 데 있어 더욱 편해질 것입니다."

이제는 인수를 옹호하기까지 한다.

"그렇게 생각한다니 다행이군. 최선을 다해주게. 자네만 믿겠네."

"염려 마십시오, 사령관님."

"이런, 내가 너무 시간을 많이 빼앗은 것 같군. 어서 돌아가 보게."

"예."

병사는 대답과 함께 인수에게 군례를 올리고 물러갔다. 병사의 뒷모습을 보며 인수는 마음이 훈훈해졌다.

이제는 2단계 작전을 펼칠 때였다. 2단계도 꼭 필요한 작전이면서 동시에 게리슨에게 한 방 먹일 수 있는 작전이었다.

"리암 경, 이것을 받아두게. 자네의 노고에 대한 나의 작은 성의라네."

인수는 그렇게 말하며 작은 주머니를 꺼내서 내밀었다.

"괜찮습니다, 사령관님."

"너무 적어서 그러는 건가?"

인수는 약간 화난 듯한 음성으로 말했다. 반응은 즉각 나왔다.

"아닙니다, 사령관님. 제가 어찌……."

리암은 그렇게 말하며 주머니를 받아 들었다.

"농담이네. 나는 기사들을 사랑한다네. 자네에게 이미 주군이 있는 것이 안타깝네."

인수는 마음에도 없는 소리를 했다.

“사령관님.”

리암은 감격에 겨운 표정이 되었다.

인수는 그 표정을 잠시 즐기다가 말했다.

“부탁이 하나 있는데 들어줄 수 있겠는가?”

“말씀만 하십시오.”

“다른 것이 아니라 여기에 기둥 하나를 세워줄 수 있겠나?”

“물론입니다.”

리암은 급히 작업을 하는 병사들에게 다가갔다.

[뭐 하는 거야?]

재수가 이해할 수 없다는 표정을 지었다.

[지금부터가 진짜야.]

[뭔데?]

[게리슨이 공성탑을 만드는 시간이 5일이라고 했지?]

[응. 그렇지.]

[그 시간을 단축시키면 어떻게 될까?]

[열 좀 받겠지. 행군할 때도 은근히 시간 끄는 것 같아서 재수없었는데 잘됐네. 근데 방법이 있어?]

재수도 은근히 그런 것을 느끼고 있었던 듯했다.

[응.]

리암의 명령을 받은 병사들이 부지런히 움직이더니 금세 기둥이 세워졌다.

“미치, 주머니를 줘.”

“예, 인수님.”

미치가 묵직한 주머니를 내밀었다. 안에는 금화가 가득 채워져 있었다. 인수는 미치의 단검을 빌려서 기둥에 단검을 깊숙이 박은 후에 단검의 손잡이에 금화가 담긴 주머니를 걸었다. 자신이 묵직하다는 것을 자랑이라도 하듯 주머니가 아래로 처지며 보기 좋게 걸렸다.

“이것은 가장 먼저 공성탑을 완성한 병사들에게 주는 나의 작은 선물이네. 자네가 병사들에게 나누어 주게.”

“감사합니다, 사령관님.”

리암이 대표로 인사를 했다. 주변에 있던 병사들의 눈이 점점 흥분으로 물들어 갔다. 이는 게리슨이 미처 예상하지 못한 일격이 될 것이다.

인수는 흐뭇한 눈으로 기둥을 쳐다봤다. 작업장이 벌써부터 활기차게 돌아가는 것 같았다. 풍족한 봄이었다.

4

“이상한 훈련을 한다던데?”

“조사를 해보았으나 특별한 것은 없었습니다.”

“그런가?”

“예, 통상적인 훈련이라고 합니다.”

공성탑은 4일 만에 완성되었다.

한눈에 보기에도 무척 튼튼하게 보여 인수를 더욱 기쁘게 만들었다. 이제 공성탑이 쉽게 부서지는 일은 없을 것이다. 더구나 인수의 계획과는 다르게 높이도 무려 70피트로 높아져 있었다. 인수로서는 손 안 대고 코를 푼 격이었다.

거대한 구조물이 움직이는 모습은 장관이었다. 물론 그것은 방관자이기에 그렇게 느껴지는 것이었다.

공성탑을 옮기는 것은 무척이나 힘들고 어려운 일이었다. 길을 매끄럽게 다지고, 병사들을 동원해서 밀고 당기며 아주 조심스럽게 옮겨야 했다. 그리고 적들의 불화살 공격에 견딜 수 있게 탑의 외벽에 충분히 물을 뿌려주어야 했다. 물을 뿌리는 작업 또한 매우 힘든 작업이었으나 이 모든 것이 사람의 인력으로 이루어졌다.

지금 당장이라도 인수가 생각한 방법을 쓰면 성을 함락시킬 순 있었지만, 그것은 인수가 원하는 것이 아니었다. 인수가 원하는 것은 미스트르 왕국군의 적당한 피해였다. 인수는 안전을 위해서 그것을 감수할 생각이었다. 인수가 불안함을 느낄 정도로 현재 미스트르 왕국군의 숫자는 많았다. 최소한 비슷하거나 같도록 만들어야 힘의 균형이 맞을 것이다. 이기적이고 반인륜적이기는 했지만 그것이 안전한 길이라고 애써 자기 자신을 위로했다.

공성탑이 해자 주위에 위치를 하고 미스트르 왕국군의 작업이 시작되었다. 그리고 그와 동시에 최초의 교전이 이루어졌다.

그것은 발렌 성에 당도한 지 5일 만에 벌어진 일이었다.

지휘부에는 지휘관들이 모여 잠시 후에 벌어질 공격을 보기 위해 옹기종기 모여 있었다.

"게리슨 부사령관, 그동안 고생이 많았어."

인수는 마음에도 없는 소리를 했다.

"사령관님이 도와주신 덕분입니다."

인수의 귀에는 게리슨의 말이 뼈있는 말로 들렸다. 물론 인수가 상금을 걸어둔 덕에 작업이 무척 빨리 진행되었다. 심지어는 한밤중에도 작업장에서 망치 소리가 들려올 정도였다.

"아니야, 자네의 병사들이 훌륭한 덕분이지."

인수는 그렇게 말하며 유들유들하게 받아넘겼다. 이제 3단계 작전이 시작될 찰나였다. 미스트르 왕국군에게는 불행한 일이겠지만.

적진에서 먼저 일제히 불화살을 쏘는 것으로 전투가 시작되었다. 공성탑을 일순간에 태워버릴 듯한 기세였지만 이미 그에 대한 대비가 충분히 되어 있었기 때문에 그다지 피해를 입지는 않았다.

곧 공성탑에 올라가 있는 미스트르 왕국군의 반격이 시작되었다. 공성탑 위에서 일제사격이 시작되자 효과가 있는지 성벽 아래로 떨어져 내리는 사람의 모습이 간간이 눈에 들어왔다. 그리고 고함과 비명 같은 전장의 소음이 점점 커지며 사람들을 집어삼키기 시작했다.

"슬슬 시작하는 것이 좋을 것 같은데?"

인수가 먼저 운을 떼었다.

"그렇게 하겠습니다."

게리슨이 명령을 내리는 것 같더니 공성탑 뒤에서 대기하고 있던 병사들이 움직이기 시작했다. 시작은 돌덩이를 실은 수레들이었다. 인수는 눈물을 머금고 힘들게 만든 수레를 이번 공성을 위해 내어놓았다. 인수가 분통 터지는 것은 저 수레들이 게리슨의 생각과는 다르게 아무 쓸모도 없는 일에 동원되었다는 것 때문이다. 지금이라도 당장 공격 방법을 바꾸고 싶은 생각이 들었지만 인수는 꾹 참았다.

적의 공격을 분산시키기 위해 총 10군데에서 해자를 메우기 위한 작업이 이루어지고 있었다. 하지만 적도 집요하게 공격을 가했고, 수레를 해자에 집어넣기도 전에 죽어 나자빠지는 병사들이 나오기 시작했다. 전투는 점점 더 치열해지고 있었다.

독전관의 목소리가 그런 비명들을 뚫고 들려오기 시작했고, 작업을 하는 병사들의 움직임이 좋아지기 시작했다.

"좋군."

인수는 그렇게 내뱉었다. 그 의미를 알고 있는 사람은 인수밖에 없었다.

발렌 성에는 투석기가 없는지 작업을 하는 병사들을 향해 돌덩이가 날아오지는 않았다. 어떤 면에서는 무척이나 다행스러운 일이었다. 투석기 같은 대형 병기가 등장하면 급격하게 전세가 기울 수도 있었다.

"발리스타다! 발리스타다!"

전장의 소음을 뚫고 발리스타라는 끔찍한 외침이 들려왔다.

"역시 있었군. 발리스타에 대해서 충분히 교육시켰나?"

인수는 게리슨을 보며 걱정스러운 얼굴로 물었다. 힘들게 만들어놓은 공성탑이 부서지기라도 하면 손실이 너무나 컸다.

"걱정하지 마십시오."

제법 다부지게 게리슨이 대답했지만 걱정을 안 할 수가 없었다. 공성탑에도 대형은 아니지만 중형의 발리스타가 달려 있다. 적의 발리스타를 파괴하기 위한 목적이었다.

공성탑의 공격이 좌우 측 한 곳씩에 집중되고 있었다. 아마 저곳에 발리스타가 있는 모양이었다.

그때 성문 좌측에서 무언가가 발사되는 모습이 인수의 눈에 들어왔다.

"젠장, 맞은 건가?"

인수는 자신도 모르게 주먹이 쥐어졌다. 이제 다음 수순이

기다리고 있었다. 거대한 쇠화살에 연결된 밧줄의 한쪽 끝은 바윗덩어리에 연결이 되어 있었다. 바윗덩어리가 성벽 아래로 떨어져 내리면 그 무게로 인해 공성탑이 쓰러지게 되는 원리였다.

인수의 우려대로 좌측에 있는 공성탑 하나가 기우뚱거리는 것 같더니 굉음과 함께 옆으로 드러누워 버렸다. 그것은 정말 눈 깜짝할 사이에 벌어진 일이었다.

거대한 크기와 무게를 자랑하는 공성탑이 반항 한 번 제대로 하지 못하고 옆으로 누워버린 것이다. 그래도 인수가 원한 대로 튼튼하게 만들어져서 그런지 박살이 나지는 않았다. 그 점은 인수를 만족스럽게 했다. 물론 공성탑 안에 있던 많은 병사들은 인수의 그런 만족스러움에 동의하지 않을 것이다.

이어 성벽 위에서 함성이 터져 나왔다.

"공성탑이 무너졌다! 공격!"

"적들을 물리쳐라!"

인수가 의도한 것은 아니었지만 듣고 있기가 꽤나 거북스러웠다. 적의 기세가 더욱 강성해진 것이다.

다행스럽게 적도 더 이상의 발리스타가 없는 것인지, 아니면 아끼고 있는 것인지 발리스타를 이용한 공격은 없었다. 해자를 메우는 병사들의 작업은 계속되었고, 남은 네 개의 공성탑은 인수의 눈앞에서 성벽 위의 적들을 상대로 분전을 하고 있었다. 그것이 등 뒤에 서 있는 독전관 때문인지도 모르겠지만.

"병사들을 뒤로 물리는 것이 어떤가? 조금 무모해 보이는
군."

인수는 게리슨에게 그렇게 말할 수밖에 없었다.

애초부터 승리를 위해 했던 전투는 아니다. 해자를 메우기
위한 견제였을 뿐이었다. 그럼에도 불구하고 전투에서 패한
것 같은 기분이 들었다. 아니, 누군가의 욕심에 의해 병사들
이 죽어갔다. 오늘은 더 이상 피를 보는 것이 두려웠다.

"오늘 목표는 일단 달성한 것 같으니 그렇게 하도록 하겠
습니다."

게리슨은 마지못해 그런 것처럼 대꾸를 했다.

"병사들을 수습하고, 할 수 있다면 공성탑도 수습하는 것
이 좋을 거야."

"그렇게 하겠습니다."

후퇴를 알리는 나팔 소리가 울렸다. 그리고 아주 천천히 병
사들이 후퇴하기 시작했다.

병사들과 공성탑이 후퇴한 후 성 주위가 조용해졌을 때에
야 비로소 백기를 든 일단의 병사들이 사상자를 수습하기 위
해 나섰다. 수레에 부상자와 시체들이 실렸다. 제법 많은 숫
자가 한 번의 전투에 쓰러졌다. 미스트르 왕국군 전체 숫자로
따지면 얼마 안 되는 숫자였지만 죽지 않아도 될 사람들이 죽
었다는 책임감이 인수의 가슴을 무겁게 짓눌렀다. 계획대로

라면 앞으로 며칠 동안 더 저 모습을 보아야만 했다.

인수는 도신에게 가파른 언덕을 오르내리는 훈련을 시키도록 지시하고 막사로 돌아갔다. 지금 당장이라도 모든 것을 막을 수 있었지만 인수는 그러지 않았다.

5일 동안 700명이 넘는 사상자가 생겼고, 사기는 바닥으로 떨어졌다. 해자는 겉보기에는 착실하게 메워지는 것 같았지만 실상은 그렇지 않았다.

미스트르 병사들 사이에 공성탑에 타면 죽는다는 생각이 팽배해 있었다. 적의 발리스타 공격에 공성탑 2개는 완전히 파괴되었지만 인수의 지시로 보급대를 주축으로 부역을 위해 끌고 온 민간인들까지 합세시켜 공성탑 2개를 만들어 보충했다. 끝이 없는 소모전처럼 보였다.

해자를 메우는 작업은 하루 두 번씩 이루어졌지만 견제가 제대로 이루어지지 않으니 해자를 메우는 작업도 제대로 이루어지지 않아 해자는 아직 반도 메우지 못한 상태였다. 게리슨이 말한 것보다 한참 늦어지고 있었다.

회의는 언제나 그렇듯 성과가 없었다. 결론은 다른 방법이 없으니 기존의 방법을 고수하자는 것이었다. 그것도 모든 병력과 보급을 위해 따라온 사람들까지 동원해서 해자를 메우자는 의견이 주를 이루었다. 만약 인수에게 다른 대안이 없었다면 인수는 그 계획을 실행했을 것이다. 하지만 인수에게는 계획이 있었다. 이제는 나서야 될 때였다.

"게리슨 부사령관!"

"예, 사령관님."

처음보다는 많이 긴장한 표정이었다. 해자를 메우는 일이 지지부진하니 당연히 문책이 따라야 한다. 그것은 이 자리에 있는 모든 사람들이 알고 있는 사실이었다.

"할 말이 있나?"

"없습니다."

게리슨은 제법 담담하게 대답했다.

약간 울컥하는 기분이 들기도 했지만 인수는 무시하기로 마음먹었다. 이 모든 것이 계획의 일부분이다. 큰 틀은 이미 이루어졌고, 이제는 실행하는 일만 남았다. 더 이상의 피해는 인수도 마음이 내키지 않았다.

"내일 전투는 내가 직접 지휘하겠다. 불만은 받아들이지 않는다. 내일 새벽 총공격을 할 것이다."

인수는 그렇게 일방적으로 선언하고 자리에서 일어났다.

보름인지 달이 밝았다. 달 주위로 달무리가 보였다. 인수의 상식이 맞다면 내일은 비가 내릴 것이다. 공성탑에 물을 뿌리지 않아도 될 것 같았다.

"공격하기 좋은 날이 되겠군."

인수는 그렇게 중얼거렸다.

"그가 나선다고 뭐가 달라지겠습니까?"

"정말 그렇게 생각하나?"

"모르겠습니다."

"모른다?"

"예, 정말 모르겠습니다. 그가 무슨 생각을 하는지."

"그런가? 두고 보면 알겠지."

새벽부터 병사들이 부산하게 움직이기 시작했다.

성안에 있는 적은 며칠간의 전투에서 확실한 성과를 내고 있었기 때문에 방심하고 있을 것이다. 인수는 그렇게 믿었다. 방심을 안 하고 있더라도 결과는 같을 거라고 스스로를 위안했다. 지금의 움직임도 통상적인 공격의 일환이라고 생각할지도 모른다. 그리고 그렇게 생각하는 순간 비수가 되어 그들을 유린할 것이다. 그것이 인수가 바라는 것이다. 길이 없으면 길을 만들면 된다.

아직 기다리던 비는 내리지 않았다. 하지만 상관없었다. 새벽의 공기는 무겁게 가라앉아 있었다. 콧속으로 흙냄새가 파고드는 것을 보면 곧 비가 올 것이다.

"인수님."

인수의 이름을 부를 수 있는 자들은 많지 않다. 대부분은 사령관이나 한님이라고 부른다. 이름을 부를 수 있다는 것은 그만큼 친하다는 이야기이다. 인수는 그것에 큰 의미를 두고 있지 않았지만 뉴베리의 살아남은 사냥꾼들은 그것을 굉장히 중요하게 생각했다. 미치라는 이름을 가진 자도 그랬다.

"난 무슨 일이 있어도 멈추지 않아."

인수는 어두운 하늘을 올려다보며 속삭였다. 그것은 작은 다짐이었다.

"예?"

"아니다. 준비는?"

보고를 하러 왔다는 것은 모든 준비가 끝났다는 것을 의미하지만 인수는 다시 한 번 물어보았다. 한두 명의 목숨이 아닌, 몇천 명의 목숨이 달린 일이었다. 한 치의 소홀함도 있어서는 안 되었다.

"완벽합니다."

미치는 지루하고 장황하게 설명하지 않고 짧게 대답했다. 목소리에는 자신감이 넘쳤다.

"미치."

인수는 미치의 자신감이 부러웠다. 인수의 손은 잠시 후 벌어질 대규모 살육으로 인한 긴장감으로 이미 홍건히 젖어 있었다.

"예, 인수님."

"이 세상에 완벽한 것은 없어."

인수는 거만해지려는 자신의 마음을 다잡았다.

"예, 알겠습니다."

미치는 약간 떨떠름한 목소리로 대답했다.

"하지만 완벽에 가깝게 만들 수는 있지."

"예, 알겠습니다!"

미치의 힘찬 대답을 들으며 인수는 이제 공격해야 할 시간이라는 것을 알았다.

병사들은 이미 도열을 마친 상태였다. 언제나 그렇듯이 선봉은 콜 영지병의 몫이었다. 보급대를 제외하면 겨우 1,000명 남짓한 병사들이었지만 인수는 그들이 믿음직스러웠다. 그 뒤로 미노피 원정군과 미스트르 왕국군이 있었다.

인수는 늠름한 모습으로 서 있는 콜 영지병을 보며 연단 위에 올라섰다. 적이 들어도 상관없었다. 지금은 기세를 올리는 것이 중요했다.

"난 꿈속에서 우리의 승리를 보았다. 그리고 난 그 꿈을 믿는다. 오늘 우리는 아침 해가 뜨기 전에 저 성벽 위에 올라가 있을 것이다. 난 그것을 의심하지 않는다. 길은 내가 만들 것이다. 너희들은 나의 뒤를 따르기만 하면 된다. 쟌다르크가 너희들을 보호할 것이다. 가라! 엘프디언의 전사들아!"

마지막은 약간 닭살이 돋는 말이었지만 이런 닭살 돋는 말로 병사들을 자극해서 원하는 결과를 얻을 수 있다면 백번이고 천번이고 할 수 있었다.

"엘프디언!"

반응은 금방 튀어나왔다. 천지를 뒤흔들 것 같은 호응이었다. 인수의 손이 자연스럽게 성벽을 향했다. 우렁찬 함성과 함께 천천히 공성탑을 앞세우고 병사들이 전진하기 시작했다. 병사들을 독려하는 북소리가 들려왔다. 북소리에 맞추어 병사들의 심장이 빠르게 뛰기 시작했다.

쟌다르크의 꿈이 결코 우연이 아니라고 생각했다. 모든 계획은 인수가 계획한 대로 이루어지고 있었다. 일선의 대대장과 중대장들에게는 이미 은밀하게 지시를 내려둔 상태였다.

공성탑은 평소와 다르게 해자에 가까이 접근하기 시작했다. 그것은 평소와는 분명히 다른 모습이었다. 반응이 즉각 나타났다.

"사령관님, 너무 가까이 접근한 것 같습니다."

리베가 우려의 목소리로 물었다.

"걱정할 것 없다."

인수는 그렇게 일축했다.

적의 공격이 시작되었다. 언제나 그렇듯이 불화살들이 공성탑과 그 주변에서 움직이는 병사들에게 쏘아졌다.

"저러다가 공성탑이 해자에 빠지겠습니다."

"그것이 내가 원하는 거야."

이제부터가 중요했다. 거의 비슷한 시기에 다섯 개의 공성탑이 앞으로 기울어졌다. 그것은 공격을 포기한 것 같은 행동이었다.

지휘부에 있는 기사들의 입에서도 '어어' 하는 우려의 목소리가 터져 나왔다. 아군이 이럴진대 적군에게는 아마 더 이상하게 보일 것이다.

그것도 잠시, 앞으로 기울어진 공성탑이 굉음과 함께 발렌성의 성벽을 후려쳤다. 세 개는 무사히 성벽 위에 걸쳐졌지만 두 개는 중간에서 뚝 부러져 해자에 처박혔다. 그래도 세 개나 걸쳐졌기에 그 점이 인수는 만족스러웠다.

"돌격!"

지휘관들이 병사들을 독려했다. 기다리고 있었다는 듯이 병사들이 공성탑을 타고 성벽을 향해 기어오르기 시작했다.

"이것이 쟌다르크 식 공격법이다."

인수는 만족한 미소를 지으며 말했다.

"쟌다르크? 그것이 무엇입니까?"

리베는 입을 다물지 못하고 그 모습을 쳐다보았다.

"나라를 구한 영웅의 이름이자 이 공격법을 만든 사람이지."

그날 인수는 쟌다르크의 꿈을 꾸었다. 어린 시절 읽었던 위인 전기의 영향인지, 아니면 정말 신의 계시인지, 그것도 아니라면 그냥 의미없는 개꿈이었는지는 명확하지 않았다. 어쨌든 꿈에서 쟌다르크가 공성탑을 이용해 성벽을 올랐다. 바로 지금 눈앞에서 벌어지는 전투처럼.

병사들은 벌써 공성탑을 넘어 성벽 위에서 적을 몰아치고 있었다.

"미치!"

"예, 인수님."

"보급대에게 도개교 앞을 단단히 수비하게 만들어. 적이 그쪽으로 나올지도 모르니까."

"예, 알겠습니다."

투툭거리는 소리가 들리는 것 같더니 이내 쏴아— 하는 소리가 들리며 비가 내리기 시작했다.

"어떻게 이런 공격이 가능한 것입니까?"

리베가 흥분한 목소리로 물었다.

"우연과 필연의 결합이지."

"예?"

"$c^2=a^2+b^2$은?"

"그게 무엇입니까?"

"수학이라고 아나?"

"그런 학문이 있다는 소리는 들었습니다."

"그런가? 아쉽군. 알았으면 이해하기 쉬웠을지도 모르는데."

"그렇습니까?"

"그래. 이 모든 것은 피타고라스가 없었으면 불가능했을지도 몰라. 나도 그 수식을 기억해 내는 것이 무척이나 힘들었어. 솔직히 말해서 머리가 터지는 줄 알았지."

"피타고라스도 사람입니까?"

"위대한 학자로, 삼각형의 빗변의 길이를 구하는 피타고라스의 정리를 만들어냈지. 존경할 만하지 않은가? 학자가 만든 한 줄의 수식으로 인해 발렌 성의 수천 목숨이 죽게 생겼으니, 피타고라스가 이 사실을 알고 슬퍼했을지도 모르지. 자신의 수학적 발견을 이런 용도로 사용했으니."

"그런……."

빗줄기가 점점 거세지고 있었다. 슬슬 대화를 마쳐야 했다.

성벽 위에서는 여전히 치열한 전투가 벌어지고 있었다. 그들이 쓸쓸이 죽어가게 할 수는 없었다. 인수는 멋들어진 칼춤으로 그들을 위로할 생각이었다.

"당신은 도대체 누구십니까?"

"나? 엘프디언."

인수는 그렇게 대답하고 공성탑을 향해 달려갔다.

성벽 아래로 붉은 비가 내리기 시작했다.

CHAPTER 2

오우거 요새

모든 것은 그 쪽지로 인해서 시작됐다.

포탄 1발이 급히 필요하다.

한인수.

밑도 끝도 없는 말이었지만 한인수 병장을 믿기에 상태는 숲으로 돌아갔다.

"여기서부터는 나 혼자 가겠다."
상태는 그렇게 말하고 군장을 짊어졌다.

"괜찮으시겠습니까?"

상태를 따라온 병사 중에 최선임병인 릭이었다. 상태를 걱정하는 말이었지만 릭의 얼굴은 말과는 다르게 무척 불안해 보였다.

"내 땅에서 내가 무서워할 것은 없어."

상태는 철저히 엘프디언인 것처럼 행동했다. 그것은 한인수 병장이 당부한 일 가운데 하나였다. 이제는 자신이 진짜로 엘프디언이 아닌가 하는 생각마저 들었다.

"오늘 해가 지기 전에 돌아올 것이다. 길 잃은 몬스터가 나타날지도 모르니 내가 없는 동안 방심하지 말고 기다려라."

"예, 알겠습니다."

상태의 그런 친절한 당부가 병사들을 더욱 겁먹게 만들고 있었다. 누가 뭐래도 이곳은 금지인 영원의 숲이었다.

다른 세상의 문물이 알려지는 것을 원치 않기에 상태는 일부러 숲으로 들어가서 여러 번 방향을 틀었다. 어느 정도 거리가 벌어지고 나서야 상태는 거의 뛰다시피 하며 숲 속에서 몸을 움직였다. 이 근처의 지리는 이미 머릿속에 모두 들어 있었다. 숲을 떠난 지 몇 개월이 지났지만 길을 못 찾을 만큼의 큰 변화는 없어 보였다.

상태의 감각은 예전 숲 속에서 생활할 때처럼 긴장 상태로 돌아와 있었다. 예민한 감각 덕분에 아직까지 큰 문제는 없었다. 불필요한 사고를 미연에 방지하기 위해서 오크들이 자주

출몰했던 지역은 피해서 움직이며 적당한 곳에서 다시 개울을 찾아 이동했다. 급하게 움직인 덕에 해가 머리 위로 뜨기도 전에 2년을 보냈던 보금자리를 찾을 수 있었다.

상태는 긴장 상태로 천천히 방벽에 접근했다. 누군가가 침입한 흔적은 보이지 않았다. 아직까지는 오크나 기타 다른 괴물들이 침범하지 않은 모양이었다. 그렇다고 경계를 늦출 수는 없었다.

정문에 쌓아놓은 가시나무를 치우고 빗장을 열었다. 사람이 손길이 닿지 않아서 그런지 벌써 듬성듬성 풀이 자라 있었다.

모든 것이 그대로 있었다. 포차와 화포도 그 자리에 있었다.

상태는 자신의 기억을 더듬어 포차 바닥에서 어렵지 않게 삽을 찾아낼 수 있었다. 아직까지는 제 구실을 충분히 할 수 있다고 삽은 말하고 있었다.

상태는 탄약고 입구 주변에 쌓아놓은 나무들을 치우고 부지런히 삽질을 하기 시작했다. 불과 몇 개월 전의 기억이라서 그런지 정확하게 입구를 찾아낼 수 있었다.

탄약고로 통하는 나무 문을 열자 퀴퀴한 냄새와 어둠 때문에 조금 꺼려지기는 했지만 빨리 일을 끝마치기 위해 숨을 멈추고 지체없이 탄약고로 들어섰다.

문으로 들어오는 빛에 간신히 사물을 구별할 수 있었다. 어렵지 않게 입구 쪽에서 고폭탄을 찾을 수 있었다. 들개고리(운반용 고리)를 한 손으로 잡고 고폭탄을 밖으로 끄집어냈다. 몇달간 햇빛을 못 본 것치고는 보존 상태가 그리 나쁘지 않았다. 숯을 많이 넣어두어서 습기가 차지 않은 덕분이었다.

서둘러 가져온 모포로 포탄을 말아 군장 속에 집어넣었다. 그냥 들고 다니기에는 불편하기도 하고, 위험하기도 했다. 그런 뒤 신경을 써서 꼼꼼하게 다시 탄약고를 위장하기 시작했다. 누군가 다른 사람들이 이것을 발견하게 되는 것은 정말 원치 않았다.

모든 것을 원상태로 만들어놓은 상태는 육포를 우물거리며 개울을 따라 걸었다. 자신이 생각해도 일처리를 잘한 것 같아서 기분이 좋아졌다.

적당한 곳에서 상태는 숲으로 들어갔다. 별일은 없겠지만 혹여 오크와 마주치기라도 한다면 4명의 병사만으로는 승산이 없었다. 병사들이 숲에 익숙하지 않다는 것을 알기 때문에 병사들이 기다리는 곳으로 다가갈수록 발걸음이 점점 빨라졌다.

그때 앞에서 인기척이 느껴졌다.

"누구냐?"

제법 긴장하고 있는 듯한 사람의 목소리가 들려왔다.

"나다."

상태는 그렇게 말하며 앞으로 나섰다. 병사들이 들고 있던 석궁을 내려놓으며 부담스러울 정도로 반갑게 맞아주었다.

"별일 없었지?"

"예, 그렇습니다."

"이동한다. 한곳에 오래 머무르는 것은 좋지 않다."

"예, 알겠습니다."

상태와 병사들은 대충 흔적을 지우고 개울을 따라 이동하기 시작했다.

해가 지고 나서도 부지런히 움직여 야영하기 적당한 곳에 자리를 잡은 것은 해가 지고 한참이 지나서였다. 늦은 저녁을 먹은 상태는 일찌감치 잠을 청했다.

가르릉거리는 소리에 상태는 눈을 떴다. 고양이과 동물이 내는 소리가 자신의 착각이기를 바라며 상태는 조심스럽게 감각을 일깨웠다.

눈이 하나가 되고 나서의 나쁜 점이라면 남들은 두 개의 눈 중에 하나만을 슬쩍 떠서 몰래 사물을 관찰할 수 있지만, 자신은 눈이 하나이기 때문에 몰래라는 말이 어울리지 않는다는 것이었다.

상태는 살짝 고개를 들어 주변을 확인했다. 많이 사그라들기는 했지만 여전히 모닥불은 자신의 역할을 수행하고 있었다. 불침번은 졸고 있는지 움직임이 없었다.

상태는 무언가 잘못되었다는 것을 본능적으로 느꼈다.

숲에 들어서며 상태가 당부한 불침번의 행동 요령 중 가장 첫 번째로 강조한 것은 이상한 소리가 들리면 조용히 일행을 깨우라는 것이었다. 그것이 바람 소리라 하더라도 의심되면 무조건 깨우라고 했다. 처음에는 밤에 잠을 제대로 자지 못할 정도로 자주 일어나기도 했지만 불침번에 나름대로 익숙해지자 긴장이 풀려서 조는 것 같았다.

어쨌든 상태는 지금의 상황이 굉장히 위험하다는 것을 알았다. 그것은 숲에서 2년을 생활하면서 얻어진 경험이었다.

공격 전까지 괴물들은 소리를 절대 내지 않는다. 괴물들이 공격 전에 소리를 내는 경우는 완벽하게 포위를 했거나 재미로 공격할 때 이외에는 없었다. 더구나 콧속을 파고드는 피비린내인지 아니면 괴물의 냄새인지 모를 냄새가 상태의 코를 자극하고 있었다.

상태는 일단 총부터 손에 쥐었다. 그러자 조금 안심이 되었다.

"조용히 병사들을 깨워."

상태는 아주 작은 목소리로 불침번에게 속삭였다. 너무 작아서 듣지 못할까 봐 걱정이 될 정도였다. 그런 우려가 현실이 되었는지 불침번을 서던 병사는 고개를 푹 숙인 채 미동조차 하지 않았다.

이미 포위된 상태라면 어설프게 움직이는 것은 오히려 공격의 빌미가 될 수 있다는 생각에 소리를 지르며 벌떡 일어났다.

"기상! 적이다!"

상태는 일어나서 모닥불을 뒤로하고 숲을 노려봤다. 그러자 다른 병사들도 몸을 일으켜서 경계를 하기 시작했다.

"움직이는 것은 무조건 쏴라!"

상태는 그렇게 명령을 내리고 주변을 살폈다. 움직이는 것은 없는 것 같았다.

릭의 억눌린 신음 소리가 뒤에서 들려왔다.

"김님."

"뭐냐?"

"벨이……."

"벨이 왜?"

"머, 머리가 없습니다."

"뭐?"

"머리가 없습니다."

재차 확인하고 나서야 상태는 상황 파악이 되었다. 하지만 전방에서 눈을 떼지 않고 조심스럽게 뒤로 물러섰다. 눈이 하나밖에 없으니 곁눈질을 할 수가 없었다.

벨은 모닥불 가에 앉아 있었는데 목이 붙어 있어야 할 자리에 목이 없었다. 상태가 위험을 느끼고 눈을 떴을 때의 불침번이 벨이었던 것 같다. 막연히 고개를 숙이고 조는 걸로 알았더니 그게 아니었다. 목에서 더 이상 피가 뿜어지지 않는 걸로 봐서 죽은 지 시간이 많이 지난 것 같았다. 피도 이미 끈 적끈적하게 변해 있었다.

잠결에 들었던 가르릉거리는 소리는 이미 벨을 죽이고 일행을 가지고 놀려는 의도였는지도 모르겠다는 생각이 들었다. 2년을 이 숲에서 지냈지만 이런 형태의 공격을 하는 괴물은 만나본 적이 없었기에 상태는 두려움을 느꼈다.

"겁먹지 마라. 조금 있으면 해가 뜰 것이다. 이대로 경계를 계속한다. 이상한 움직임을 발견하면 무조건 공격해도 좋다."

"예, 알겠습니다."

병사들의 긴장한 목소리가 들렸다.

상태는 그렇게 미동도 하지 않고 숲을 응시했다. 무언가가 저기에 있다는 것을 알 수 있었다. 어디 있는지 정확히는 알 수 없지만 이쪽을 주시하고 있다는 것은 감으로 알 수 있었다.

상태는 마음속으로 주문을 외웠다. '움직여라, 움직여라' 조금이라도 움직이기만 하면 벌집을 만들어줄 생각이었다.

시간이 지날수록 상태에게 유리했다. 낮에 돌아다니는 괴물들은 거의 없었다. 낮은 어디까지나 인간의 시간이었다.

해가 뜨기 전의 칠흑 같은 어둠이 서서히 걷히고 있었다. 그리고 그때 상태의 외눈에 무언가 움직이는 물체가 보였다. 완벽한 위장체였지만 상태의 외눈을 피할 수는 없었다.

상태는 망설임없이 방아쇠를 당겼다. 오히려 인간과의 전투 이후에는 괴물이 상대하기 편하다고 느껴졌다.

"탕!

한 발의 총성이 숲에 울려 퍼졌다. 그 순간 움직이던 물체가 움직임을 멈추었다.

"경계를 늦추지 마라!"

상태는 조준 상태를 유지하며 외쳤다. 주변에 다른 괴물이 더 있을지도 몰랐다.

무언가가 다시 움직이기 시작했다.

탕!

다시 총성이 울렸지만 숲으로 숨어드는 괴물을 멈추게 하지는 못한 모양이었다. 어둠이 완전히 걷히고 나서야 상태는 괴물을 확인하기 위해 움직였다. 제대로 맞췄는지 숲으로 이어지는 녹색의 핏자국은 발견했지만 괴물은 보이지 않았다.

"돌아가자!"

상태는 추격을 포기하고 부지런히 짐을 챙겼다. 벨의 죽음이 안타깝기는 하지만 군장에 들어 있는 포탄을 한시라도 빨리 한인수 병장에게 전달해야 될 막중한 임무가 있었다.

벨의 시체는 돌무더기를 이용해 대충 만들었다. 그러나 없어진 벨의 머리는 끝내 찾을 수가 없어 일행의 분위기는 무겁게 가라앉았다.

"오늘부터는 더 많이 움직여야 한다. 무언가 알 수 없는 몬스터가 나타난 것 같으니까."

상태와 세 명의 병사는 부지런히 움직였다. 상태는 무언가가 끊임없이 자신들을 쳐다보는 듯한 느낌을 강하게 받았지만 그게 무엇인지는 발견할 수 없었다.

일행이 벨의 머리를 발견한 것은 개울을 따라 한참을 내려가다 해가 중천에 위치하고 나서였다.

개울 옆의 커다란 바위 위에 고통으로 얼룩진 벨의 머리가 보란 듯이 올려져 있었다. 괴기스러운 모습에 병사들의 비명이 터져 나왔다. 주변에 떨어진 녹색 핏자국으로 미루어 총에 맞은 괴물이 분명했다. 이 괴물은 일행이 움직이는 방향까지 알고 있었다. 절대 평범한 괴물은 아니었다. 상태는 직감적으로 이 괴물이 일행 모두를 사냥하려 한다는 것을 알았다.

벨의 머리를 매장한 후, 상태는 좀 더 빠르게 움직이기 시작했다. 병사들도 상태의 의도를 파악하고 빠르게 움직였다. 숲을 최대한 빨리 벗어날 생각이었다.

이틀 동안 별다른 움직임은 없었지만 상태는 저 숲 어딘가에서 괴물이 항상 자신들을 쳐다보고 있다는 것을 알았다. 괴물은 일행을 감시하며 기회를 엿보고 있는 것이다.

잠을 잘 때도 불침번은 항상 2명씩 섰다. 너무 불안해서 상태도 첫날은 거의 뜬눈으로 밤을 세웠다. 그렇게 피로가 누적되고 있었다. 상태는 이런 긴장감을 느끼며 2년을 숲에서 버텨냈기에 그럭저럭 버틸 만했지만 병사들은 상태를 따라서 겨우 움직이고 있었다.

4일째가 되는 날, 괴물이 다시 나타났다. 괴물의 공격은 전혀 예측할 수 없는 곳에서 시작됐다.

다들 숲을 경계하느라 개울 쪽은 경계를 하지 않고 있었다.

괴물은 물속에 몸을 숨기고 있다가 튀어나오며 팜을 덮쳤고, 눈 깜짝할 사이에 팜의 복부를 너덜너덜하게 만들었다. 상태가 겨냥을 했을 때는 이미 숲으로 숨어든 후였다. 엄청나게 빠른 움직임이었다.

타타탕!

단발이 아닌 점사로 총알이 발사되었다.

갑작스러운 공격에 병사 한 명을 잃었지만 상태도 나름대로 대비를 하고 있었다. 총알이 조금 아깝기는 했지만 단발로는 안 된다는 것을 알고 있었다.

괴물은 영악한 사냥꾼이었다. 하지만 다시 나타나면 꼭 죽이고 말겠다고 상태도 이를 갈고 있던 차였다. 괴물과의 신경전은 일행을 너무나 피곤하게 만들고 있었다.

점사의 파괴력으로 숲에 들어가기 직전에 괴물을 잡을 수 있었다. 아직 숨이 끊어지지 않아서 버둥거리고 있다가 상태가 다가가자 갑작스럽게 달려들었다. 상태는 개머리판으로 괴물의 머리를 마구 내리찍었다. 괴물이 움직임을 멈추었지만 상태는 괴물의 목을 베고 머리를 완전히 파괴했다. 거기에서 멈추지 않고 심장을 찢어놓았다. 엄청난 재생 능력을 가진 괴물이 있다는 것을 알기 때문에 한 행동이었다.

괴물은 지금까지 보았던 그 어떤 괴물하고도 다르게 생겼다. 녹색의 번들거리는 피부를 가지고 있었고, 근육은 그다지 발달되지 않았는지 호리호리했다. 특이한 점은 몸에 털이 없다는 것이었다. 그리고 손톱. 그것을 손톱이라고 부를 수 있는지 의문이 갔지만 하여간 손톱이 무척 발달되어 있었다. 차라리 단검이라고 하는 것이 나을 것이다. 10㎝가 넘는 검은색의 날카로운 단검. 그것도 10개나 되었다.

괴물이 완전히 죽은 것을 확인한 뒤에 릭과 제르의 얼굴이 조금 밝아졌다. 하지만 상태는 발걸음을 늦추지 않았다. 숲을 빨리 벗어나고 싶었다.

모든 것이 끝난 줄 알았다. 아니, 그렇게 믿었다.

상태의 뒷통수를 간질이는 느낌은 계속되고 있었다. 재수 없는 느낌은 언제나 정확하게 맞아떨어졌다. 하루만 더 걸으면 숲을 완전히 벗어날 수 있는 거리에서 괴물의 공격은 예고 없이 시작되었다.

이번 희생자는 제르였다. 상태는 제르의 머리가 없어지는 것을 바로 눈앞에서 보면서도 막을 수가 없었다. 상태가 총을 쏘았을 때는 릭의 팔 하나가 덤으로 없어지고 난 후였다. 괴물은 상태의 사격을 피해 유유히 사라졌다. 처음부터 한 놈이 아니었던 것이다.

상태는 지체없이 릭의 팔을 지혈하곤 어두운 밤길을 걷기 시작했다. 제르에게는 안된 일이었지만 시체를 치울 시간도 아깝게 느껴졌다.

지금부터 걷기 시작하면 해가 지기 전에 말을 매어둔 곳에 도착할 수 있다. 그것만이 유일한 희망이었다. 릭의 짐은 모두 버렸다. 지금 이 상황에서는 모든 것이 불필요했다. 괴물의 공격은 이어지지 않았지만 아직도 뒷통수가 따가운 걸로 봐서 숨어서 지켜보고 있을 것임이 틀림없었다. 기회를 엿보며…….

해가 떴지만 마음을 놓을 수는 없었다. 이 괴물은 낮과 밤을 가리지 않는다는 것을 알기에 안심할 수 없었다. 상태는 릭을 부축한 채 계속 걸어나갔다.

상태와 릭은 해가 중천에 떴을 때 숲을 벗어날 수 있었다. 탁 트인 곳에 나오고 나서야 겨우 발을 멈추고 쉴 수 있었다. 피를 많이 흘려서 그런지 릭은 완전히 파김치가 되어 있었다.

"저를 버리지 않을 거지요?"

릭이 울먹이며 말했다.

"버리긴 누가 버려?"

상태는 그렇게 말하며 몸을 일으켰다. 상태에게는 포탄도 중요했지만 릭도 중요했다.

"저, 다리가 움직이지 않습니다."

릭이 한 손으로 땅을 짚고 버둥거리며 말했다.

"왜 그래?"

"다리에 힘이 들어가지 않습니다."

피를 너무 많이 흘려서 이제는 몸에 마비가 온 모양이었다. 어느 것 하나 포기할 수가 없는 상황이라 상태는 군장을 메고 릭을 들쳐 업었다. 앞으로 반나절만 더 가면 되는 것이다. 그 정도 체력은 아직 상태에게 남아 있었다.

"고맙습니다."

릭이 울먹이며 말했다.

"조용히 해. 힘드니까."

상태는 한인수 병장이 생각났다. 한인수 병장도 이런 우리들을 이끌고 여기까지 온 것이다. 포기하고 싶을 때에도 절대 포기하지 않고.

저 멀리에서 무언가가 계속 뒤따라오고 있었다. 괴물이었다. 괴물은 숨을 곳이 없자 이젠 모습을 드러내 놓고 적당한 거리를 유지하고 있는 것이다. 징그럽게 따라붙으며 일정한 거리를 유지했다. 상태가 빨리 걸으면 괴물도 빨리 걸었고, 상태가 느리게 걸으면 괴물도 느리게 걸었다. 괴물은 상태가 지치기를 기다리고 있었다.

쉬는 척하면서 총으로 쏘려고 하면 풀숲으로 몸을 숨겼다. 괴물이 몸을 숨기면 상태가 더 불리했기에 상태도 쉴 수가 없었다. 계속 뒤를 돌아보자 체력 소모가 더 심해졌다. 조금만 더 가면 말이 매어져 있는 곳에 당도할 수 있었다. 15일 전에 그곳에 병사 하나와 말 여섯 필을 남겨두고 왔었다.

저 멀리 얕은 언덕 아래에 움직이는 말의 모습이 보였다. 괴물은 아직도 적당히 거리를 유지하고 있었다.

상태는 이를 악물고 뛰기 시작했다. 괴물도 당황했을 거라고 지레짐작했다. 얼마 뛰지 않아 숨이 턱에까지 찼다. 릭만 버리면 좀 더 편할 거라는 생각이 들었다. 하지만 여기까지 와서 릭을 포기할 수는 없었기에 거칠게 숨을 몰아쉬며 달렸다.

"야아아!"

말이 매여 있는 곳을 향해 달려가며 상태는 남아 있던 병사가 들을 수 있게 소리를 질렀다. 작은 천막에서 병사가 모습을 드러냈다. 제리였다. 일행 중 나이가 가장 어려서 말을 지키게 했었다. 그 모습이 너무나 반가웠다.

"무슨 일입니까?"

제리가 소리를 지르며 마주 달려나왔다.

제리에게 릭을 넘겨줄 찰나에 왼쪽에서 풀을 헤치는 소리와 함께 무언가 뛰어오는 소리가 들렸다. 위험신호였다. 괴물은 이미 상태의 왼쪽 눈이 안 보인다는 것을 인지하고서 철저히 사각으로 이동해서 공격해 온 것이다. 정말 몸서리치게 영악한 놈이었다.

상태가 뒤로 벌러덩 누웠을 때는 이미 제리의 목이 괴물의 손끝을 따라 공중으로 솟아오르고 있었다.

어떻게 그런 자세로 총을 쐈는지 상태도 알 수 없지만 점사로 총알이 발사되었다.

타타탕!

괴물의 우아한 자세가 흐트러졌다.

상태는 괴물이 맞았다고 확신했다. 등이 아파왔지만 무시했다.

군장에 들어 있는 포탄의 무게가 몸을 일으키는 것을 방해했지만 상태의 의지는 그 모든 것을 잊을 수 있게 만들었다. 벌떡 일어나서 괴물의 모습을 찾았지만 벌써 모습을 숨겼는지 모습을 찾을 수가 없었다. 상태는 녹색 피를 추적하기 시작했다. 어느 순간 흔적이 끊겼다.

뒤에서 말 울음소리가 들렸다. 어느새 나타난 괴물이 말을 죽이고 있었다.

"야! 이 개새끼야!"

매일 후임병 생활만 해서 남에게 욕할 기회가 좀처럼 없었지만 욕을 못하는 것은 아니었다. 그것은 순수한 분노였다.

상태가 쳐다보자 괴물은 다시 풀숲으로 납작 엎드렸다. 상태는 미친 듯이 괴물의 흔적을 찾았다. 하지만 어떻게 숨었는지 모습을 찾을 수가 없었다.

다시금 풀숲을 헤치는 소리가 들렸다. 이번에도 왼쪽에서 다가오고 있었다. 상태는 왼쪽 허공에 총을 쏘았다.

타탕!

절묘한 타이밍에 맞물려 상태의 목을 노리고 공중으로 도약하던 괴물에게 정확하게 총알이 박혀들었다.

"끝났다."

상태는 주저하지 않고 괴물에게 총알을 더 박아 넣었다. 그걸로는 마음이 놓이지 않아서 머리를 파괴하고 심장을 도려냈다. 그러고 나서야 마음이 놓였다. 가슴이 볼록한 것을 보니 원래부터 괴물은 암수 한 쌍인 것 같았다.

"릭, 괜찮냐?"

상태는 릭의 몸을 뒤집었다.

"김님입니까?"

릭의 손이 허공을 허우적거렸다.

"그래, 나다."

상태는 릭의 손을 잡았다. 릭이 손이 아플 정도로 상태의 팔을 움켜잡았다.

"몬스터는 어떻게 됐습니까?"

"내가 처리했다."

"다행입니다. 근데 지금 밤입니까?"

"그래, 밤이다."

"그렇습니까……."

그 말을 끝으로 릭은 더 이상 움직이지 않았다.

상태가 릭과 제리의 시체를 묻었을 때는 대지에 어둠이 내리고 있었다. 이제 숲이라면 진저리가 쳐졌다.

릭에게 마지막 인사를 하고 상태는 말에 올라탔다.

어쨌든 임무를 완수했다. 한인수 병장의 기대에 부응할 수 있어서 기뻤다. 한인수 병장이 숲을 벗어나면 보라던 편지가 생각났다.

괴롭겠지만 모두 죽여라!

한인수.

존경하는 한인수 병장의 편지에는 그렇게 적혀 있었다. 한인수 병장은 언제나 올바르게 행동했고, 그의 의견은 틀린 적이 없었다. 그는 아버지였고, 형이었다. 지금까지 우리를 이끌어주고 지켜준 사람이었다. 더한 부탁을 하더라도 들어줄 수 있다는 생각을 평소에 했지만 지금은 그저 다행이라는 생각만이 들었다. 자신의 손으로 병사들을 죽이지 않아서, 그리고 한인수 병장의 말을 거역하지 않아서. 병사들은 이미 모두 죽었으니까.

상태는 어둠을 향해 말을 몰았다.

문득 병사들을 죽인 괴물이 마음속의 허상이 아닐까 하는 무서운 생각이 들었다.

2

상식이 물건을 넘겨받은 것은 여름으로 들어설 무렵이었
다. 물건을 가져온 상태의 얼굴은 무척이나 수척해져 있었다.
상식의 농담에도 상태의 기분은 그리 나아지지 않았다. 그냥
괜찮다고만 할 뿐이었다. 숲에서 무슨 일이 있었던 것 같지만
이야기를 하지 않으니 알 도리가 없었다.

"왜 그러냐?"

베르켄 성으로 돌아가기 위해 말에 올라탄 상태에게 상식
은 참을 수 없어서 그렇게 말했다.

"김상식 병장님은 어떻게 생각하십니까?"

"뭘?"

"한인수 병장님이요."

"한 병장이 왜?"

"아닙니다."

"말해봐."

"아닙니다."

상태는 그렇게 묘한 여운을 남기고 가버렸다. 눈치 빠른 상
식으로서도 무슨 일인지 알아챌 수가 없었다.

어쨌든 조금은 귀찮은 것을 떠맡아 버렸다는 것을 알았다.
포탄을 꺼내올 줄은 상상도 못했다. 한인수 병장이 무슨 생각
을 하는지 도무지 알 수가 없었지만 알 필요도 없었다. 그저 보
급이나 열심히 해서 한인수 병장이 어서 빨리 이 전쟁을 끝냈

으면 좋겠다는 생각이 들었다. 산드라가 보고 싶었다. 그녀는 지금 자신을 생각하고 있을 것이다. 그렇게 믿는 것이 좋았다.

"하늘은 맑고, 날씨는 따뜻하고, 바람은 시원하고, 참 좋은 세상 아닌가?"

상식은 수레에 앉아서 혼자 히죽거리며 되지도 않는 소리를 혼자 중얼거렸다. 요즘 같으면 너무 편해서 탈이었다.

"이봐, 존."

마부석에서 말을 모는 존을 불렀다. 이번에 스피넬 영지에서 구한 당번병이었다. 글도 알고 계산도 빠른 데다 제법 싹싹한 것이 마음에 들었다. 더구나 순한 인상이 그를 더욱 신임하게 만들었다. 존 같은 녀석이 두세 녀석만 더 있었으면 좋겠다는 생각마저 들었다.

"예, 큰 김님."

"그렇게 부르지 말라니까. 이상하잖아."

"그렇습니까? 다들 큰 김님, 작은 김님 하던데요. 듣기로는 김상식 병장님이 더 윗분이라 김상태 병장님과 헷갈리지 않으려고 그렇게 했다던데요."

"그래도 하지 마. 차라리 대장님이 낫겠다."

"예, 대장님."

"다음 마을에 도착하려면 아직 멀었냐?"

"해질녘이나 되어야 도착할 것 같습니다."

"그래? 난 한숨 잘 테니까 도착하면 깨워."

"알겠습니다, 대장님. 근데 대장님, 궁금한 것이 있습니다."

"뭔데?"

"대장님이 베고 있는 상자에는 뭐가 들었습니까?"

"궁금해?"

"조금 그렇습니다. 제가 수레에 실려 있는 품목은 모두 점검하지 않았습니까, 그 상자만 빼고요. 혹시 군자금이라도 들었습니까?"

존이 목소리를 낮추어서 물었다.

상식은 잠시 고민했다. 존은 심복이나 마찬가지여서 알려준다고 해서 문제가 되지는 않을 것 같았다. 용도를 모르니 이름 정도는 알려주어도 그리 큰 위험은 되지 않겠지만 얼마 전 한인수 병장이 보낸 편지가 떠올랐다. 아무도 모르게 하고, 만약 아는 자가 있으면 입막음을 하라고 했다. 분명 죽이라는 말이었다. 이름이라도 알려주었다가 한인수 병장의 귀에 들어가면 존은 정말 죽게 될지도 몰랐다. 이런 쓸 만한 인재를 그렇게 잃을 수는 없었다. 지금부터 미리 입단속를 하는 것이 좋았다.

"존."

"예, 대장님."

"알려고 하지 마. 가끔은 모르고 있는 물건도 있어야 내가 너의 상관일 수 있잖아. 안 그래?"

"예. 알겠습니다, 대장님."

상식의 말뜻을 알아들었는지 조금은 긴장한 듯한 목소리로 존이 대답했다.

"나 잔다."

"푹 주무십시오."

존의 대답이 자장가처럼 들려왔다.

상식은 상자를 항상 자신의 눈이 미치는 곳에 두었다. 혹여 분실이라도 했다간 정말 감당할 수 없는 일이 일어날 수 있기에 항상 그렇게 조심했다. 하지만 그럼에도 불구하고 사건은 벌어지고 말았다.

스피넬 영지의 마지막 마을이었다. 이번 보급은 신병들과 같이 움직이고 있었기 때문에 마을 밖에 머물러야만 했다. 한인수 병장은 병사들이 마을에 머물면서 피해를 주는 것을 좋아하지 않았다. 물론 상식도 그런 것은 원치 않았다. 그래서 항상 마을 밖에서 야영을 했다. 더구나 포탄 때문에 더욱 자리를 비우기가 애매했다.

마을 관리인과 마을 유지라는 자들이 상식을 찾아온 것은 빵 한 덩어리와 스프 한 그릇으로 저녁을 마친 후였다.

관리인은 얼마 전 상식이 임명해 준 자였다. 약간의 아부와 그들이 은혜에 보답하고 싶다는 듣기 좋은 말과 함께 부드럽게 잡아끌자 상식은 못 이기는 척 따라나섰다.

마침 먼지를 뒤집어써서 목도 칼칼하던 차였다. 과하지 않게 마시고 올 생각이었다. 이런 일이 한두 번이 아니었다. 보통은 이럴 때 뇌물을 주기도 하고 술과 여자를 들이밀기도 한다. 시류에 밝다고도 할 수 있고, 나쁘게 말하면 딱 매국노 같은 자들이라 할 수도 있었지만 상식은 아직까지 이들에게 약점을 잡히지 않았다.

뇌물을 받다 보면 점점 액수가 커지고 결국은 들키기 마련이었다. 그 대상이 만약 한인수 병장이라면 잡아먹고도 남을 거라는 것을 알았다. 그 정도 눈치는 몇 년 동안 같이 생활하면서 몸으로 체득할 수 있었기에 처음 청탁과 뇌물이 손에 들어왔을 때 치졸해 보이기는 해도 한인수 병장에게 그러한 사실을 낱낱이 고했다. 그 덕에 기특하다고 칭찬도 받고, 오히려 떳떳하게 뇌물을 먹을 수 있었다. 청탁과 뇌물을 받으면 신고하고 쓰라는 조건으로. 오늘도 마침 적당한 건수를 올릴 수 있게 되었다. 여행의 여독도 풀고 돈도 생기니 이거야말로 일석이조였다.

"존."

"예, 대장님."

"막사를 지켜라."

"예, 알겠습니다."

상식은 사람들의 손에 이끌려 마지못해 마을로 들어섰다.

든든하게 막사를 맡아줄 존이 있기에 가능한 일이었다.

오랜만에 기름진 음식에 좋은 술까지 얻어마실 수 있었다. 마치 이곳에서는 전쟁이 일어난 적이 없었던 것 같은 느낌이랄까? 마지막에 약간 김이 새기는 했다. 기대했던 뇌물이 들어오지 않은 탓이었다.

적당히 취기가 오르자 붙잡는 관리인과 마을 대표들을 뿌리치고 상식은 자리에서 일어났다. 너무 오래 자리를 비운 것 같았다.

밖으로 나오자 어지럽던 머리가 밤공기 때문인지 조금은 맑아지는 것 같았다. 상식은 한숨을 푹 내쉬며 어두운 밤하늘을 올려다보았다. 술을 마셔도, 즐겁게 웃고 떠들어도 채워지지 않는 무언가가 있었다. 오늘따라 가족들이 보고 싶었다. 하늘에는 그리운 가족의 얼굴 대신 기울어 가는 달이 보였다. 가족의 모습을 떠올리고 싶었지만 기억이 희미했다. 울적한 기분이 들었다. 조금 술이 과했던 모양이다.

"달도 차면 기울기 마련이지……."

의미없는 말들을 중얼거리며 호위를 하는 병사들이 눈치채지 못하게 슬쩍 소매로 눈물을 훔쳤다.

"가볼까."

그렇게 떠들며 상식은 어두운 밤길을 휘적휘적 걸어갔다.

누군가 상식이 있는 쪽으로 달려오고 있었다. 콜 영지병이었다.

“뭐냐?”

병사에게 대뜸 물었다. 직감적으로 무언가 잘못됐다는 것을 느꼈다.

“습격입니다.”

그 한마디에 상식은 술이 확 깨는 것을 느꼈다.

“무슨 소리야?”

“첩자가 있었던 것 같습니다.”

“그래서?”

“다행히 일찍 발견해서 포위를 하고 공격 중입니다.”

“가자.”

상식은 대답을 기다리지 않고 숙영지로 뛰어갔다.

상식이 숙영지에 도착했을 때는 이미 주변에 불을 훤히 밝히고 정리를 하고 있었다.

“존은 어디 있나? 존!”

존의 이름을 불렀지만 대답이 없었다.

“김님, 존은 첩자들과 한패였습니다.”

보급중대장이 와서 알렸다.

“무슨 소리야?”

“복면을 쓰고 죽은 시체 중 한 명이 존이었습니다.”

보급중대장이 시체들 중 하나에 횃불을 갖다 대었다. 분명히 존이었다.

머릿속에 번개처럼 떠오르는 생각이 있었다.

"이들이 무슨 짓을 하려고 했나?"

"이 상자와 함께 존의 품에서 서류들을 발견했습니다."

상식이 운반하던 포탄이 들어 있는 상자였다.

상식은 며칠 전 존이 상자의 내용물을 궁금해하던 것이 생각났다. 아차, 싶은 생각에 상식은 주머니를 뒤적거리며 열쇠를 찾았다. 내용물을 확인해야 했다. 만약 바꿔치기라도 당했다면 정말 큰일이었다.

상식은 열쇠를 집어 들고 일단 서류부터 살폈다. 서류보다 백배, 천배는 중요한 것이 포탄이었지만 내색할 수는 없었다. 서류는 그냥 부대 이동에 관한 것들과 보급에 관계된 일반적인 수준의 것이었다. 대충 훑어보고 최대한 자연스럽게 상자를 열었다. 상자 안의 포탄은 멀쩡했다. 벌렁거리던 심장이 조금은 안정이 되었다.

"첩자들은 다 잡아들였나?"

"다섯 명 모두 잡았습니다."

"살아 있는 자는?"

"모두 격렬히 반항하기에 죽일 수밖에 없었습니다."

"잘했다."

배후를 밝힐 수 없다는 것이 아쉽기는 했지만 도망간 자가 없다는 것이 불행 중 다행이었다.

"누가 처음 발견했나?"

"순찰을 돌던 초병이 발견했습니다."

보급중대장이 병사 둘을 데려왔다. 병사 중 한 명은 특이한 모습 때문에 안면이 있었다. 화상을 입어서 얼굴의 반을 천으로 가리고 다니는 자였다.

"중대장."

"예, 김님."

"첩자들이 더 있을지 모르니까 수색을 철저히 하도록. 초병들은 일계급 특진 후에 호위대에 배속시켜라."

"예, 알겠습니다."

그날 이후부터 상식은 상자에서 눈을 떼지 않았다. 호위대의 숫자도 배로 늘렸다. 조심을 한 덕분인지 발렌 성에 도착할 때까지 별다른 일은 더 이상 일어나지 않았다.

며칠 후에 상식은 상자를 무사히 한인수 병장에게 전달했다. 중간에 있었던 일을 보고했지만 한인수 병장은 앞으로는 잘하는 말 이외에는 별다른 말을 하지는 않았다. 욕이나 갈굼, 심하면 몇 대 맞을 각오를 하고 있었기에 한인수 병장의 방을 무사히 나오며 수고했다는 말까지 덤으로 듣자 맥이 풀릴 정도였다. 한인수 병장에게 무슨 말을 들을지 걱정하며 가슴 졸이던 자신이 한심해졌다.

"왜 그래?"

방을 나서면서부터 히죽거리는 상식을 보며 도신이 걱정스러운 얼굴로 물었다.

"네가 좋아서."

상식은 그렇게 둘러댔다.

"미친놈."

"술이나 마시러 가자. 내가 쏜다."

상식은 그렇게 말하고 도신을 잡아끌었다. 어쨌든 일은 끝났다. 존이 첩자였다는 것이 아직까지도 믿어지지 않았지만, 모든 것이 시간이 지나면 잊혀지리라.

오늘은 여러 가지로 기분이 좋았다. 이 세상에 변하지 않는 사람은 없었다. 한인수 병장도 예전보다 말수는 조금 줄은 것 같지만 그에 비례해 성격은 좀 더 편안하게 대할 수 있게 변한 것 같았다. 다만 걱정되는 것은 사람이 갑자기 변하면 일찍 죽는다는 것이다. 하지만 걱정하지 않았다. 저 괴물은 저승사자도 무서워할 것이기에.

3

술을 본격적으로 마시기 시작한 것은 피넬 성 전투가 끝난 직후부터였다. 술을 마시고부터 손이 더 이상 떨리지 않게 되었다. 그때 알았다. 자신에게 필요한 것은 약도 휴식도 아닌 술이라는 것을.

처음에는 들키지 않도록 조금씩 마셨다. 그렇게 몰래 마셨지만 결국 장재수 병장에게 걸리고 말았다. 하지만 장재수 병장은 관대하게 용서해 주었다. 아니, 혼자 먹는다고 오히려 욕을 먹었다.

치열한 전투가 끝나면 술을 마시지 않고는 견딜 수가 없었다. 손은 멋대로 움직였고, 귓가에는 끊임없이 비명이 들렸다. 마치 전투를 다시 하는 것 같은 느낌이었다. 술을 마시면 그런 것들이 들리지 않았다. 누구에게도 이런 말을 할 수가 없었다. 동기인 상식이에게도 털어놓을 수가 없었다.

지금에 와서는 후회가 되기도 했다.

"취한 것 아니냐?"

"괜찮아. 난 멀쩡하다구."

도신은 부축하는 상식의 손을 밀어냈다. 몸을 가누기가 어려울 뿐이지 도신의 정신은 멀쩡했다.

"야, 헛소리 그만 하고 이리 와서 자."

"아니야. 갈 데가 있어."

"어디?"

"몰라도 돼."

도신은 휘청거리며 방을 나섰다.

어디로 가야 될지 생각해 보니 갈 곳은 한곳밖에 없었다. 아마 아직 안 자고 있을 것이다. 제일 잠을 안 자는 사람이 그 사람이니까.

언제나 새벽에 순찰을 돌다 보면 그의 막사에는 항상 불이 켜져 있다. 일도 안 하면서 불을 켜놓을 사람은 아니다. 오히려 자기 자신에게 너무나 엄격해서 탈이었다.

리베나 게리슨 같은 놈들은 정말 호화롭게 식사도 하고 막사도 잘 꾸며져 있다. 하지만 그 사람은 언제나 병사들과 같은 식사를 하고 허술하게 보이는 야전 침대에서 잠을 잔다. 아니, 잠이라는 것을 자는지조차 의문시된다.

이런저런 생각을 하며 복도를 걷다 보니 어느새 그의 방 앞이었다. 도신은 조심스럽게 문을 두들겼다.

탕탕탕!

생각과 다르게 문이 허술한지 귀청을 울릴 듯이 크게 들렸다.

"누구냐?"

역시 잠을 안 자고 있었는지 바로 반응이 왔다. 도신은 깊게 심호흡을 한 번 하고 입을 열었다.

"병장 사도신입니다."

"들어와."

도신은 조용히 문을 열었다. 왜 문에서 쾅! 하는 소리가 났는지는 정확히 이해할 수 없었다. 아마 경첩이 고장나서 문이 확 열린 것 같았다.

"충성!"

도신은 일단 경례부터 했다.

한인수는 역시나 책상 앞에 앉아 있었고, 책상 위에는 종이 조각이 어지럽게 흐트러져 있었다.

"무슨 일이야, 이 밤중에?"

"물어보고 싶은 말이 있어서 왔습니다."

도신은 정직하게 대답했다.

"일단 문 닫고 들어와."

명령대로 도신은 문을 닫았다. 확실히 쾅! 닫히는 걸로 봐서 문이 고장난 것이 분명했다.

"술 마셨냐?"

"조금 마셨습니다."

"일단 앉아."

한인수가 의자를 가리키며 말했다.

"예, 감사합니다."

앉으라면 못 앉을 것도 없다는 생각에 도신은 의자에 털썩 앉았다. 확실히 술기운이 점점 더 퍼지는 것 같았다. 빨리 이야기를 마치는 게 좋을 것 같았다.

"무슨 말이 하고 싶은데?"

목소리가 크지도 않았고, 얼굴을 찡그리지도 않았다. 얼굴이 붉어지지도 않은 걸로 보아서 화가 난 것 같지는 않았다. 오히려 부드럽다고 하는 게 맞을 것이다.

"사실입니까?"

한인수 병장의 방문 앞에 섰을 때만 해도 조리있게 말을 해야지 했는데 도신은 선문답 같은 말을 하고 말았다. 정신이 멀쩡하다고 생각했는데 그것도 아닌 모양이었다.

"뭐가?"

조금은 황당한 얼굴로 변했다. 그래도 아직 화가 난 것 같지는 않았다.

"그것 말입니다."

또 헛소리하는 것처럼 말이 튀어나왔다. 이러다 정말 술 먹고 헛소리하러 온 것처럼 비춰질 수도 있었다. 이러면 오히려 역효과였다. 정확히 무엇을 물어보러 왔는지 이야기를 하면 되는데 그게 제대로 안 되고 있었다.

"도신아, 내일 이야기하면 안 될까?"

한인수 병장의 목소리는 부드러웠다. 한 번은 봐줄 생각인가 보다.

"아닙니다. 오늘 해야겠습니다. 꼭 오늘 해야 됩니다."

도신은 강하게 밀어붙였다. 오늘이 아니면 하기 힘들 거라는 생각이 들었다.

"그럼 제대로 이야기를 해봐."

약간 짜증이 난 얼굴이었지만 그래도 아직까지는 이야기를 들어주려는 것 같았다.

"그럼 하겠습니다."

"그래, 해."

"발렌 성 공성전 때 말입니다. 그때 일부러 병사들을 죽게 한 겁니까?"

말하고 나니 조금은 속이 후련해졌다.

“무슨 병사를 죽게 해?”

한인수 병장이 오히려 반문을 했다.

“젠장.”

도신은 놀라서 입을 손으로 막았다.

하늘에 맹세코 절대 욕을 하려고 했던 게 아니었다. 의미 전달을 제대로 했다고 생각했는데 제대로 전달이 되지 않아서 자신을 탓하려고 했던 말이 입 밖으로 나온 것이다.

한인수 병장의 얼굴이 조금 일그러졌다. 욕을 했다고 생각하는 게 분명했다. 어서 수습을 해야 했다.

“저기, 저, 욕을 하려던 게 아니었습니다. 정말입니다. 믿어주십시오.”

“알았어. 믿어줄게. 하고 싶은 말은 내일 술이 깬 후에 하면 안 될까?”

진심이 통한 것 같지만 부드러운 말속에 항거할 수 없는 힘이 느껴졌다. 하지만 이대로 물러설 수는 없었다. 이미 엎질러진 물이었다.

도신은 아랫배에 힘을 주고 다시 입을 열었다.

“꺼억.”

젠장, 다시 역효과였다. 이럴 때 트림이 왜 나오는 걸까.

한인수 병장의 인상이 아까보다 더 심하게 일그러졌다.

“물 좀 마실래?”

일그러진 얼굴과는 다르게 한인수 병장이 손수 물을 따라서 내밀었다.

안 받을 수가 없어서 도신은 공손하게 두 손으로 물잔을 받아 들이켰다. 조금 제정신으로 돌아오는 것 같았다.

도신은 눈을 감고 잠시 생각을 정리했다.

"자냐?"

"아닙니다."

도신은 놀라서 눈을 번쩍 뜰 수밖에 없었다. 절대 잔 것은 아니었다.

"할 말 없으면 그만 가봐."

"제대로 다시 물어보겠습니다. 제가 궁금한 것은 한인수 병장님이 처음부터 모든 것을 계획하고, 일부러 미스트르 왕국군을 며칠 동안 죽게 내버려 둔 것입니까?"

책을 읽듯이 또박또박 말하니 겨우 제대로 말을 할 수 있었다. 하지만 화나게 한 것 같았다.

한인수 병장의 얼굴이 눈에 띄게 붉게 변했다. 정말 화가 났을 때 이런 현상을 보인다는 것을 그간의 경험으로 알고 있었기에 도신은 자신의 한 말 중에 실수한 것이 있나 생각해 보았다. 실수한 것은 없는 것 같았다.

"그렇다면?"

의미 불명이었다. 하지만 의미상으로 따지면 일부러 죽게 만들었다는 것을 수긍하는 쪽의 대답이었다. 물론 확정적인 대답은 아니었다.

"확실하게 대답해 주십시오."

괜히 화가 나서 목소리가 커졌다. 말한 도신조차 놀랐다.

한인수 병장은 한동안 말이 없었다. 말이 없다면 긍정인가? 도신이 술 때문에 이리저리 꼬여 버린 머릿속을 정리하고 있을 때 한인수 병장의 입이 열렸다.

"그래, 그랬다."

아주 작은 목소리였다. 얼굴은 붉게 상기되어 있었다.

"왜 그랬습니까?"

덩달아 도신의 목소리도 작아졌다.

"대답하고 싶지 않다."

한참을 망설이는 것 같더니 정작 한인수 병장의 입에서 나온 대답은 허무할 정도였다.

"왜 그랬습니까?"

도신은 자신이 술이 취했다는 것을 확실히 느꼈다. 별일도 아닌데 다시 목소리가 높아지고 있었다. 무언가 말 못할 것이 있다는 것은 도신도 충분히 느끼고 있었다. 언제나 가족처럼 챙겨주려고 노력하는 사람이었다. 자신을 위해서 무언가를 하는 것을 본 적이 없는 것 같았다. 그런데도 왜 바보같이 계속 질문을 하는지. 도신은 자신의 입을 탓했다.

"그냥 가라. 피곤하다."

대답은 역시나 회피.

"왜, 왜, 왜 그랬습니까?"

'이제 안녕히 주무십시오' 라고 인사를 하고 나오면 끝나는 일이었지만 고약하게 취해 버린 입이 다시 일을 저질렀다. 진실을 찾아 헤매는 정의의 사자라도 된 것처럼.

"가!"

역시나 화가 많이 난 것 같았다. 소리를 지르는 것을 보니. 이제 꼬리를 내리고 가면 되는 것이다.

"왜!"

"가!"

"왜!"

도신은 입이 취하다 못해 미쳐 버렸다는 것을 알았다. 주둥이가 미쳐 버렸다. 미친 주둥아리면 광설쯤 되려나? 다른 곳으로 이야기가 새는 것을 보니 절대 정상은 아니었다.

"너희 때문에 그랬다!"

한인수 병장의 눈이 이글이글 타오르는 것 같았다.

"핑계 대지 마십시오!"

아! 이제는 더 이상 수습할 길이 없어 보였다. 내일 무릎을 꿇고 싹싹 빌어도 용서가 안 될지도 몰랐다.

"너희가 뭘 알아? 너희들은 내가 없으면 어떻게 할 거야? 너희들은 언제나 너희 걱정만 하고 있잖아! 안 그래? 나라고 그렇게 하고 싶었겠어? 아무리 나하고 관계없는 사람들이지만 그렇게 허무하게 죽게 내버려 두고 싶었겠냐고. 도대체 너희들은 언제까지 나한테 이럴 거야?"

"그럼 그만두면 될 것 아닙니까?"

결국 도신은 하지 말아야 될 말까지 하고 말았다. 술이 과했다. 조금 마신 것이 아니라 많이 마신 것이다. 술은 이성을 마비시키고 잠자고 있던 본능을 불러낸 모양이었다.

"그래, 그만두자. 다 그만둬."

한인수 병장의 입에서 결국 저 말이 나오게 만들었다.

"제가 그만두겠습니다."

수습할 길은 결국 이 말밖에 없었다. 어쩌면 이것이 처음부터 도신이 하고 싶은 말인지도 몰랐다.

이제 사람을 죽이는 것이 무서웠다. 처음에는 미친 듯이 피를 원했지만 광기가 가시고 나자 남은 것은 손 떨림과 비명뿐이었다.

이제 문을 박차고 나가면 끝나는 것이다. 몸을 일으키려고 탁자를 짚었는데 탁자가 박살이 났다. 너무 낡은 탁자였다. 방문 역시 쾅! 소리가 나는 걸로 보아 고장나 있었다. 사령관 방이면 좀 좋은 방으로 할 것이지 가구는 낡고 문은 고장난 방이라니. 이러니 리베나 게리슨 같은 놈이 걸핏하면 찝쩍대는 거겠지?

어쨌든 내일부터는 손 떨림과 비명으로부터는 해방이었다. 진실을 알기 위해서 온 것이 아니라 이기적인 마음을 감추기 위해 온 것이다.

당당하게 힘들다고 말하지 못하고 이렇게 비열하게 할 수밖에 없었을까 하는 생각이 들었다. 도신은 그런 자신을 위해서 또 변명을 하고 싶었다.

이 모든 게 술에 많이 취한 탓이었다.

술이 독한 탓이었다.

4

또다시 전투를 하기 위해 말 위에 몸을 실었다. 그렇게 나쁘지만은 않았다. 이제는 말을 타는 것도 몸에 적당히 익었고, 사람을 죽이는 것도 익숙해졌다. 피를 보는 것이 영 께름칙하기는 하지만 케이트를 위해서라면 이 정도는 충분히 감내할 수 있었다.

이번 목표는 오우거 요새라던가? 이번에도 한인수 병장이 길을 만들 것이다. 믿고 그의 뒤를 따르기만 하면 된다.

어쩔 때는 한인수 병장이 정말 친형처럼 느껴졌다. 그렇기 때문에 나, 장재수를 케이트의 곁으로 보내줄 것이다.

숙영지에 도착하자 병사들이 바쁘게 움직이고 있었다. 이번에도 저번과 비슷한 규모였기에 시장 바닥보다 더 혼잡했다. 그래도 용케 자신들의 위치를 찾아서 밤을 보낼 준비를 한다.

재수도 자신의 막사가 세워지는 곳 근처에 앉아서 병사들이 움직이는 것을 보고 있었다. 자신도 저렇게 뛰어다니던 시절이 있었다. 놀아줄 사람을 찾아서 눈을 이리저리 돌렸지만 마땅한 사람은 보이지 않았다. 역시 도신이만 한 녀석은 없었다.

"도신이는 어디 간 거야? 보급 부대랑 같이 와?"
"휴가."
"엥? 무슨 휴가?
"병장 정기 휴가. 그거 못 갔다고 하더라."
"그런 것도 있었어?"
"그래."
"나도 휴가!"
"넌 안 돼."
"왜?"
"넌 휴가 없잖아."
"젠장, 어떻게 알았어?"

재수는 아침 나절에 도신을 찾아 헤매다 들었던 일을 떠올려 보았다. 그냥 다른 일을 시켰겠거니 생각했다. 은밀하게 해야 될 일인지도 모른다. 무언가 말할 수 없는 것도 있을 것이다. 그렇기에 한인수 병장의 말은 믿어도 좋았다.
재수가 인수의 막사에 간 것은 저녁 식사가 끝나고 나서였

다. 첫날이라서 일찍 숙영지를 편성한 덕에 아직 이른 저녁이
었다.

막사 앞에는 보초 두 명이 서 있었다. 막 경례를 올리려는
그들을 향해 입가에 손가락을 갖다 붙이며 조용히 하라는 신
호를 보냈다. 제법 말이 통하는 놈들인 줄 알았더니 아니었
다.

"충성!"

우렁찬 경례 소리가 터져 나왔다.

두 놈 중 한 놈만 알아들은 것이 문제였다.

"잘해."

재수는 잡아먹을 듯 노려보다가 어깨를 툭툭 두드리며 한
마디 해주었다. 오늘 일이 교훈이 될 것이다. 융통성이 없는
걸 보면 한인수 병장이랑 많이 닮았다는 생각이 들었다.

"왔으면 들어와. 문 앞에서 애들 괴롭히지 말고."

안에서 한인수 병장의 목소리가 들린다.

"그게 뭐 괴롭힌 건가? 귀여워서 그러지."

재수는 막사 안으로 들어가 머리를 긁적이며 변명을 했
다.

"행여나?"

마음을 꿰뚫어 본 것 같은 말투다. 그래도 이상하게 마음이
편해졌다. 이렇게 마음 놓고 대화를 할 수 있다는 것만으로도
하루의 피로가 가시는 것 같았다.

“무슨 일이야? 오늘은 회의도 없는데?”

한인수 병장이 다시 입을 열었다. 오늘도 바쁜 모양이었다.

“그냥 한인수 병장이 심심할까 봐 왔지.”

재수는 대충 얼버무릴 수밖에 없었다. 애초부터 머리 나쁘다는 핑계로 서류에는 손도 안 댔다.

“네가 심심한 건 아니고?”

역시 마음을 꿰뚫어 본다니까.

“뭐, 다 그런 거지. 칼칼한데 뭐 먹을 것 없어?”

괜히 무안해져서 먹을 것을 찾았다. 정말 여기가 사령관의 거처가 맞는지 의심이 간다.

“먹을 거 찾으려면 리베한테 가지 그러냐?”

“내가 그 자식 싫어하는 거 알면서.”

“그랬냐?”

이렇게 떠들었는 데도 한인수 병장은 서류에서 좀처럼 눈을 떼지 않았다. 무언가 힘이 되고 싶다는 생각이 들었지만 무슨 말을 해야 될지 몰랐다. 보통은 자신이 조언을 받는 입장이었다.

“바빠?”

“잠깐만, 이것만 보면 끝이다.”

미치는 어디를 갔는지 물 한 잔 내오지 않았다. 그렇게 가만히 앉아서 인수가 일하는 모습을 쳐다봤다. 평소 우직한 모습이 책상 앞에서도 나오는 것 같았다. 분명 얼굴을 보면 저 일을 좋아하지 않지만 평소처럼 끈기 하나로 참고 있다는 것을 알 수 있다.

"끝이다!"

얼마 지나지 않아 한인수 병장의 입에서 즐거운 비명이 터져 나왔다.

재수도 덩달아 기분이 좋아졌다.

"고생했어."

진심을 듬뿍 담아서 말했다.

"고생은 무슨."

말은 그렇게 해도 싫지 않은 표정이다.

"사도신은 언제 와?"

"나도 몰라."

"휴가가 긴 모양이지?"

"응, 그래."

표정을 보니 이 이야기는 아닌 모양이었다.

"네가 만든 범선 있잖아."

한인수 병장이 먼저 말을 돌렸다.

"범선?"

"그래, 네가 심심할 때 나무로 만들던 거."

"아, 그거."

재수는 그제야 이해가 갔다.

병장이 되면 여유 시간이 많아지니 취미 생활 한두 가지는 생기기 마련이었다. 재수가 택한 취미는 배 만들기였다. 언젠가 선임병 중에 한 명이 멋들어진 배 한 척을 가지고 전역하는 것을 본 뒤에 자신도 병장이 되면 해야겠다고 생각한 일이었다. 제법 제대로 만들어볼 생각에 이것저것 뒤적거리다가 멋진 모형 범선을 발견하고 심심풀이로 만들던 것을 베르켄 성에 자리를 잡고 난 후부터 다시 틈날 때마다 만든 것이었다. 시간 때우는 데는 그것만 한 것이 없었다.

"내가 좀 썼다."

"왜?"

장미꽃 접는 것은 봤어도 인수가 그런 쪽으로는 관심이 없다는 걸 알고 있었다.

"쓰면 안 돼?"

"안 될 건 없지만……."

오히려 당당한 말투에 재수는 슬그머니 꼬리를 내릴 수밖에 없었다.

"아깝냐?"

솔직히 아까웠다. 몇 개월을 투자한 건데.

"아니."

'응'이라고 말하고 싶었지만 모형배 한 척 때문에 쪼잔한 놈으로 볼까 봐 반대로 말할 수밖에 없었다. 어디까지나 한 인수 병장과는 피로 맺어진 전우였다. 그렇지만 '그깟 배 한

척쯤은 아깝지 않아' 라고 자신있게 말할 수는 없다.

"그럼 됐고."

"어디다 쓸 거야?"

재수는 슬쩍 안 물어볼 수가 없었다.

"케이트에게 선물로 주려고."

"정말?"

되묻지 않을 수 없었다.

"그래."

"진작 말하지. 그럼 내가 케이트에게 직접 주었을 텐데."

재수는 반색할 수밖에 없었다.

"아, 이게 아니다. 왜 케이트에게 범선을 줘?"

다시 생각해 보니 케이트에게 왜 선물로 범선을 줄까 하는
생각이 들었다.

"쉿!"

갑자기 한인수 병장이 주위를 둘러보다가 말했다. 무언가
비밀이 있는 모양이었다.

"왜?"

비밀 이야기는 재수가 가장 좋아하는 것 중에 하나였기에
덩달아 조용해질 수밖에 없었다.

"누가 들을까 봐."

"그건 또 무슨 소리야?"

"모르잖아. 첩자가 있을지도."

“정말이야?”

재수로서는 처음 듣는 이야기였다. 첩자라? 한인수 병장이 있다고 하면 있는 것이다.

“그래, 상식이가 이번에 몇 명 잡았다더라. ‘그것’ 도 뺏길 뻔했고.”

“어떤 놈들이야?”

첩자가 있는 거랑 직접 잡은 거랑은 전혀 다른 얘기였다. 실체가 있다는 소리였다. 막연한 조심이 아니었다. 더구나 ‘그것’ 을 뺏길 뻔하다니. ‘그것’ 이 포탄이라는 것을 아는 사람은 6명뿐이었다. 이렇게 되면 단순한 첩자 수준이 아닐지도 모른다는 생각이 들었다.

“쉿, 목소리가 너무 커.”

“어떤 놈들이야?”

한인수 병장의 주의를 살피며 목소리를 낮추어 말했다.

“나도 잘… 셋 중 하나겠지.”

한인수 병장의 말에 의하면 의심 가는 사람이 셋이나 된다는 소리였다.

“누구?”

“말하면 바로 가서 다 죽이려고?”

한인수 병장의 지적이 정확했다. 그런 놈들이 눈앞에 있다면 지금 당장이라도 달려가서 뿌리를 뽑을 생각을 하고 있었다.

“안 죽여.”

"그래도 알려줄 수 없어. 너에게 알려주는 것은 너무 위험해."

"티 안 낸다니까."

"차라리 괴물들을 믿지."

"날 그렇게밖에 안 본 거야?"

궁금한 것은 참을 수가 없어서 재수는 짐짓 그렇게 말하며 약간 화난 표정을 곁들였다.

"응."

효과는 역시 없었다. 한인수 병장이 제대로 본 건지도 모른다.

뒤에서 음흉하게 일 꾸미는 녀석들이 눈앞에서 아른거리면 정말 참을 수 없을 것이다. 아무리 다짐을 해도 주먹이 먼저 나갈지도.

"알려주지 마. 그 편이 낫겠다."

누군지 무척 궁금했지만 자신을 잘 알기에 재수는 이 정도에서 포기할 수밖에 없었다.

"잘 생각했어."

"근데 그런 놈들이 주위를 돌아다녀도 괜찮은 거야?"

"아직까지는 괜찮아. 어차피 심증만 있고 물증이 없으니까."

"그렇구나."

"범선은 내가 잘 쓸게. 그게 상당히 쓸 만할 것 같아. 물론 케이트에게도 무척 도움이 되는 거야. 이 정도만 알아둬.”

“알았어.”

재수는 순순히 대답했다. 케이트에게 도움이 되면 그걸로 됐다. 한인수 병장은 절대 우리에게 해가 되는 일은 하지 않을 것이다. 그 정도 믿음은 줄 수 있는 사람이었다.

“그럼 우리 아무 문제 없는 거지?”

재수는 다짐을 받듯이 물었다.

“그래.”

한인수 병장의 망설임없는 대답을 들으며 재수는 마음이 놓였다. 한인수 병장이 하는 말이라면 무엇이든지 믿을 수 있었다.

5

케이트의 중요한 일과 중 하나는 차 마시는 시간이었다. 단순히 차만 마시는 것이 아니었다. 엘프디언의 안주인들이 모두 모이는 자리였다. 이것은 신분고하를 막론하고 누구도 거부할 수 없었다.

하나둘 모이는 것 같더니 어느새 6명이 응접실을 채웠다.

신분도 다 제각각이었다. 농노 출신도 있었고, 공주도 있었다. 노예 하녀 출신도 있었고, 공주의 시녀 출신도 있었다. 귀족의 딸도 있었고, 첩의 딸도 있었다.

나이도 다 제각각이었다. 이렇다 보니 그 서먹함은 도를 넘어설 때도 있었다.

이들이 다툼없이 잘 지내게 하는 것도 케이트가 맡은 중요한 소임 중에 하나였다.

이 성은 어디까지나 케이트의 것이었다. 케이트가 주인으로서 나서야 했다. 하지만 아직까지 서먹함을 지울 수는 없었다.

자리 배치만 봐도 알 수 있었다. 케이트의 왼쪽 의자에는 안젤라와 산드라가, 오른쪽 의자에는 캐롤과 제이미가 앉았고, 케이트의 맞은편에는 가장 늦게 이 성에 온 제이드가 앉았다. 역시 신분이 달라서 그런지 먼저 말을 하는 사람은 없었다.

"오늘이 누구 차례였지요?"

케이트는 가볍게 한숨을 내쉬고는 입을 열었다.

"제이드 양 차례입니다."

제이미가 말했다.

"저, 저예요?"

제이드가 조금은 겁먹은 표정을 지었다.

"편안하게 하세요."

케이트가 그렇게 말했지만 제이드는 전혀 편안하지 않은 얼굴이었다.

차 만들기는 엄격한 격식을 필요로 하지 않았기에 결코 어려운 일이 아니었다.

뜨거운 물을 부어서 차를 우려낸 다음 각각의 잔에 따른 후에 취향에 맞추어 꿀을 섞거나 하면 그걸로 끝이었다.

제이드의 차 만들기는 우아하거나 고상해 보이지는 않았지만 나름대로 최선을 다했다고 볼 수 있었다. 오늘은 실수로 주전자를 엎지르지도 않았고, 찻잔에 넘치게 따르지도 않았으니까. 제이드가 처음에 실수를 한 것은 익숙하지 않은 환경 탓이 컸다.

"잘하시네요."

물론 격려를 하기 위한 말이었다. 차 맛은 좋지도 그다지 나쁘지도 않았다. 하지만 효과가 있었는지 제이드의 얼굴이 밝아졌다.

"그런가요?"

"예. 그리고 너무 어렵게 생각하지 마세요. 제이드 양을 곤란하게 하려는 것이 아니라 매일 같은 시간에 차를 마시는 것은 서로 친하게 지내자는 의미예요."

"알고는 있지만……."

"부군의 서열이 여자들의 서열이 되어서는 곤란하다고 생각해요. 이 중에는 나이가 많은 분도 있고, 나이가 어린 분도 있습니다. 또한 신분이 높은 분도 있고, 낮은 분도 있습니다. 하지만 지금은 이렇게 같이 동등한 입장에서 차를 마시잖아요. 저뿐만이 아니라 부군되시는 분들이 바라는 것도 이런 거예요. 모두가 잘 지내는 거요. 제 말 아시죠?"

"예."

5명이 모두 대답했다.

케이트는 만족한 웃음을 지었다. 모든 것은 시간이 해결해 줄 것이다.

오후 늦게 전령이 왔다. 그래서 그런지 오랜만에 성에 웃음이 감도는 것 같았다.

케이트는 두 통의 편지를 받았다. 하나는 반가운 편지였고, 하나는 뜻밖의 편지였다.

반가운 편지는 재수로부터 온 연애 편지였다. 낯 뜨거운 표현도 가끔 눈에 띄어서 얼굴을 붉히며 밤에 몰래 읽는 편지였다.

뜻밖의 편지는 인수로부터 온 부탁의 편지로, 케이트가 해야 될 일이 빼곡히 적혀 있었다. 왜 해야 되는지 잘 알 수는 없었지만 오우거 요새의 공격과도 상관이 있어서 꼭 필요한 일이라고 적혀 있었다.

케이트는 어렵지 않게 인수가 말한 물건을 찾을 수 있었다. 그것은 재수 오빠의 방에 있었다. 모양만 봐도 그것이 배라는 것을 쉽게 알 수 있었다. 한때 배를 타고 제국으로 도망가려는 생각도 했었으니까.

"그때는 어렸으니까."

그렇게 읊조리며 케이트는 나직이 실소를 흘렸다.

정말 어린 생각이었다. 어쨌든 지금은 복인지 화인지 잘 모르겠지만 그래도 하고 싶은 일을 마음껏 할 수 있었다. 이제 제법 영지가 돌아가는 상황도 눈에 들어오고 있었다. 이렇게 되기까지는 인수 오빠의 도움이 컸다.

"여자라고 왕이 되지 말란 법은 없어. 가장 중요한 것은 할 수 있다는 자신감과 올바른 판단을 내릴 수 있는 판단력이야. 절대 꺾이지 말고 올바르게 판단을 해. 그럼 나머지는 너의 밑에 있는 사람들이 해줄 거야. 싸움을 못해도, 전략과 전술을 몰라도 네가 자신감을 가지고 올바른 판단을 한다면 좋은 결과가 나오는 거야. 자신을 가져. 넌 혼자가 아니야."

"힘을 내자! 케이트!"
케이트는 인수의 조언을 떠올리고 스스로 힘을 불어넣었다.
케이트는 부지런히 편지를 썼다. 만나기 힘든 사람이기 때문에 되도록 빨리 편지를 보내라는 말이 인수의 편지에 적혀 있었다.

기다리던 연락이 온 것은 그로부터 8일이 지나서였다. 운이 좋다는 생각이 들었다. 빠르면 빠를수록 좋고, 반드시 30일 안에 처리하라고 했는데 15일 안에 일이 끝날 것 같았다.

케이트는 연락이 오자 바로 길을 떠날 채비를 했다. 이미 어느 정도 준비를 해둔 상태였기에 번잡스럽지는 않았다.

거추장스러운 의식은 모두 생략한 채 케이트는 병사들의 호위를 받으며 급하게 미노피로 향했다. 만나기로 한 곳이 바로 미노피 성이었다. 그렇게 서두른 덕에 5일 만에 미노피 성에 도착할 수 있었다.

피엘 제독은 이미 기다리고 있었다. 케이트도 그의 이름은 익히 들어 알고 있었다. 전쟁으로 인해 상인들의 출입이 끊기면서 영지에 필요한 물건은 모두 바다를 거쳐서 오는 상황이었다.

케이트가 방에 짐을 풀기도 전에 피엘 제독으로부터 먼저 연락이 왔다.

선장실로 들어서자마자 기다리고 있던 제독이 먼저 허리를 굽히며 인사를 했다.

"피엘입니다, 영주님."

"케이트라고 합니다. 말씀은 많이 들었습니다. 이렇게 뵙게 되어 영광입니다."

당황한 것은 케이트였다. 나이도 훨씬 많고 신분도 비슷하거나 아니면 상대방이 더 높았다. 그럼에도 불구하고 상대방이 저자세로 나왔다. 상인 특유의 술수가 아닐까 하는 의심이 먼저 들었다.

"그 이야기가 정말입니까?"

시녀가 차를 채 따르기도 전에 피엘이 다급하게 물었다.

저자세로 나오는 걸로 보아 술수가 아닌 것도 같아 케이트는 협상이 잘될 거라는 예감이 들었다. 협상 조건은 이미 인수의 편지를 꼼꼼히 읽고 머릿속에 집어넣은 상태였다.

"차라도 드시면서 천천히 이야기를 해보지요."

케이트는 조금 더 시간을 끌 요량으로 말했다.

"제가 추태를 부렸습니다."

피엘이 자신의 행동에 대해 사과를 했다.

"아닙니다."

케이트는 여유있게 말하며 차를 한 모금 머금었다. 차 맛이 평소에 마시던 허브 차와는 다르게 독특했다.

"차 맛이 독특합니다."

"마음에 드십니까?"

"예."

"제가 가끔 마시는 비헤른 지방의 위치 차입니다. 흥취에 맞으신다면 보내 드리겠습니다."

"그런 수고를 끼치면 안 되지요."

"괜찮습니다. 제 작은 성의입니다."

케이트는 차 맛을 음미하며 잠시 뜸을 들이다가 먼저 입을 열었다.

"이야기는 알고 계시지요?"

"알고 있습니다. 근데 정말 그런 배가 있습니까?"

“저는 배에 대해서 잘 모르지만 편지에 적힌 그런 배의 모형을 가지고 있습니다.”

“그렇습니까? 실례가 안 된다면 배의 모형을 볼 수 있겠습니까?”

“엘프디언 한님께서 계약이 먼저라고 하셨습니다. 저희의 조건을 들어보셔야 하지 않겠습니까?”

“계약이 구체적으로 어떻게 됩니까?”

“저희에게 오십시오.”

“그게 무슨 말입니까? 이미 저희는 쇼운 전하를 위해서 활동하고 있습니다.”

“쇼운 전하가 아니라 저희 콜 영지에 와달라는 말입니다.”

“흠, 그것은 좀…….”

피엘이 곤란한 표정을 지으며 심각해졌다.

“그렇습니까? 저희는 이미 많은 지원을 할 준비가 되어 있습니다.”

“그렇게 단순한 문제가 아닙니다. 미스트르 왕국과도 연결되어 있는 문제라서 선택이 쉽지 않습니다.”

“엘프디언 한님께서 제독님이 결정하기 어렵다고 하신다면 이렇게 전하라 하셨습니다.”

“무슨 말입니까?”

“금기를 깰 수 있는 배라고 하셨습니다.”

“정말입니까?”

"예, 그렇게 말씀하셨습니다."

"시간을 좀 주시겠습니까?"

"그러지요."

"내일 이 시간에 찾아뵙겠습니다."

"그렇게 하십시오."

"실례가 많았습니다."

피엘 제독이 상당히 동요하고 있다는 것을 케이트는 쉽게 알 수가 있었다. 도대체 그 배가 어떤 배이기에 그런지 알 순 없지만 대단한 물건임에는 틀림없는 것 같았다. 모든 것이 인수가 편지에 언급한 대로 되어가고 있었다.

"어제는 실례가 많았습니다."

"아닙니다. 당연히 고민이 되시겠지요."

케이트는 먼저 말을 꺼내기를 기다렸다. 급한 것은 케이트가 아니었다.

"정확한 조건을 알고 싶습니다."

피엘 제독은 어제보다는 침착한 표정이었다. 어쩌면 이미 마음의 결정을 내린 후일지도 모른다는 생각이 들었다. 이것은 어쩌면 일종의 요식행위일 것이다.

"저희가 드릴 수 있는 것은 미노피 항구를 10년 동안 내어 드리고 10년간 저희를 위해서 일해주시는 것입니다. 그것은 저희 영지에 적대적인 국가에 대한 약탈 허가증을 포함해서

입니다. 또한, 새로운 배를 연구하고 건조할 수 있게 지원하
겠습니다. 그와 더불어 콜 영지의 해군을 육성해 주십시오."

케이트는 인수가 제시한 조건을 그대로 말했다. 조건상으
로 따지면 배에 대해서 잘 모르는 케이트가 생각할 때도 그다
지 나쁘지 않았다.

"10년 후에는 떠날 수 있습니까?"

"예, 그렇습니다. 절대 붙잡지 않을 것입니다. 아, 그리고
원양항해에 필요한 몇 가지 조언도 해드릴 것입니다."

"알겠습니다. 문서를 작성합시다."

"이미 준비해 두고 있었습니다."

케이트는 준비해 둔 문서를 내놓았다.

"하하하, 그렇습니까?"

"다 엘프디언 한님의 조언이었습니다."

피엘이 기분 좋게 웃자 케이트는 인수에게 공을 돌렸다.

"기회가 된다면 엘프디언 한님을 뵙고 싶습니다."

"그렇게 전하도록 하겠습니다."

사인을 마치고 나자 케이트는 배 모형을 가져오도록 시켰다.

안전하게 옮기기 위해 커다란 상자를 특별히 만들어두었
던 탓에 하인 두 명이 조심스럽게 들고 들어왔다. 상자가 열
리고 재수가 심심풀이로 만든 모형 배가 탁자 위에 모습을 드
러냈다.

"이것은⋯⋯."

"고대로부터 엘프디언에게 전해진 것이라 합니다. 노가 필요없이 바람의 힘으로만 움직이는 배입니다. 몇 개월을 바다 위에서 보급없이 떠 있을 수 있다고 합니다. 물건도 지금의 배보다 배 이상을 실을 수 있고, 속도도 기존의 배보다 훨씬 빠르다고 하셨습니다."

"아, 아름답습니다."

피엘이 감격한 목소리로 말했다.

"한님의 말씀으로는 앞으로 이 배가 바다를 지배할 거라 하셨습니다."

6

리베의 진영에 전령이 도착한 것은 이른 아침이었다.

"후작님으로부터 연락이 왔습니다."

더글라스가 전령이 가져온 밀서를 내밀었다. 정기 연락이 온 지 얼마 되지 않았는데 벌써 또 연락이 온다는 것은 무언가 중대한 일이 있다는 것이었다.

"큰일이군."

"무슨 일입니까?"

더글라스의 물음에 리베는 잠시 망설이다가 이내 생각을 고쳤다. 더글라스가 아니면 그 누구에게 이야기를 할 수 있겠는가?

"글랜 성이 위태롭게 되었다. 빨리 오우거의 장벽을 넘어서 적들을 분산시키라는 지시다."

"어쩌다 글랜 성이……."

"적들의 구원병이 오우거의 장벽을 넘지 않은 것과 같은 맥락일 것이다."

"'시간을 끌고 우두머리를 잡는다' 입니까?"

"그래."

"일이 어렵게 되었습니다."

"이럴 때에 병력의 태반을 잃고 아무런 힘도 없다니. 답답하구나."

리베는 답답해서 가슴이 터질 것 같았다. 이 정도의 편지가 올 정도면 정말 급박한 상황이 전개되고 있을 것이다. 하지만 자신은 북부에 갇힌 것이나 다름없었다.

앞을 막고 있는 것은 백 명이면 천 명을 능히 막을 수 있다는 불가침 요새인 오우거 요새였다. 오우거 요새를 뚫기 위해서는 모든 병력을 쏟아 부어야 했다. 오우거 요새를 그렇게 힘겹게 탈환하더라도 다시 남부로 진격을 위해서는 상당한 시일이 걸릴 것이 자명했다. 아니, 오우거 요새만 탈환하더라도 신경 쓰지 않고는 못 배길 것이다.

"방법이 없는 것은 아닙니다."

"좋은 방법이 있느냐?"

더글라스의 말에 리베는 반색을 했다. 허튼 소리를 하지는 않을 것이다.

"엘프디언 한이라면……."

리베가 별로 좋아하지 않기에 더글라스는 말을 꺼내면서도 얼버무릴 수밖에 없었다.

"그래, 그라면……."

리베는 긍정적으로 생각했다. 기적 같은 공성전을 보여준 그라면 지금 당장이라도 오우거의 장벽을 돌파할 수 있을 것이다. 이제 믿을 것은 엘프디언 한밖에 없었다.

"엘프디언 한에게 간다."

리베는 바쁘게 발을 놀렸다.

"사령관님, 리베 부사령관님이 오셨습니다."

"들라 해."

밖에까지 들릴 정도의 큰 소리였기에 리베는 막사 안으로 바로 들어섰다.

엘프디언 한은 책상에 앉아 무언가 열심히 쓰고 있었다.

"무슨 일이지?"

엘프디언 한은 쳐다보지도 않고 물었다.

리베는 반발심이 들기도 했지만 지금은 그런 어린아이 같은 투정을 부릴 수 있는 처지가 아니었다.

"언제쯤 오우거 요새를 공격하실 생각이십니까?"

아무리 급하다고 해도 돌아가야 했다. 무턱대고 매달릴 수는 없었다. 방법이 있는지부터 알아봐야 했다.

"회의는 오후에 하기로 하지 않았나?"

"예, 그렇기는 하지만……."

"지금은 바쁘니까 오후 회의에서 이야기하지."

리베의 말을 다 듣지도 않고 엘프디언 한은 중간에서 잘라 버렸다. 울컥했지만 이렇게 물러날 수는 없었다.

글랜 성은 단순한 성이 아니었다. 아버지의 영지였고, 아버지의 성이었다. 아버지를 돕는 영주들은 쇼운을 믿기보다는 아버지의 능력을 믿는 것이었다. 그곳을 잃는다면 승산이 없었다.

"생각해 두신 공격 방법이 있습니까?"

리베는 나가는 대신 자존심을 굽히고 다시 물었다.

"공격 방법이 있으면 회의를 왜 해? 무슨 일이라도 있나?"

리베는 잠시 갈등했다. 솔직히 말하고 저자세로 나갈 것인가, 아니면 자존심을 지키고 오후의 회의를 기대할 것인가. 하지만 결론은 하나밖에 없었다. 게리슨을 믿느니 엘프디언 한을 믿는 게 나았다. 게리슨은 아무리 많은 것을 주어도 적극적으로 공격에 나서지 않을 것이다. 더구나 지금쯤 무슨 사단이 났을지도 모를 정도로 시간이 흐른 상태였다.

리베는 이를 악물었다. 잠깐 굽히는 것이 결코 명예롭지 못한 일은 아니었다.

"솔직히 말씀드리겠습니다. 지금 연락을 받았는데 글랜 성이 위험하다고 합니다."

"그래서?"

리베의 말이 다 끝나지도 않았는데 엘프디언 한이 중간에서 또 말을 자르고 들어온다.

"최대한 빨리 오우거의 장벽을 넘어서 적을 분산시키라고 합니다."

"그게 끝인가?"

"예."

리베는 얼떨결에 대답을 하고 말았다.

"알았으니까 가봐."

리베 자신은 지금 속이 타 들어가고 있는 데도 불구하고 엘프디언 한은 너무나 태평하게 말했다.

"저는 진심으로 말씀드린 겁니다."

리베는 한 자 한 자 씹어뱉듯이 말했다.

"나도 진심이야."

엘프디언 한도 지지 않고 응수했다.

리베는 결단을 내려야 했다.

"도와주십시오. 목숨이라도 바치겠습니다."

리베는 최후의 수단으로 엘프디언 한에게 무릎을 꿇으며 말했다. 물론 허리에 차고 있던 검도 뽑아서 내밀었다.

"필요없다. 그런 가벼운 목숨."

"그런……."

리베는 엘프디언 한의 말에 검날을 보며 이제는 끝이라는
생각이 들었다. 할 수 있는 방법은 다 동원했다. 마지막에는
자존심마저 버렸다고 생각했다.

"대신."

자포자기 상태에 빠지려던 리베의 귀에 구원의 목소리가
들렸다.

"말씀하십시오."

리베는 절박한 심정으로 외쳤다.

"몇 가지 조건이 있다."

"무슨 조건입니까?"

리베는 무엇이든 들어줄 수 있다는 생각이 들었다.

"'그다지 어려운 조건은 아니다' 라고 한다면 거짓말이겠
지."

"최대한 들어드리겠습니다."

"그것으로는 부족해. 반드시 들어주어야 하는 조건이다.
우리도 그것을 쓰기 위해서는 준비도 해야 되고, 손실이 크
다."

"알겠습니다."

"쉽게 대답하지 마라."

엘프디언 한은 한마디도 지지 않았다.

쉽게 대답한 것은 아니라고 리베는 스스로 자신에게 물어
보았지만 조건도 제대로 듣지 않고 대답한 것은 경솔한 짓이

었다. 더구나 상대가 엘프디언 한이라면 더욱 그랬다. 어정쩡한 대답이 통할 인간, 아니, 엘프디언이 아니었다.

"조건을 말씀해 보십시오."

"첫째, 북부 5개 영지 중 남은 이스터 영지와 에이런 영지를 콜 영지에 편입한다."

"그런……."

리베는 너무 엄청난 조건에 말문이 막혔다. 왕국에서 조금은 소외된 북부 영지였지만 인구수가 조금 부족하고 개발이 덜 되었을 뿐, 영지의 크기 면에서는 결코 작은 영지들이 아니었다. 이스터 영지와 에이런 영지까지 수중에 넣는다면 왕국에서 가장 크다는 그랑시온 공작령보다 훨씬 큰 영지를 가지게 되는 것이다. 더구나 그것이 겨우 첫 번째 조건이었다. 뒤에 어떤 조건이 나올지 걱정이 되기 시작했다. 사실 첫 번째 조건조차 단독으로는 들어주기 벅찬 것이었다.

"왜, 마음이 변했나?"

엘프디언 한의 말에 리베는 움찔했다. 꼭 속내를 모두 들킨 것 같았다.

"아닙니다. 계속하십시오."

"들어줄 수 있나?"

"예, 들어줄 수 있습니다."

리베는 호탕하게 소리쳤다. 여기서 움츠러들면 기회를 날려 버릴지도 모른다는 불안감이 엄습했다.

"그렇단 말이지. 두 번째 조건은 오우거의 요새를 콜 영지의 관할하에 둔다."

이 조건은 정말 말이 안 되는 조건이었다.

오우거의 요새는 북부와 남부를 잇는 교통의 요충지이자 군사 요충지였다. 요새가 북부 영지를 모두 소유하게 될 콜 영지의 관할이 되면 반란을 일으켜도 토벌하기가 쉽지 않게 된다. 그런 이유로 지금도 반란을 막는다는 구실로 쉬란 후작령에서 관할하고 있었다.

"어려운 조건이지?"

"예, 어려운 조건입니다."

리베는 순순히 시인을 했다.

정말 어려운 조건이었다. 첫 번째 조건은 전쟁에 이긴 후 자신의 공과 엘프디언의 공을 더해서 상주하면 가능한 이야기였지만 두 번째 조건은 전쟁에서 승리하더라도 공신들이 반대할 가능성이 매우 높았다. 첫 번째와 두 번째 조건을 따로 놓아두면 아무 상관이 없었지만 둘을 합쳐 놓으면 반란이란 말이 떠오를 수밖에 없었다.

"어려우면 그만두지."

"제발 도와주십시오. 최대한 관철시키도록 노력하겠습니다."

"명문화된 문서가 필요해. 그것이 아니면 입만 아픈 이야기지."

리베는 엘프디언 한이 정말 얄미운 말만 한다고 생각했다. 평소보다 몇백 배는 더 얄미웠다.

"그런 조건이 아니어도 지금껏 싸워온 연합의 일원으로서, 신의로서 도와줄 수 있는 문제 아닙니까?"

엘프디언 한을 움직이게 하지는 못할 거라는 생각을 하면서도 리베는 인정에 호소했다.

"물론 너의 말도 틀리지는 않다. 하지만 너의 부탁이 아니라면 난 일반적인 공격을 할 생각이었다. 왠 줄 알아? 그것은 희생을 필요로 하기 때문이다. 난 우리 병사들에게 그 희생을 강요할 자신이 없다. 또한, 우리 엘프디언의 보물을 써야 한다. 그 보물이 어떤 것인 줄 알아? 그것은 이 세상 그 무엇과도 바꿀 수 없는 물건이란 말이다. 난 이미 많이 양보했다. 하지만 넌 무엇을 양보했지? 불확실한 대답만으로 일관한 것은 너다. 우리는 아쉬울 것이 없다. 지금 있는 세 개의 영지만 잘 다스려도 문제될 것이 없다는 말이다."

엘프디언 한의 말은 어느 것 하나 틀린 것이 없었다. 그들은 정말 잘 싸워주고 있었다. 들어본 적도 없는 전술로 굉장히 빠른 진군 속도를 보여주고 있었다. 그들은 정말 최선을 다하고 있었다. 지금에 와서는 왜 그동안 최선을 다해서 엘프디언을 돕지 않고 견제를 했을까 하는 후회가 들었다.

"좋습니다. 그 조건을 모두 들어드리겠습니다. 저의 이름과 명예, 아버지의 이름과 명예, 왕이 저에게 부여한 직책을 걸고 들어드리겠습니다."

무모한 짓이었지만 더 이상은 방법이 없었다. 이것이 엘프디언을 움직일 수 있는 유일한 방법이었다.

"한 가지 조건이 더 있다."

"말씀하십시오."

약속을 하고 나자 이제는 오히려 담담해졌다.

"너희 병사를 내가 쓰겠다."

리베는 이를 악물었다. 이제 겨우 400명 남짓 남은 병사들이었다. 아까 말한 희생을 할 병사들인 것 같았다.

"그렇게 하십시오. 하지만 만약 요새를 탈환하지 못한다면……."

"각오하라는 소리를 할 거면 집어치워라. 불가능한 일이었다면 입 밖에 내지도 않았을 것이다. 오우거 요새는 5일 안에 함락될 것이다."

"믿겠습니다."

"그래, 믿어라."

엘프디언 한의 다짐이 아니어도 리베는 엘프디언 한의 능력을 믿었다. 그가 보여준 병사 운용 방식이나 전술에 놀라고 감탄했다. 하지만 인정할 수는 없었다. 그것은 마음속 깊은 곳에서 솟아난 질투의 감정이었다. 그의 능력이 부러웠고, 죽음을 두려워하지 않고 돌격하는 모습은 자신이 늘 꿈꾸던 영웅의 모습이었다.

엘프디언 한은 해낼 것이다. 지금까지 그래왔던 것처럼.

7

“이번에야말로 시간을 끌 수 있겠습니다.”

“나도 같은 생각이야.”

데시르의 말에 게리슨은 동의했다.

오우거의 요새를 점령한다는 것은 꿈에서나 가능하다는 생각이 들었다.

오우거의 장벽은 인간의 접근을 완벽하게 불허하고 있었다. 날개가 달리지 않은 이상 넘을 수도 없었다. 유일한 방법은 오우거 요새를 통해서 넘어가는 것뿐이었다. 하지만 그 방법도 여의치 않았다. 요새의 문까지 이어진 약 100야드의 협로는 들어서는 순간 죽음의 길이 될 것이 분명했다.

발렌 성의 우연을 빙자한 일이 다시 일어나서는 안 되었다. 엘프디언은 우연히 생각났다고 했지만 그건 절대 우연이 아니었다. 하지만 게리슨에게는 증거가 없었다. 그 덕에 아까운 병사들만 희생되었다.

“아침에 리베에게 전령이 왔다고 합니다.”

“내용은?”

“그것까지는 알 수 없었습니다. 다만……."

“뭔가?”

"전령이 온 후 리베가 엘프디언 한과 접촉했습니다."
"그쪽에서도 별다른 소식은 없고?"
"예, 죄송합니다."
"무언가 있는 것이 틀림없어."
"저도 그렇게 생각합니다."
"감시를 강화해."
"그렇게 하겠습니다."

인수는 적당히 시간을 끌고 있었다. 리베로부터 문서를 받아내고 공격까지 5일의 여유 시간을 둔 이유는 복합적인 문제들이 있었기 때문이다.

전쟁에 회의적인 생각이 들기 시작한 것도 그중 하나의 이유였다. 애초에 안전을 위해서 벌였던 전쟁이었지만 지금에 와서는 그 의미가 많이 희석되었고, 인수 자신이 전쟁을 버겁게 느끼고 있었다. 피넬 성을 탈환한 직후부터 이런 생각이 끊임없이 들기 시작했다. 자신의 싸움이라고 생각했던 것이 알고 보니 처음부터 자신의 싸움이 아니었다.

이겼을 때는 무언가 해낸 것 같고 기뻤지만 영광은 잠시였고, 피비린내가 자신을 따라다니기 시작했다. 버거운 짐을 벗어버리기 위해 인수는 여러 가지 계획을 세우던 중에 알맞은 계획을 세울 수 있었다. 단 한 번의 계획으로 모두의 안전을 책임질 수 있는 계획이었고, 더 이상 피비린내를 맡지 않아도 되는 계획이었다. 그 마지막 목표가 오우거 요새였다.

오우거 요새에 도착한 지 삼 일째가 되던 날 기쁜 편지를 받게 되었다. 케이트에게 지시한 일이 완수되었다는 편지였다. 아직 시일이 좀 더 걸려야 될 일이라고 생각했는데 빨리 이루어져서 홀가분한 마음으로 전투에 나설 수 있게 되었다. 아직까지는 모든 것이 인수가 의도한 대로 이루어지고 있었다.

"리베 부사령관."

먼저 침묵을 깬 것은 인수였다. 하기 어려운 말이지만 꼭 해야 되는 말이었다. 왠지 자신이 수단과 방법을 가리지 않는 악마 같은 인간이 된 것은 아닐까 하는 생각이 들었다.

"예, 사령관님."

리베의 대답은 평소와 다름없었지만 느껴지는 바가 달랐다. 좀 더 공손해졌다고 할까? 인수로서는 환영할 만한 일이었다.

"사람을 추천해 줘."

말은 이렇게 했지만 인수로서는 차마 입이 떨어지지 않아서 나름대로 고심했던 말이기도 했다.

"어떤 사람을 추천하면 되겠습니까?"

리베도 이미 짐작하고 있었는지 목소리가 가라앉았다. 왠지 알면서 묻는다고나 할까?

"죽기를 각오한 사람."

인수로서는 정말 어려운 말이었다. 처음 계획에는 콜 영지 병에서 뽑을 생각이었다. 그러면서도 이 계획을 꼭 실행해야 되는지, 다른 방법은 없는지 끊임없이 고민했다. 희생없이 계획을 실행할 안전한 방법이 있다면 그 방법을 찾기 위해 노력했지만, 아무리 찾아도 다른 방법은 없었다. 그리고 우연히 리베 덕에 어느 정도 명분을 가지게 되었고, 그와 더불어 머릿속에서 즉흥적으로 이기적이고 얄팍한 계획을 세우고 말았다. 콜 영지병이 아닌 다른 영지의 병사를 사지로 보내면 양심의 가책을 조금 덜 받지 않을까 하는 얄팍한 계획을 세운 것이다. 처음에는 양심의 가책을 덜 받을 것 같은 계획이었지만 시간이 지날수록 인수는 자기 자신을 혐오하고 저주하게 되었다. 어쩌다 이런 생각을 아무렇지도 않게 하게 되었는지, 자신이 점점 괴물이 되어가고 있다는 것을 느끼고 있었다.

"어려운 일인 것 같습니다."

"쉬운 것 같았으면 말하지도 않았어. 하지만 꼭 필요한 일이고, 죽을 수도 있는 일이지. 하지만 그 임무가 막중하기도 하지. 그가 실패하면 요새는 점령하지 못하고, 다시는 기회가 없을 테니까."

인수는 다시 거짓말을 하고 말았다. 죽을 수도 있는 일이 아니라 필히 죽게 될 것이다. 그것이 이번 작전의 어려운 점

중에 하나였다. 희미한 충성심만 믿고 모든 것을 알려주기에
는 작전 실패의 부담감이 너무나 컸다. 이들에게는 투철한 사
명감이나 충성심이 없었으니까.

리베도 마땅히 떠오르는 사람이 없는지 제법 뜸을 들였다.

인수가 차를 완전히 비웠을 때에야 비로소 리베가 더글라
스에게 지시를 내렸다. 더글라스가 나가고 얼마 지나지 않아
서 그와 함께 기사 한 명이 들어왔다.

"제임스 요하른, 부르심을 받고 왔습니다."

동작이 절도가 있는 것이 심지가 굳어 보였고, 나이가 젊어
보이니 조금은 무모하기도 할 것이다.

"제임스, 임무를 주겠다."

"예, 로드."

"나머지는 내가 직접 설명하지."

인수가 끼어들었다. 어차피 자신이 벌인 일이니 마무리도
자신이 해야만 했다.

"그렇게 하시지요."

리베는 오히려 홀가분한 표정이었다.

"제임스, 자네는 기사인가?"

"예."

"명예를 버릴 수 있나?"

"어떤 명예 말씀입니까?"

"기사로서의 명예를 말하는 것이다."

“그것이 임무와 어떤 관계가 있습니까?”

“남을 속여야 되는 일이라서 미리 말하는 것이다. 할 수 없다면 다른 사람에게 부탁하도록 하지.”

“하겠습니다.”

조개처럼 굳게 닫혀 있던 제임스의 입이 열렸다.

“이것은 죽을 수도 있는 일이다. 할 수 있겠나? 물론 너의 행동으로 인해 너의 동료와 부하들은 목숨을 건지게 될 것이다.”

“하겠습니다.”

인수의 엄포에도 불구하고 조금 전과는 다르게 빨리 대답이 나왔다.

“네가 해야 될 일은 적진에 전령으로 가는 것이다.”

“어려운 일은 아닌 것 같습니다.”

“물론 그것은 어려운 일이 아니다. 어차피 전령을 죽이지는 않을 것이니. 문제는 그 다음부터다.”

“제가 해야 될 일이 정확히 무엇입니까?”

“마법을 구현시키는 것이다.”

인수는 담담하게 거짓말을 했다. 계속 거짓말을 하다 보니 이제는 거짓말을 하는 것 같지도 않았다.

“그것은…….”

제임스는 놀랐는지 제대로 말을 잇지 못했다.

“마법을 본 적이 있나?”

"없습니다."

"잘됐군. 평생 잊지 못할 마법을 보게 될 것이다. 내일 요새 입구에서 위력 시위를 할 때 전령을 가장해서 요새의 문까지 접근한 후 내가 준 상자에 불씨를 밀어 넣고 전속력으로 말을 몰아 진영으로 돌아오면 되는 일이야. 어떤가, 할 수 있겠나? 자신이 없으면 지금이라도 물러나는 것이 나을 것이다. 돌아오는 중에 적의 공격을 받을 수도 있으니까."

"할 수 있습니다."

제임스는 이미 마음을 굳힌 듯했다.

인수는 제임스의 결연한 의지에 마음이 아팠다.

다른 기폭 장치를 만들 수 있는 능력이 인수에게는 없었다. 오직 열을 가해 터뜨리는 수밖에 없었다. 많은 사람을 동원에서 문 앞에 포탄을 장치할 수도 없었다. 성공하더라도 많은 사람이 죽을 것이 분명했다. 이런저런 궁리 끝에 얻은 결론은 전령으로 위장해 한 명을 희생시키는 것이었다. 한 명이 죽음으로써 수천 명이 목숨을 구할 수 있다고 스스로를 위안했다. 하지만 그 한 명을 고르는 것이 인수는 매우 어려웠다. 그 짐을 리베에게 떠넘기고 나서는 잠시 기쁘기까지 했었다.

제임스는 내일 살아 돌아오지 못할 것이다. 운이 좋다면 살 수도 있겠지만 포탄의 살상 범위가 반경 50m임을 감안할 때 도망치기는 힘들 것이다. 인수에게는 장약의 타는 시간을 조절할 만큼의 능력이 없었으니까.

"리베 부사령관, 술이 있나?"

"예, 사령관님."

"결연한 의지와 충성심, 용기를 두루 갖춘 이 위대한 기사를 위해 축배를 들고 싶군."

"대령하겠습니다."

술과 술잔이 준비되었다. 마치 미리 준비해 놓은 것처럼.

"나는 자네와 같은 용기있는 사람이 좋아."

인수는 제임스의 잔에 넘치도록 술을 따랐다. 아마 이 세상에서 마지막으로 마시는 술이 될 것이다. 자신의 잔에도 넘치도록 따랐다. 술을 마시고 모든 것을 잊을 수 있었으면 좋겠다는 생각이 들었다.

"왕국을 구할 구국의 기사를 위하여!"

"위하여!"

인수는 단숨에 들이켰다. 목을 태울 것 같은 아픔이 느껴졌다. 그리고 살아 있다는 기쁨을 정말 절실히 느꼈다. 그리고 죽을 자를 진심으로 애도했다.

8

지난 4일 동안 하루도 거르지 않고 위력 시위를 했다. 그렇다고 해서 오우거 요새에서 무슨 반응이 있는 것은 아니었다.

단 한 번의 교전도 없었다. 이것은 인수의 생각이었고, 게리슨은 별말 없이 환영하는 분위기였다.

오우거 요새를 처음 봤을 때부터 느낀 거지만 인간의 집념은 정말 대단하다는 생각이 들었다. 중국 고사 중에 산을 옮겼다거나 산을 쌓았다는 이야기는 들어봤지만, 이런 거대한 절벽에 길을 냈다는 것은 일찍이 들어본 적이 없었다.

오우거의 장벽의 폭은 대략 300미터 정도였다. 그 300미터의 돌을 깎아서 폭 20미터의 길을 만들고, 거기에 요새를 세웠다는 자체가 감탄할 만했다.

가운데 자리는 항상 콜 영지병의 자리였지만, 오늘은 리베의 미노피 원정군에게 양보를 하고 입구 좌측에 자리를 잡았다. 오늘 공격의 선봉은 리베의 미노피 원정군이 맡게 될 것이다. 그것은 이제 병력 수가 400여 명밖에 남지 않은 리베를 인수가 충동질한 결과였다.

오늘의 화끈한 전투 이후 단독군으로서의 활동을 중지하고 리베의 지위는 그대로 유지한 채 남은 병력은 콜 영지에서 완전히 흡수하기로 이야기가 되었다. 물론 그러기 위해서 오우거 요새를 점령한 후, 가능한 빨리 병사를 이끌어 쉬란 후작령에 진을 치고 위협을 한다는 조건이 추가되었다.

게리슨에게는 오늘 공격에 대해 어떠한 이야기도 하지 않았다. 오직 인수와 리베, 그리고 몇몇 측근들만이 알고 있었다. 대부분의 병사들은 실전 같은 훈련으로만 인지하고 있었다. 그것은 미스트르 왕국군도 다르지 않았다. 발렌 성 전투

이후 공성탑의 공포에서 구해준 인수에게 미스트르 왕국군은 조금은 호의적이었다.

군대는 강한 자를 열망하기 마련이었다. 그것이 비록 악명이 자자한 괴물 같은 자라 할지라도.

병사들의 앞으로 인수가 말을 타고 섰다. 전날과 별다를 바 없는 행동이었다.

리베가 천천히 말을 몰아 인수의 곁으로 왔다.

"준비해."

인수는 전방에 있는 협로의 입구에서 눈을 떼지 않은 채 말했다.

리베는 대답 대신 오른손을 들어 올렸다. 이미 약속이 되어 있었는지 희생양이 될 제임스가 말을 타고 나타났다. 방패도 없었고, 양손검도 없었다. 철퇴나 랜스도 보이지 않았다. 그 대신 백기를 단 창을 들고 있었다.

인수가 오른손을 들자 미치가 상자를 들고 나타났다. 수천 명의 사람들 중 오직 인수와 재수만이 그 상자에 무엇이 들어 있는지 알고 있었다.

미치가 상자를 제임스에게 건넸다.

인수에게 충분히 주의를 받아서 그 동작이 조심스러웠다. 상자 안에는 들개고리를 제거한 포탄과 도화선 역할을 할 장약, 기름 묻힌 종이가 잔뜩 들어 있었다.

제임스는 상자를 말 안장 앞쪽에 올려서 묶었다. 마지막으

로 불씨를 담은 가죽 주머니를 건네주었다. 모든 준비는 끝났
다.

"가라."

인수는 그렇게 말하고 전방을 응시했다. 제임스의 눈을 마
주 볼 엄두가 나지 않았다.

"다녀오겠습니다."

제임스는 그 말을 남기고 천천히 오우거 요새를 향해 말을
몰기 시작했다.

"사령관님, 저게 무엇입니까?"

게리슨이 다가와 말을 걸었다.

"선물."

인수는 게리슨과 별로 말을 나누고 싶지 않았다.

"갑자기 무슨 선물입니까?"

귀찮아하는 느낌을 받지 못했는지 게리슨이 또다시 질문
을 했다. 흘깃 보니 눈이 탐욕스럽게 반짝이며 제임스를 주시
하고 있었다.

"하나 줄까?"

"주신다면야……."

선물이라고 하니까 싫지는 않은지 게리슨이 말끝을 흐렸
다.

제임스는 백기를 휘날리며 입구로 들어서고 있었다.

"멈춰라!"

협로로 들어서자마자 협로 전체를 울리는 목소리가 들렸다.

제임스는 고개를 들어서 절벽 위를 처다봤지만 말을 한 자의 모습은 보이지 않았다. 제임스는 말을 걷게 만들며 외쳤다.

"글랜의 기사 제임스입니다. 엘프디언 한님의 선물을 가지고 왔습니다."

제임스는 그렇게 말하며 천천히 요새의 문을 향해서 말을 몰았다. 백기를 든 전령을 공격할 리는 없었지만 함부로 행동해서 그들의 경계를 살 필요는 없었다.

제지하지 않는 걸로 봐서 선물을 받을 생각인 것 같았다. 요새의 거대한 문이 보였다. 사람의 모습은 보이지 않았지만 협로의 좌우측 절벽 위에 많은 병사들이 매복해 있다는 것을 느낌으로 알 수 있었다.

살갗에 바늘로 찌르는 듯한 느낌을 받으며 제임스는 최대한 천천히 말을 몰았다. 요새의 문은 굳게 닫혀 있고, 마중을 나온 사람 한 명 없었다.

"성문 앞에 두고 가라!"

협로를 울리는 목소리가 들렸다.

"오우거 요새를 지키는 알벤 경께 드리는 선물입니다."

제임스는 그렇게 말하고 천천히 말을 세웠다. 최대한 성문 가까이 놓으라고 했었기에 말을 최대한 성문 가까이에서 세웠다. 제임스는 긴장으로 온몸이 굳어져 왔다.

말 안장에서 상자를 천천히 내린 후 바닥에 내려놓기 무섭게 불씨가 담긴 주머니를 상자의 뚫린 구멍에 집어넣었다. 가죽 주머니는 이미 불씨 때문에 여기저기 구멍이 뚫려 있었다.

쉬이익.

주머니를 넣기 무섭게 익숙하지 않은 소리가 들렸다.

제임스는 재빨리 말에 올라타고 말의 허리를 찼다. 히이잉 소리와 함께 말이 달리기 시작했다. 적의 공격을 받아도 할 수 없다고 생각했다.

콰앙!

귀청을 찢는 소리가 들렸다. 예상보다 빠르다고 속으로 외쳤지만 생각은 더 이상 이어지지 않았다.

대충 시간을 계산하다 인수는 손을 들어 올렸다.

"리베, 준비해."

"예, 알겠습니다."

마음속으로 인수가 백이십일까지 셌을 때 커다란 폭음이 들리며 요새가 있는 곳이 들썩였다.

"공격!"

인수의 입에서 괴성이 터져 나왔다. 그리고 살짝 말을 몰아서 요새로 들어가는 길을 비켜주었다.

"돌격! 글랜의 병사들은 돌격하라!"

리베가 검을 뽑아 들고 병사들의 앞을 뛰어다니며 병사들을 독려했다.

"나를 따르라!"

리베가 그렇게 외치며 말을 돌려 선두에서 말을 몰기 시작했다. 리베의 뒤로 십여 기의 말들이 뒤따랐는데 모두 리베의 기사들이었다. 그 뒤로 400여 명의 병사들이 함성을 지르며 요새를 향해 달려가기 시작했다. 조금은 무모해 보이는 돌격이었다.

그 무모하게 보이는 돌격이 인수는 반가웠다. 이것이야말로 피 끓는 남자들의 모습이라고 생각했다. 리베에게 선두를 내준 것이 조금 아쉽기는 했지만.

"이것이 무슨 일입니까? 저 소리는 도대체 무엇입니까?"

게리슨이 인수의 옆에 달라붙으며 말했다.

"게리슨!"

"예, 사령관님."

"닥치고 돌격!"

인수는 그렇게 말하고 게리슨에게 관심을 끊어버렸다. 지금은 게리슨과 놀아줄 시간이 없었다.

"미치! 미치!"

"예, 인수님!"

미치가 돌격하는 리베의 병사들 사이를 가로질러 다가왔다.

“돌격이다!”

인수는 그렇게 말하고 도를 뽑아 들었다.

삐이익! 삐이익! 삐이익!

호루라기 소리가 들리는 것 같더니 어느새 기사단이 인수의 등 뒤로 정렬해 있었다. 인수는 말에서 내렸다. 말을 타고는 좁은 협로에서 제대로 싸우기 힘들 거라는 생각이 들었다. 더구나 포탄이 터진 자리는 아수라장이 되어 있을 것이다. 거기를 말을 타고 넘기는 힘들었다.

“가자!”

인수는 그렇게 외치고 두 발로 달리기 시작했다.

요새의 문은 엘프디언 한이 장담한 대로 박살이 나 있었다. 적의 공격을 염려해 리베는 벽에 바짝 붙어서 말을 몰았다. 엘프디언의 마법에 놀랐는지 적의 공격은 리베가 요새의 문 앞에 다다를 때까지도 없었다.

요새의 문이 있던 자리는 완전히 박살이 나서 흔적을 찾아보기가 힘들었다. 가운데 땅은 움푹 파였고, 길가에는 좌우에서 흘러내린 바윗덩어리들이 길을 막고 있었다. 리베는 말에서 내릴 수밖에 없었다.

“돌격! 모두 죽여라!”

리베는 검과 방패를 들고 선두에서 외쳤다. 가슴이 후련해지는 것을 느꼈다. 얼마나 이렇게 싸우고 싶었던가? 원없이 싸우고 싶었다. 리베의 뒤로 기사들과 병사들이 적진을 향해 돌격해 가기 시작했다.

적은 제대로 진형을 갖추고 있지 못했다.

리베는 성난 야수처럼 적진을 파고들었다. 이번이 자신의 부하들과 싸우는 마지막 전투가 될 것임을 알았다. 그렇기에 더욱 열심히 싸울 수밖에 없었다. 후회는 남기지 않겠다고 다짐하며.

오늘따라 검이 마음먹은 대로 움직였다. 베고 싶으면 벌써 상대의 목을 베고, 찌르고 싶으면 벌써 상대의 배를 파고들고 있었다.

다리를 베고 무릎을 꿇는 병사의 목을 다시 베었다. 휘두르는 도끼를 부드럽게 흘리고 가슴을 찔렀다. 검은 날카롭게 사슬 갑옷을 비집고 들어가며 병사의 심장을 파먹었다. 그렇게 아무 소리도 들리지 않는 가운데 검이 춤을 추고 있었다.

어느 순간 귀청을 찢을 것처럼 들리지 않던 소리가 들려왔다.

인수가 리베를 발견한 것은 전투가 거의 막바지에 이르렀을 때였다. 쉬란 후작의 병사들은 대부분 죽거나 포로로 잡힌 상태였고, 숨어서 간간이 저항하는 병사들이 조금 있을 뿐이었다.

리베는 지친 듯 바위 위에 앉아서 숨을 몰아쉬고 있었다.

그의 반짝이는 갑옷은 피에 흠뻑 젖어 있었다.

"할 만한가?"

"예. 나쁘지 않았습니다."

리베가 숨을 몰아쉬며 말했다.

"보기 좋군."

"그렇습니까?"

"그래, 사람 냄새가 나."

"이런 느낌이었습니까?"

"뭐가?"

"선두에서 돌격하는 것 말입니다."

"기분 좋지 않은가?"

"예, 이런 느낌은 처음입니다."

리베가 주먹을 움켜쥐며 말했다.

"그런가? 그 느낌을 잊지 마."

인수도 느꼈던 감정이다. 머릿속이 하얗게 변하며 온몸을 감싸는 그 느낌. 인수 같은 경우에는 그 느낌이 그렇게 길지는 않았다.

"사령관님!"

"왜 그러나?"

"다시 한 번 기회를 주시겠습니까?"

"기회가 된다면……."

CHAPTER 3

이별

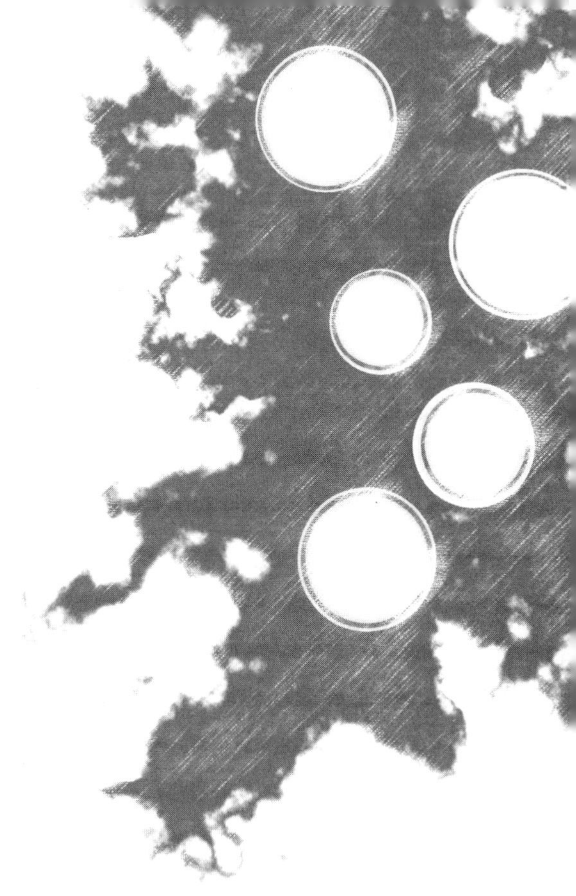

상식은 통로를 어슬렁거리며 그녀가 나타나기만 을 기다렸다. 첫눈에 반한 상대는 많았지만 결혼하고 싶다는 생각이 들게 만드는 여자는 그녀가 처음이었다. 그녀를 놓친다면 평생 후회하며 살게 될 것 같았다. 하지만 좀처럼 다가갈 기회가 없었다.

공주가 머무르는 방이 열리며 그녀가 모습을 드러내자 상식의 가슴이 두근거리기 시작했다. 모르는 척 창밖을 바라보며 있다가 갑자기 그녀의 앞을 가로막았다.

"뭡니까?"

조금은 쌀쌀맞게 굴었다. 그것이 그녀의 매력 중 하나였다.

“기다리고 있었습니다.”

상식은 밤새도록 준비해 둔 말을 꺼냈다. 아니, 꺼내려고 했지만 그 다음 말이 생각나지 않았다. 평소에는 이런 적이 한 번도 없었다. 자신이 여자 앞에서 당황하다니.

“비켜주시겠습니까?”

“예.”

상식은 결국 아무 말도 못하고 길을 비켜주었다. 그녀가 지나간 후 상식은 자신의 머리를 쥐어박으며 자신의 바보 같음을 탓했다.

상식은 마음을 다잡고 그녀가 다시 지나가기를 기다렸다. 그런 상식의 마음을 아는지 모르는지 한참을 기다려도 그녀는 다시 나타나지 않았다.

이제 며칠 후면 후발 보급 부대를 끌고 떠나야 했다. 그렇게 멀리 떠나 있다가 덜컥 다른 놈이 채가면 정말 낭패였다. 마음이 급해졌다. 다시 고백할 말을 생각해 보았다. 마을 처녀들을 대상으로 시험해 본 결과로는 조금 닭살 돋는 말이 직설적인 말보다 효과가 좋았다. 상식은 머리를 쥐어짜며 진부한 표현을 생각해 내려고 애썼다.

그러던 중 상식이 기다리던 공주의 시녀인 산드라가 바구니를 두 손으로 들고 다가왔다. 상식을 발견했는지 그녀가 잠시 멈칫하다가 다시 걸음을 옮기기 시작했다. 상식은 다시 앞을 가로막았다.

"뭡니까?"

아까와 똑같은 말을 내뱉었다. 약간 화난 듯한 표정이 왠지 더 귀엽게 보였다.

"저기, 그러니까……."

상식은 제대로 말을 하지 못하고 말을 더듬었다.

"할 말 없으면 비켜주세요."

'할 말이 아주 많습니다!' 라고 외치고 싶었지만 말은 입 안에서만 굴러갈 뿐 제대로 나오지를 않았다.

상식이 우물쭈물하는 사이 그녀가 상식의 옆을 돌아서 움직였다.

"앗! 안 돼."

이번에도 놓칠 수는 없다는 생각이 상식의 머리를 가득 채웠다.

상식은 자신도 모르게 그녀에게 다가가서 그녀의 어깨를 양손으로 잡고 입술에 입을 맞추었다.

달콤했다.

그것에는 상식의 진심이 담겨 있었다.

둘은 그렇게 한동안 입을 맞대고 서 있었다.

꿈인가? 꿈처럼 느껴졌지만 꿈이 아니었다.

상식은 정신을 차리자마자 그녀의 어깨를 놓고 물러섰다. 급한 마음에 실수를 하고 말았다.

그녀도 조금 멍한 얼굴이었다.

상식은 무언가 말을 해야 된다는 것을 느꼈다. 하지만 무슨 말을 해도 어색하다는 생각이 들었다. 그녀의 표정이 변하는 것을 보고 상식은 복도가 울리도록 크게 말했다.

"진심입니다!"

그 말을 하자마자 상식은 도망쳤다.

상식은 뒤뜰에서 기다리며 피가 마르는 것을 느꼈다. 아는 하녀에게 금화를 쥐어주고 쪽지를 전해 달라고 부탁했다. 하녀는 분명히 쪽지를 전해주었다고 말했다. 하지만 그녀가 오지를 않고 있다. 곧 있으면 해가 질 것이고, 쪽지에는 해질녘 뒤뜰에서 만나자고 써 있었다. 혹시 글을 모르는 것이 아닐까 하는 생각에 가슴이 덜컥 내려앉았다.

"무슨 일인가요?"

뒤에서 기다리던 목소리가 들렸다.

상식이 돌아보니 그녀가 서 있었다. 화난 얼굴은 아니었다.

"아, 예, 오셨습니까?"

상식이 머리를 긁적이며 말했다.

"예, 왔어요."

그녀가 처음으로 웃음을 지으며 말했다.

상식은 정신이 하나도 없었다.

"아까는 실수였습니다."

상식은 기습 키스에 대해 해명을 하려고 했다. 그녀를 정말 아껴주고 싶었다.

"그런가요?"

그녀의 표정이 어두워지더니 조금은 실망한 말투로 말했다.

직감적으로 상식의 뇌가 위험 신호를 보냈다.

"그게 아니라, 그러니까……."

상식은 위험 신호를 감지했지만 혀가 따로 놀고 있었다.

"듣기에는 바람둥이라고 하던데 소문과 다르시네요."

"예? 누가 그런……."

상식은 속으로 망했다를 외쳤다.

"하녀들이 그러던데요. 너무 달콤해서 별명이 크림이라고."

"아닙니다."

상식은 딱 잡아뗐다.

"그래요?"

"예! 정말 당신을 사랑합니다."

상식은 어정쩡하게 고백을 하고 말았다.

"저도 크림 좋아해요."

그녀가 웃으며 말했다.

상식은 그때서야 알았다. 열 마디 말보다 한 방의 키스가 효과적일 때도 있다는 것을…….

"젠장, 꿈이었나."

상식은 꿈이 깬 것이 못내 아쉬웠다.

가을이 되기 전에 무슨 수를 내서라도 베르켄 성에 다녀와야겠다는 생각이 들었다. 산드라가 너무나 보고 싶었다. 그녀는 상식에게 남은 유일한 가족이었다.

다시 침대에 누웠지만 한여름 밤의 더위 때문인지, 아니면 산드라에 대한 갈망 때문인지 쉽게 잠이 오질 않았다. 몇 번을 뒤척이다가 상식은 잠을 자는 것을 포기하고 산드라에게 편지를 쓰기 시작했다.

조금은 느끼한 내용으로 한참 편지를 쓰고 있을 때 누군가 조용히 문을 두드렸다. 이 밤중에 누굴까 하는 생각이 들었지만 딱히 떠오르는 사람이 없었다.

"들어와."

끼이익, 소름 끼치는 소리가 들렸다. 경첩에 기름 좀 치라고 했더니 당번병이 잊은 모양이었다.

"충성! 일병 드렉입니다."

몇 번 본 적이 있는 얼굴이었다. 아니, 인상이 강렬해서 잊을 수가 없었다. 저번 첩자 사건때 공을 세워서 상식이 직접 호위대에 집어넣은 자였다. 듣기로는 제법 칼 솜씨가 좋다는 말을 들었다.

"이 밤중에 무슨 일이지?"

"급히 드릴 말씀이 있어서 왔습니다."

"무슨 일인데?"

급한 일이 아니면 가만두지 않겠다고 마음속으로 벼르며 말했다.

"첩자에 관한 일입니다."

드렉이 목소리를 낮추며 말했다.

상식은 그 말에 긴장했다. 저번에도 첩자 때문에 큰일이 날 뻔했다. 다행히 포탄을 잃어버리지는 않았지만 만약 잃어버렸다면? 생각하기도 싫었다. 그때는 다행히 한인수 병장이 별말을 하지 않았었다.

"거기 앉아."

상식은 의자를 가리키며 말했다. 그리고 조용히 일어나서 문밖을 살폈다.

복도에는 아무도 없었다. 상식은 이번 기회에 확실하게 첩자들을 소탕해서 저번의 실수를 만회할 생각이었다. 이번 일을 잘 처리하면 한인수 병장이 베르켄 성에 잠깐 다녀오라고 허락을 할지도 몰랐다.

"첩자가 있나?"

상식은 목소리를 낮추고 말했다.

"예, 오늘 우연히 알게 되었습니다."

"말해봐."

"그것이… 말하기가 좀 꺼려져서 이렇게 밤에 찾아왔습

니다.”

“무슨 이유로?”

“그것이 저보다 윗사람입니다. 괜히 모함한다는 소리를 들을까 봐.”

상식은 드렉의 말을 들으며 그럴 수도 있겠다는 생각이 들었다.

“괜찮아. 판단은 내가 알아서 한다. 알고 있는 내용을 모조리 말해.”

“예, 알겠습니다. 벤더 대장이 오늘 누구와 만나고 있었습니다.”

“벤더라고?”

벤더는 호위대 대장이었다. 아직까지 큰 잘못 없이 일을 하는 자였다. 게다가 상식의 측근이라고 할 수 있었다.

“예, 벤더 대장이 오늘 창고 옆에서 누군가와 은밀히 만났습니다.”

“만난 사람이 누군데?”

“저도 잘 모르는 사람이었습니다. 하지만 제가 지나가니까 두 사람이 말을 멈추더니 다른 곳으로 갔습니다.”

“내 귀에는 모함하는 것처럼 들리는데?”

상식은 시간만 낭비했다는 생각이 들었다. 내일 벤더에게 직접 누구와 만났는지 물어보면 될 일이었다. 이 드렉이란 자는 저번에 한 번 첩자를 잡더니 공에 눈이 먼 것 같았다.

“아닙니다.”

“그만 나가 봐.”

상식은 이미 마음을 굳혔다. 빨리 이자를 내보내고 산드라에게 쓰던 편지를 마저 쓸 생각이었다.

“제가 그들이 하는 몇 마디 말을 들었습니다.”

상식의 반응에 다급했는지 드렉이라는 자가 급하게 말했다.

“무슨 말?”

“그게, 저······.”

드렉이 좌우를 둘러보며 경계를 했다.

“여기는 괜찮다.”

상식은 어쩌면 중요한 것을 건질 수 있겠다는 생각이 들었다. 덩치에 어울리지 않게 행동이 너무나 조심스러웠다.

“저 귀 좀······.”

“그냥 말해.”

상식은 짜증이 나서 그렇게 말했지만 상체를 드렉 쪽으로 기울였다.

“첩자의 이름을 들었습니다.”

드렉이 속삭이듯 말했다.

“그게 누구냐?”

“크레이라고 했습니다.”

“크레이? 분명 크레이라고 했냐?”

상식은 재차 확인했다.

"예, 그렇습니다."

그놈이 틀림없었다. 사냥꾼 2명을 죽이고 케이트의 얼굴에 상처를 내고 도망간 쥐새끼 같은 놈. 어디로 숨었나 했더니 이 근처에 있었던 것 같다.

상식은 생각보다 거물을 잡게 생겼다고 속으로 좋아했다. 크레이만 잡으면 베르켄 성에 다녀올 수 있을 것이다. 장재수 병장은 아직도 그놈 얘기만 나오면 이를 간다.

"다른 말은 없었나?"

"만나기로 약속을 정하는 것 같았습니다."

"정말이냐?"

"예."

"그게 언제냐?"

상식은 손에서 땀이 다 났다. 약속 장소만 알면 끝난 것이나 다름없었다. 그렇게 찾던 크레이다.

"내일이라고 했습니다. 창고 옆에서."

"그게 다냐?"

"한 가지 더 있습니다."

"뭐냐?"

"크레이란 녀석이 병사로 위장하고 있다고 합니다."

"뭐야? 그걸 알면 즉각 보고를 했어야지."

"그게, 저, 벤더 대장과 연관이 있어서."

“아, 그래. 미안하다.”

상식은 그럴 수 있겠다는 생각이 들었다. 명령 체계라는 것이 직속상관을 뛰어넘기가 쉽지 않았다. 그러고 보니 드렉이 이 밤중에 찾아온 것도 모두 이해가 갔다.

“누군지 아느냐?”

상식이 혹시나 하고 물었다.

“예.”

“누구냐?”

상식이 다급하게 물었다.

“나다.”

상식은 가슴이 아파왔다. 숨을 제대로 쉴 수가 없었다. 가슴을 내려다보니 심장 부위에 단검이 박혀 있었다.

“뭐⋯⋯.”

뭐냐고 소리치고 싶었지만 말이 나오지 않았다.

“엘프디언도 별거 아니군. 이렇게 쉽게 당하다니.”

조금 전까지는 드렉이었고, 지금은 크레이가 된 놈이 지껄이는 소리가 들렸다. 처음부터 계획적으로 접근한 것이 분명했다. 존도 이놈이 사주했을 것이다.

상식은 심장에서 흐르는 피를 막으려고 했지만 피는 멈추지 않고 계속 흘러나왔다.

“너의 목은 내가 가져가겠다.”

그렇게 말하더니 크레이가 심장에 박힌 단검을 쑤욱 뽑아

냈다.

"이……."

너무나 아파서 이런 개새끼라고 욕하고 싶었지만 말이 나오지 않았다. 조금 전과는 비교도 할 수 없을 만큼 피가 쏟아졌다. 심장에서 흘러내린 피를 쓸어 담고 싶었지만 손은 점점 굳어져 가고, 점차 의식이 희미해지는 것을 느꼈다.

크레이란 놈이 차가운 눈빛으로 내려다보고 있었다.

상식은 크레이의 눈을 뽑고 혀를 자른 후에 사지를 비틀어 죽이고 싶었다. 너무나 억울해서 이대로는 눈을 감지 못할 것 같았다. 이곳에 와서 죽을 고생을 하다가 이제 겨우 마음을 붙이고 사랑하는 사람을 만났는데 이대로 죽는다는 것이 너무나 허무했다.

가족들이 상식의 눈앞에 아른거렸다. 이제 정말 끝이라는 생각이 들었다. 그리고 베르켄 성에서 기다리고 있는 그녀의 모습이 보였다. 이제 시작이었는데…….

점점 뿌옇게 변해가는 눈앞에 산드라의 모습이 아른거렸다. 그녀를 한 번만 더 만났으면, 한 번 더 사랑한다고 말했으면 좋겠다는 생각이 들었다.

"사, 산드라."

너를 정말 사랑한다. 상식은 마지막 말을 채 뱉지 못했다.

2

"이제야 죽은 건가?"

크레이는 허리춤에서 검을 뽑았다. 그리고 엘프디언 김의 목을 내려쳤다. 두 번을 내려치고 나서야 수급을 취할 수 있었다. 내심 질기다고 중얼거렸다.

글랜 성이 함락 직전이라는 정보가 손에 들어와 있었다. 그렇지 않았다면 이렇게 급하게 일을 처리하지는 않았을 것이다.

아직 엘프디언이 네 명이나 남았지만 이 정도 공이면 충분히 큰소리를 칠 수 있을 거라 생각했다. 그리고 군사를 얻어 낼 수 있다면 다시 콜 영지를 손에 넣는 것도 무리는 아니라고 생각했다. 케이트도……

엘프디언 김의 수급을 상자에 담은 후 천으로 싸서 묶었다. 방 안을 뒤졌지만 생각한 것만큼 돈이 많지는 않았다. 더 지체할 수는 없어서 엘프디언의 마법 무기만 챙겼다. 어떻게 쓰는지 정확히 알 수는 없지만 그리 어렵지 않을 거라는 생각이 들었다. 마법 무기는 그 값어치를 따지기 어렵다고 했다. 정 쓰지 못할 것 같으면 그랑시온에게 주고 생색을 내면 그만이었다. 가짜 명령서를 만드는 것도 잊지 않았다. 그것은 기본 중에 기본이었다.

복도에는 아무도 없었다. 크레이는 발소리를 죽이고 복도를 내려갔다. 계단 끝에 문을 지키는 병사들이 있었다. 역시

나 예상대로 수하를 했다. 보초를 서던 병사들은 수하가 끝나고 나서야 자세를 풀었다. 조금은 긴장되는 순간이었지만 암구어를 제대로 알고 있어서 문제 될 것은 없었다. 다만 상자에 들어 있는 엘프디언 김의 수급과 천에 싸서 등에 맨 마법 무기가 신경 쓰였다.

"어디 가?"

챈들러가 친근하게 물었다.

"이 물건을 급하게 바쿠 성에 전하라고 하잖아. 귀찮게. 그렇다고 안 간다고 할 수도 없고. 엘프디언 김님이 직접 시킨 거라서."

크레이는 자연스럽게 보이도록 엘프디언의 수급이 들어 있는 상자를 들어 보이며 말했다.

"그래? 바쿠 성까지면 좀 힘들겠다."

"그래도 두둑히 여비 좀 주시던걸. 갔다 와서 한잔 살게."

"정말?"

"그래. 빨리 가봐야겠다. 괜히 또 한소리 들을라."

"그래, 갔다 와서 보자."

내성 문도 문제가 없었다.

외성 마구간으로 들어가서 제일 빠른 말 두 필을 골랐다. 한 마리에 안장을 얹고 건초 더미에 미리 숨겨둔 가방을 찾았다. 가방에는 비상식량이 들어 있었다. 행적을 들키면 곤란하기에 미리 준비한 것이었다.

외성까지도 저지하는 사람은 없었다. 오우거 요새가 점령된 후 발렌 성은 완전한 후방 성의 개념으로 바뀌어서 도개교는 항상 내려와 있었다. 내리닫이 창살문만 내려와 있었다. 어렵지 않게 급조한 명령서를 보여주자 대충 확인하고는 창살문을 올려주었다.

"잠깐."

막 성문을 빠져나가려는 찰나에 야간 수문장이 크레이를 불러 세웠다. 이대로 도망갈까 하다가 말을 세웠다. 말을 안 듣고 출발하면 오히려 의심을 사서 멀리 도망가지도 못하고 곧 추격대가 따라붙을 것이다.

"뭐야? 바쁘다고! 말을 두 필이나 가져가는 것을 보면 모르겠나?"

크레이는 일부러 투덜댔다. 야간 수문장은 계급이 높은 것도 아니었다. 오히려 호위대라고 하면 더 높이 쳐주었다.

"바쿠 성으로 간다고 했나?"

"그래!"

"잠시만 기다리면 안 되겠나?"

"왜 그러는데?"

"내가 에이런 영지 출신이야. 가족들에게 전해줄 것이 있어서 그러는데 전해주면 안 되겠나?"

"지금 고작 그런 이유로 전령인 날 부른 거야?"

"미안하이."

“빨리 가져와.”

“고맙네.”

야간 수문장이 자리로 돌아가더니 편지와 작은 주머니를 가지고 나타났다.

“중간에 있는 페론 마을의 로이네 집을 찾으면 돼. 이걸로 가다가 목이라도 축이게.”

그렇게 말하며 수문장이 크레이의 손에 살며시 은화를 쥐어주었다.

“꼭 전해주지.”

그렇게 말하고 크레이는 성문을 나섰다.

들킨 줄 알고 내심 긴장했던 자신이 우스웠다. 아침이 되어야 엘프디언의 시체가 발견되어서 추격대가 따라붙을 것이다.

크레이는 성문 앞, 신병들의 야영지를 지날 때까지는 바쿠성 쪽으로 말을 몰았다. 야영지를 지나서 적당한 곳에 말들을 세우고 말굽을 미리 준비한 천으로 감쌌다. 이러면 당분간은 흔적을 찾기 어려울 것이다.

크레이는 오우거 요새로 방향을 잡고 빠르게 말을 몰았다. 최대한 빨리 도착해야 했다. 그랑시온이 보내온 편지에는 미스트르 왕국군과 합류하라고 되어 있었다.

크레이의 품에는 그랑시온이 미스트르 왕국군의 사령관에게 보내는 중요한 밀서도 있었다. 크레이에게는 그것이 생명

줄이었다.

제이드는 도신을 무척 반겨주었다. 도신도 제이드의 품 안에서 오랜만에 편안함을 느꼈다. 하지만 그것도 잠시였다. 도망쳐 온 자기 자신이 싫어서 견딜 수가 없었고, 다른 전우들의 부인을 볼 낯이 없었다.

도신은 그 길로 짐을 챙겨서 베르켄 성을 떠날 수밖에 없었다. 아직 피를 다시 볼 수 있을지 확신은 없었지만 이대로는 편안히 발 뻗고 사는 것이 어렵다고 느꼈다.

도신이 그들을 만난 것은 해가 막 서쪽으로 기울고 있을 때였다. 저녁은 발렌 성에서 상식이와 같이 먹을 생각에 도신은 부지런히 말을 몰고 있었다. 앞쪽에서 흙먼지가 날리는 것 같더니 말을 탄 병사들이 보였다. 그쪽에서도 도신을 발견했는지 말의 속도를 서서히 줄이고 있었다.

"충성!"

병사들 중 한 명이 도신을 먼저 알아보고 경례를 올렸다. 도신을 본 적이 있었던 것 같았다. 아니면 눈치가 빠르거나.

"무슨 일이냐?"

병사들 5명이 모두 중무장을 하고 있었다.

"처, 첩자를 쫓고 있습니다."

우물쭈물하더니 마지못해서 대답했다.

"또 첩자가 나타난 것이냐?"

첩자라는 소리에 도신은 마음이 급해졌다.

"예, 예. 그렇습니다."

이상하게 병사들이 허둥댔다.

"숨기는 게 뭐냐!"

도신이 버럭 소리를 질렀다. 말들이 그 소리에 놀라서 날뛰었다.

"엘프디언 김님이……."

"상식이가 뭐? 다치기라도 했나?"

병사들이 말끝을 흐리자 도신은 불안함을 느끼고 다그쳤다.

"첩자에게 당했습니다."

"당하다니 다쳤나? 많이 다쳤어?"

불안함이 도신을 흔들었다.

"그것이……."

"빨리 말 안 하면 다 죽여 버린다!"

제발 그것만은 아니기를 바라며 소리를 질렀다. 제발 그것만은…….

"죽었습니다."

"뭐라고? 다시 말해봐!"

도신은 악을 썼다. 도신은 자신이 잘못 들은 것이기를 바랐다. 아니, 그런 말도 안 되는 소리를 믿을 수가 없었다.

"목이 잘려서 죽었습니다."

병사들은 부들부들 떨면서 말했다. 몬스터 사였다. 엘프디언 중에서도 가장 흉악하다고 알려졌다. 적들의 피로 목욕을 하지 않으면 잠을 자지 못한다는 소문도 있다.

"죽어? 죽었단 말이야? 상식이가!"

도신이 미친 듯이 소리를 지르자 말이 날뛰었다. 중심을 잃고 몸이 붕 뜨는 것 같더니 요란한 소리와 함께 흙먼지를 날리며 말에서 떨어졌다.

"죽었어? 그 녀석이 나를 놔두고 죽었다고? 먼저 죽었어?"

도신은 바닥에 누운 채로 소리를 질렀다. 도무지 믿기지가 않았다. 그렇게 죽으면 안 되는 녀석이었다. 어떻게 숲에서 살아남았는데……. 이제야 조금 살 만해졌는데……. 도신의 눈에서 소리없이 눈물이 흘러내렸다. 그것도 잠시, 도신은 발버둥을 치며 대성통곡을 했다.

[미친 새끼야! 왜 먼저 죽어. 왜 죽냔 말이야. 절대 먼저 죽지 않는다더니. 왜 죽어. 왜! 왜!]

병사들 중 누구도 도신에게 말을 걸 수도, 다가갈 수도 없었다.

도신은 그렇게 땅바닥에 누워서 한참 동안 발버둥을 쳤다. 한참을 울었는 데도 응어리가 풀어지지 않았다. 자신이 전장에서 이탈해서 상식이 죽은 것만 같았다.

도신이 씩씩거리며 일어난 것은 시간이 많이 지나서였다.

간신히 할 일이 생각난 덕분이었다. 상식이가 귓가에 억울하다고 끊임없이 외치고 있었다.

[너의 원수는 내가 꼭 갚는다.]

그래, 상식의 원수를 갚자. 그리고 죽자.

숲에서 어느 여름날 밤 장난처럼 약속했었다. 살아도 같이 살고, 죽어도 같이 죽자고. 하지만 상식이 먼저 죽었다. 그리고 도신에게는 할 일이 생겼다. 도신은 차분히 생각을 정리했다.

"누가 죽였지?"

"드렉이라는 놈이 밤에 성을 나갔습니다. 그놈이 분명합니다."

"용모는?"

"얼굴에 화상을 입어서 천으로 얼굴의 반을 가리고 다니는 자입니다."

"얼굴을 그린 그림이 있나?"

"그것은 아직 준비를 못했습니다."

"성에도 드렉이라는 놈의 얼굴을 아는 자가 있겠지?"

"예, 그렇습니다."

도신은 짤막하게 상식의 죽음을 알리기 위해 한글로 편지를 썼다. 그리고 조심하라는 말을 잊지 않았다. 상식이 당했다면 다른 엘프디언들도 위험했다.

"좋아. 난 지금 발렌 성으로 가겠다. 너희는 이 길로 이 편

지를 가지고 베르켄으로 가서 엘프디언 김상태를 만나라. 수
상한 놈을 만나면 무조건 죽여도 좋다."

"예, 알겠습니다."

"불알이 터져라 달리는 것이 좋을 것이다."

"예, 알겠습니다."

도신은 병사들의 대답을 들으며 말에 올라탔다. 갈 길이 바
빴다. 일단 발렌 성에 가서 드렉이란 놈의 용모를 파악해야
했다. 이 개새끼를 지옥 끝까지 따라가서 반드시 죽여 버리겠
다고 다짐하며 말을 달렸다.

도신이 발렌 성에 도착했을 때는 해가 서산으로 막 넘어가
고 있었다. 도신이 타고 온 말은 더 이상 버티지 못하고 쓰러
졌다.

도신은 우선 상식의 시체를 찾았다. 상식의 시체는 벌써 치
워져서 관에 들어가 있었다. 날씨가 더워서 그런지 벌써부터
냄새가 나기 시작했다.

"내가 보고 싶었지."

도신은 그렇게 중얼거리며 관을 천천히 쓰다듬다가 관 뚜
껑을 열었다.

상식의 시체를 본 도신은 다리에 힘이 풀려서 자리에 주저
앉고 말았다. 상식의 머리가 없었다. 힘들게 참았던 눈물이
다시 쏟아졌다. 이 개새끼를 찾아야 될 이유가 또 하나 생겼

다. 없어진 머리를 꼭 찾아야 했다. 반드시 찾아야 했다. 그렇지 않으면 상식은 안식을 취하지 못할 것이다. 그런 생각이 들었다.

도신은 이를 악물었다. 얼마나 세게 악물었는지 도신의 입가로 피가 흘러내렸다.

"누구 없나?"

"예, 사님."

"내성에 당장 땔감을 가능한 많이 준비해라."

"예, 알겠습니다."

"그림 잘 그리는 자가 있나?"

"찾아보면 있을 겁니다."

"드렉이란 놈의 얼굴을 그려서 지금 당장 가져와라. 자세하게 그려라. 안 그러면 얼굴에 화상이 있는 놈은 모두 내 손에 죽게 될 것이다."

"예, 알겠습니다."

한인수 병장이 하던 것처럼 상식이 가지고 있던 소지품을 모았다. 목에 걸려 있지 않던 인식표는 주머니에서 찾을 수 있었다. 바닥에 떨어진 것을 누군가 주머니에 넣어둔 것 같았다.

도신은 상식이의 인식표를 자신의 목에 걸었다.

"이젠 나와 함께야."

그다지 특별한 소지품은 없었지만 정성껏 상식의 군장과

함께 한곳에 모았다.

총이 없어졌지만 탄창은 겨우 하나가 없어졌다. 몰라서 가져가지 못한 모양이었다. 도신은 상식의 탄창을 모두 챙겼다. 이제 겨우 87발이 남아 있었다. 나머지 소지품은 모두 베르켄 성으로 보낼 생각이었다.

도신이 상식이의 관을 들고 나갔을 때에는 상당한 양의 땔감이 차곡차곡 쌓여 있었다.

"됐다."

도신은 그렇게 말하고 관을 올려놓기 좋게 땔감을 정리했다.

이곳에서는 화장을 꺼리지만 도신은 꺼려할 이유가 없었다. 머리도 없이 땅에 묻는 것은 안 될 말이었다. 그렇다고 썩게 놔둘 수도 없었다. 화장을 해서 유골을 모아두었다가 나중에 머리와 합쳐서 묻어줄 생각이었다.

땔감에 기름을 충분히 뿌리고 관을 올려놓았다.

"불을 가져와라."

도신이 땔감에 불을 붙이자 기름 때문인지 불길이 거세게 타올랐다. 이제는 죽지 않을 거라 생각했는데 3년 만에 새로운 전우가 죽었다. 그것도 친구가……

[곧 너의 곁으로 가겠다.]

불길이 소리를 내며 거세졌다.

상식이를 태우는 불길이 사그라들 무렵, 바쿠 성과 오우거 요새 쪽으로 떠났던 호위대가 돌아왔다. 드렉이란 놈을 찾을 수 없었다고 말하는 호위대를 모두 죽여 버릴까 하다가 살려 두었다. 그들을 죽이는 것은 의미가 없었다. 어차피 자신의 손으로 죽여야 될 놈이었다.

그놈이 도망간 곳은 깊이 생각해 보지 않아도 뻔했다. 분명히 자신이 오는 쪽으로는 도망을 오지 않았다. 바쿠 성으로 도망가 보았자 숨을 곳이 없었다. 바쿠 성으로 간다며 성을 나갔다고 하니 더욱 그랬다. 더구나 수급을 가져갔다면 갈 곳은 딱 한 군데밖에 없었다. 오우거 요새를 넘으려고 할 것이다. 수급의 가치를 인정해 줄 놈이 그곳에 있었다. 그랑시온…….

엘프디언이 죽어서 신병들이 동요하고 있다는 소리에 도신은 본보기로 수십 명을 작살 낸 후에 조용히 타일렀다.

"도망가는 것은 쉽다. 도망가라. 반드시 찾아내서 죽이겠다. 시험해 봐도 좋다."

그 한마디에 모두 침묵했다.

상식이가 하던 일은 임시로 보급부대 중대장에게 맡기고 상식이의 유골을 수습하고 나니 한밤중이었다. 도신은 바로 추격대를 꾸렸다. 호위대 중에 말을 잘 타는 자들 열 명을 추려서 말 두 필씩을 끌고 오우거 요새를 향해서 출발했다. 추격이 너무 늦은 것은 아닌가 하는 걱정이 들었다. 최대한 먹지도 자지도 않고 갈 생각이었다.

3

추격대는 나타나지 않았다. 하지만 마음 놓을 수가 없었다. 그놈들에게 성을 빼앗긴 후 한 번도 마음을 놓은 적이 없었다. 어두운 곳에 숨어서 이가 부서지도록 이를 갈았다. 겨우 한 명밖에 죽이지 못한 것이 못내 아쉬웠지만 마법 무기를 손에 넣었으니 기회가 있을 것이다. 듣기로는 몇백 야드 밖에서도 사람을 죽일 수 있다고 했다.

말을 번갈아 타며 이틀 동안 말을 달리다가 인적이 드문 곳에서 말을 잠시 쉬게 해주었다. 마법 무기를 시험해 볼 차례였다. 천둥소리가 난다고도 했고, 사람에게 벼락을 내리는 벼락무기라고도 했다. 몇 번 엘프디언의 등에 달려 있는 것은 보았지만 사용하는 법은 제대로 보지 못했다.

천을 풀러내고 검은색의 이상한 모양을 하고 있는 막대를 조심스럽게 집었다. 크레이는 차분히 앉아서 이것저것 만지작거리기 시작했다. 인내심을 가지는 것이 중요했다.

아무리 봐도 이야기책에서 보던 마법사의 지팡이 같은 것들과는 모양이 달랐다. 보석이 박혀 있지도 않았다. 다만 짐작을 해볼 때 뭉툭한 부분이 아래로 가야 할 것 같았다. 크기를 늘리는 것은 몇 번 본 적이 있었지만 그것조차 제대로 펴지지가 않았다. 펴는 것을 포기하고 다시 만지작거리기 시작했다. 이것저것을 만지다가 누리끼리한 색의 휘어진 쇠막대가 빠져 버렸다. 그것이 빠지면 안 될 것 같아서 다시 끼우려고 하는데 잘 들어가지가 않았다. 간신히 그것을 끼우고 이마에 맺힌 땀을 닦아냈다. 혹시 망가뜨린 것은 아닌가 하는 생각이 들었다. 만약 망가졌다면 애써 챙겨온 보람이 없었다. 다시 이것저것을 만져 보는데 딱히 움직이는 것이 없었다. 어쩌면 거의 찾을 수가 없다는 마법사를 찾아야 할지도 몰랐다. 아니면 속 편하게 그랑시온에게 생색을 내면서 넘겨도 그만이었다. 그래도 그냥 포기하자니 마법 무기가 아까웠다.

한참을 다시 만지작거리다가 누리끼리한 쇠막대가 또 빠져서 다시 끼웠다. 정말 고장난 것은 아닐까 하는 생각이 들었다. 더 이상 만지는 것은 포기하고 잠시 눈을 붙였다.

다시 눈을 떴을 때는 밤이 되어 있었기에 급하게 짐을 챙겨서 다시 말에 올랐다. 말이 뛰는 속도가 그렇게 나아지지는 않았다. 아무래도 말을 바꿔야 할 것 같았다.

밤 늦은 시간이 되어서야 한 마을을 발견하고는 잠시 망설이다 마을로 들어섰다. 말이 지쳐서 더 이상은 무리였다. 어차피 추격대보다는 한참을 앞서 있었다.

일단 제일 좋은 집을 찾아서 문을 두드렸다.

"뉘시오?"

잠시 소란스러운 것 같더니 이내 불이 밝혀지고 조금은 겁먹은 듯한 목소리가 들렸다. 대충 관리인 집은 아닌 모양이었다.

"오우거 요새로 가는 급한 전령입니다. 문 좀 열어주십시오."

"잠시만 기다리시오."

거짓말이 통했는지 대답과 함께 빗장을 여는 소리가 들렸다.

등불에 드러난 크레이의 얼굴을 보고 노인이 겁을 먹은 듯했다.

"걱정하지 마시오. 콜 영지병이오. 지난 공성전에 상처를 좀 입었소. 관리인이나 경비대 건물이 어디요?"

"경비대는 아직 없고, 마을 사람들이 돌아가며 하고 있습니다. 관리인은 제가 임시로 대신하고 있습니다."

"그렇습니까?"

"혹시 전령을 위해 준비해 둔 말이 있소?"

"예, 말 세 필이 마구간에 있습니다."

"잘됐습니다. 제가 가져온 말 두필이 모두 지쳐서 말을 바꾸어 가야 하는데……."

"지금 당장 준비하겠습니다."

의심이 풀렸는지 아니면 이런 일이 종종 있었는지 노인이 이제는 알아서 나섰다.

"식사를 좀 할 수 있겠습니까? 너무 바쁘게 움직이느라 미처 식사를 못했습니다. 말은 제가 바꾸겠습니다."

"그러시구려. 뒤로 돌아가면 마구간이 있습니다."

"예, 감사합니다."

크레이가 말을 바꾸고 오자 식탁에 조촐하게 음식이 차려 있었다. 묽은 스프에 조금 굳은 빵이었다. 전시임을 감안하면 충분히 훌륭한 식사였다.

크레이는 허겁지겁 음식을 집어먹었다.

"많이 급했나 보구려. 식사도 제대로 못한 것을 보니."

"그렇습니다."

"아, 잠깐 명령서 좀 볼 수 있습니까?"

"여기 있습니다."

크레이는 미리 준비해 둔 위조 명령서를 꺼냈다. 노인은 잠 깐 들여다보는 것 같더니 확인이 끝났는지 다시 내밀었다.

"어떻게, 스프 좀 더 드릴까?"

"됐습니다. 갈 길이 너무 바빠서요. 저기, 소금 좀 구할 수 있습니까?"

"소금이 좀 귀해서리……."

노인이 난감한 표정을 지었다. 하긴 날이 이렇게 더운 여름 에는 소금이 더 필요했다.

"제가 사실은 지금 반역자의 목을 운반하고 있습니다. 근 데 이게 날씨가 더워서 그런지 냄새가 나서 엘프디언 한님 께 보여 드리기도 전에 썩게 생겼습니다. 사정 좀 봐주십시 오. 여기 얼마 안 되지만 제가 받은 여비에서 조금 드리겠습니다."

크레이는 은화 몇 개를 꺼내서 테이블 위에 놓았다. 너무 많은 돈을 주면 오히려 경계심만 부추기게 되는 법이었다.

"어쩐지……. 그래서 아까 그런 냄새가 났었구려."

노인은 그럴 줄 알았다는 듯이 말했다.

"여기 얼마 안 되지만 가져가슈."

노인이 인심 쓰듯 제법 많은 소금을 내놓았다.

"감사합니다."

"나중에 다시 지나갈 때 전쟁 소식이나 전해주시구려."

노인은 사람 좋아 보이는 미소를 지었다.

"예, 알겠습니다."

크레이는 공손하게 대답했다.

복수를 위해서라면 무슨 짓이든 할 수 있었다. 이런 것은 일도 아니었다. 수급이 든 상자를 열자 악취가 더 심하게 났다. 소금을 골고루 뿌리고 상자를 다시 싸맸다.

요기도 했고, 말도 바꾼 상태였다. 추격자가 있어도 말이 부족해서 쉽게 따라오지는 못할 것 같았다.

대충 모레 아침 나절에는 오우거 요새에 도착할 수 있을 것이고, 미스트르 왕국군의 도움을 받을 수 있을 거라 생각했다.

도신은 마음이 급했다. 벌써 두 개의 마을을 거쳤는 데도 불구하고 녀석의 흔적을 찾지 못했다. 도망갈 때 말을 두 필 가져갔다는 걸로 봐서 아마 처음부터 마을에 들를 생각이 없었는지도 모른다.

말들이 슬슬 거품을 물기 시작했다. 이대로 계속 간다는 것은 무리였다. 결국 말 한 마리가 꺼꾸러지고 나서야 도신은 말을 멈추었다. 다행히 말을 타고 있던 병사는 크게 다치지 않았다.

"이곳에서 잠시 쉰다."

도신은 총을 손질했다. 요즘 들어서는 총을 쏠 기회가 별로 없었지만 총 상태는 나쁘지 않았다.

도신은 총을 닦으며 마음을 다잡았다. 어떠한 어려움이 있어도 복수를 해낼 것이다. 그것이 친구 상식이에게 줄 수 있는 마지막 선물이었다.

"사님. 일어나십시오, 사님."

도신은 눈을 뜨고 아차 싶었다. 잠깐 잠을 잔 것 같은데 이미 밤이었다. 자신의 의지가 이렇게 빈약할 줄은 몰랐다.

"젠장, 시간이 오래 지났나?"

"그렇지는 않습니다."

"말들의 상태는?"

"썩 좋지는 않습니다."

"일단 다음 마을까지 가자."

"예, 알겠습니다. 모두 이동 준비!"

너무 많은 추격대를 구성한 것이 잘못이었는지도 모른다
는 생각이 들었다.

한참을 달리고 나서야 마을에 도착할 수 있었다.

"관리인이 누군가?!"

마을에 들어서자마자 도신은 우렁찬 목소리로 외쳤다. 자
는 사람들이 얄미워서 심술을 부리는 것 같았다.

"빨리 나오지 않으면 가만두지 않겠다!"

도신의 목소리에 마을에 불이 켜지기 시작했다. 아마 다들
공포에 떨고 있을 것이다. 자신들은 지금 산적이나 패잔병 같
은 모습이었기에.

"제가 관리인입니다."

누군가가 길 앞으로 나와서 넙죽 엎드렸다.

"난 엘프디언 사다. 최근에 수상한 사람을 보지 못했나?"

"수상한 사람은 없었습니다."

엘프디언이라는 소리에 관리인의 목소리가 더 기어들어
갔다.

"말을 가져와라."

도신은 그렇게 말하고 말에서 내렸다. 노인은 굽실거리며
병사들을 데리고 뒤로 갔다. 도신은 피곤함을 느끼며 노인이
나온 집으로 들어갔다.

"누구 없나?!"

도신이 버럭 소리를 질렀다. 잠을 못 자서 그런지 신경이

더 날카로워지고 있었다.

"여, 여기 있습니다."

여자가 겁먹은 소리를 내며 뛰어나왔다.

"먹을 것. 많이."

"예? 예, 알겠습니다."

여자가 부지런히 음식을 꺼냈다. 빵과 미지근한 수프가 전부였지만 그럭저럭 먹을 만했다. 병사들도 하나둘 들어와서 자리를 잡았다.

"사님, 말이 세 필밖에 없는데 어젯밤에 전령이 와서 두 필을 바꾸어 갔다고 합니다."

"전령?"

"예, 그렇습니다."

도신은 이상함을 느꼈다. 오다가 전령과 마주친 적은 없었다. 그렇다면 발렌 성에서 오우거 요새로 가는 전령일 터였다. 하지만 최근에 전령을 보낸 적은 없었다.

"관리인은 어디 있나?"

"예, 예, 여기 있습니다."

"혹시 이자였나? 얼굴에 상처가 있는?"

도신은 어렵게 닦달을 해서 그린 그림을 보여주었다.

"예, 그렇습니다. 급하게 오우거 요새로 간다고 했습니다."

"잡았다. 다른 말은 없었고?"

"식사를 하고 말 두 필을 끌고 갔습니다."

"그게 끝인가?"

"반역자의 목을 가져간다고 했습니다. 소……."

관리인은 소금이라는 말은 제대로 꺼내지도 못했다.

"누가 반역자야!"

도신이 화가 나서 탁자를 내려치자 견고해 보이던 탁자가 맥없이 박살이 나버렸다.

"언제 지나갔다고?"

"어, 어젯밤 비슷한 시간에 왔었습니다."

"너희들은 여기서 하루를 쉬고 와라! 난 먼저 출발하겠다!"

도신의 기세에 긴장하고 있던 병사들이 안도하는 표정을 지었다.

"예, 사님. 튼튼한 말을 준비하겠습니다."

병사 하나가 재빨리 뛰어나갔다.

"관리인의 책임을 묻지는 않겠다. 그대신 병사들에게 편안한 잠자리를 제공해라."

"감사합니다, 엘프디언님."

관리인이 깊숙이 머리를 숙였다. 탁자를 박살 내기는 했지만 생각보다 흉악하지는 않다고 생각했다.

"오우거 요새에서 집결한다. 나중에 보자."

"예, 사님. 그놈을 꼭 잡으십시오."

"걱정하지 마라. 그놈은 이미 죽은 목숨이니까."

도신은 밖으로 달려나갔다. 갈 길이 멀었다. 아직도 그놈과 하루 거리였다.

크레이가 오우거 요새에 도착한 것은 다음날 아침이었다. 자신이 생각한 것과 거의 비슷한 시각이었다.

"어디서 온 병사냐?"

"발렌 성에서 게리슨 부사령관님께 온 전령입니다."

"기다려라."

박살이 났다던 문은 새로 만든 모양인지 급하게 만든 모양새가 역력했다.

"명령서?"

최전방이라서 그런지 조금 까다로웠다. 크레이가 품에서 명령서를 보여주고 나서야 문 안쪽에 설치된 목책을 지나갈 수 있었다.

"미스트르 왕국군의 서코트가 아닌데?"

그 말에 크레이는 아차 싶었다. 서코트를 미처 생각하지 못했다. 서코트의 가슴 부위엔 콜 영지를 나타내는 해골이 그려져 있었다. 순간 크레이의 머리가 바쁘게 돌아가기 시작했다.

"죄송합니다. 미스트르 왕국군 서코트를 입으면 대우가 영 시원치 않아서……."

"이번은 봐주지. 하지만 당장 바꾸는 게 좋을 것이다."

"그렇게 하겠습니다. 여기에 남은 미스트르 부상병이 있습니까?"

"그래."

크레이는 조금 안심할 수 있었다. 같은 실수를 반복할 수는 없었다.

"잘됐습니다. 게리슨 부사령관님은 어디 계십니까?"

"어제 병사들과 남부로 진출하셨다."

"지금쯤 어디 계신지 알 수 있습니까?"

크레이는 일이 틀어진다고 생각했다. 어떻게 해서든지 게리슨과 접촉을 해야 했다.

"여기서 하루 거리에 진을 치고 계실 것이다. 당분간은 거기서 적들을 견제하신다고 한다."

"예, 알겠습니다. 말이 너무 지쳐서 그러니 말을 바꾸어주십시오."

"기다려라."

크레이는 빨리 이곳을 떠나야 한다는 것을 알았다. 대충 요기를 마친 후에 부상병으로부터 어렵지 않게 미스트르 왕국군 서코트를 구할 수 있었다. 하루 거리라고 했으니 오후면 도착할 수 있을 것이다.

도신이 오우거 요새에 도착한 것은 새벽 즈음이었다.

요새 문 앞에 도착해서 말을 멈추자 타고 있던 말은 그 자리에서 죽어버렸다. 말이 아깝다는 생각보다 거리를 얼마 줄이지 못했다는 것이 더 걱정이었다. 도신은 죽은 말에서 무기와 안장을 들어냈다.

"누구냐?"

그때 성 위에서 말소리가 들렸다.

"엘프디언 사다! 당장 문을 열어라!"

"확인이 끝날 때까지 기다리십시오."

엘프디언이라는 말에 목소리가 금방 누그러졌다.

"빨리 문을 열어라! 빨리!"

도신은 신경질적으로 문을 걷어찼다. 그럴 때마다 문이 들썩였다.

"문을 열어라!"

안에서도 독촉하는 소리가 들렸다. 문이 열리고 도신의 얼굴을 보고는 우렁찬 경례 소리가 들렸다.

"그딴 건 집어치우고, 전령이 오지 않았나?"

"확인해 보겠습니다."

"빨리 확인해! 빨리!"

도신이 계속 재촉했다.

"미스트르 왕국군 전령이 아침에 온 것으로 되어 있습니다."

"전령은 어디로 갔어?"

"잘 모르겠습니다. 교대를 한 지 얼마……."

"당장 낮 근무자 끌고 와."

"예, 알겠습니다."

병사는 부리나케 뒤로 뛰어갔다.

"뭘 보고 있어. 물 가져와. 너는 먹을 걸 가져오고."

"예, 알겠습니다."

도신이 막 목을 축이고 있을 때 복장도 제대로 갖추지 못한 병사가 뛰어왔다.

"너야? 전령은 어디로 갔어?"

"아침에 바로 진영을 향해 떠났습니다."

"이런 젠장, 이놈이 맞지?"

도신이 드렉이란 놈이 그려진 그림을 꺼내 들었다.

"예, 그렇습니다."

"미스트르 왕국군 전령이라고?"

"예, 그렇습니다. 게리슨 부사령관을 찾았습니다. 그러고 보니 올 때는 콜 영지병의 복장을 하고 있었습니다."

게리슨과 무언가 관계가 있다는 이야기였다. 도신의 머리가 그 어느 때보다 민활하게 움직이기 시작했다.

도신은 만약의 사태에 대비할 필요성을 느꼈다. 상식의 목을 가져간 놈이 게리슨이 보낸 첩자라면 한인수 병장과 장재수 병장이 위험했다. 상식의 목을 가져간 걸로 봐서 조만간 정체를 드러낼 것이다. 처음부터 재수없는 놈이기는 했지만 지금은 그저 예상이 틀리기만을 바랄 뿐이었다.

"지금 당장 말을 두 필 준비해. 그리고 요새 안에 있는 미스트르 놈들은 모두 잡아들여."

“예? 미스트르 왕국군 모두 말입니까?”

“그래. 요새 안에 병사가 얼마나 남았나?”

“포로들과 요새를 지키기 위해 1개 대대가 주둔하고 있습니다.”

“다른 사람은 없어?”

“노역을 위해 남은 사람이 500명 정도 됩니다.”

“좋아. 지금 당장 대대장 깨우고 비상 걸어.”

“예, 알겠습니다.”

요새에 종소리가 시끄럽게 울려 퍼졌다. 대대장에게 한참 전투 준비를 시키고 있을 때 반대편 문에서 보고가 들어왔다.

한인수 병장이 보낸 전령이라고 했다.

4

크레이가 미스트르 진영에 도착한 것은 한낮의 더위가 한풀 꺾일 때였다. 어렵게 게리슨 부사령관을 만날 수 있었다.

“넌 누구냐?”

게리슨은 처음부터 경계심을 드러냈다.

“드렉이라고 합니다.”

“정체가 뭐냐?”

“여기, 그랑시온 국왕 전하께서 보내신 밀서입니다. 이 안에 모두 들어 있습니다.”

크레이는 밀서를 꺼내서 건넸다. 무엇이 쓰여져 있는지는 잘 모르지만 도움이 될 거라고 생각했다. 더구나 자신은 두 가지 선물을 가지고 있었다.

"밀서?"

게리슨은 잠시 주저했다. 덜컥 받았다가 만약 이것이 엘프디언 한이 꾸민 음모라면? 그는 잠시 주저하다가 밀서를 받았다. 문장은 분명히 그랑시온을 나타내는 드래곤이었다. 누군가가 뜯어본 흔적은 없었다.

편지를 뜯자 놀랄 만한 내용이 들어 있었다. 편지에는 엘프디언과 콜 영지 병사들을 제압하라는 내용이 적혀 있었고, 서한을 가져간 자를 믿어도 좋다고 되어 있었다. 그리고 편지의 내용을 뒷받침하는 편지가 한 장 더 들어 있었다. 미스트르 왕국의 국왕인 네슈빌 2세의 친필 서한이었다. 거기엔 국익을 위해 그랑시온과 새로운 계약을 했다고 적혀 있었다. 그를 돕는 일을 소홀히 하지 말 것을 당부하며 새로 얻은 땅 중에 비옥한 땅을 영지로 내주겠다고 적혀 있었다.

엘프디언 한에게 너무 당한 탓에 게리슨은 왠지 이 사실을 믿기가 어려웠다. 물론 무언가 다른 지시가 올 것으로 예상하곤 있었지만 이건 너무나 갑작스러웠다. 엘프디언이라면 국왕의 친필 서한도 만들어낼 수 있을 것 같았다. 아니, 오우거 요새의 문을 날려 버린 그 엄청난 마법만 봐도 충분히 그럴 수 있었다. 자신의 눈으로 본 엘프디언의 엄청난 능력 때문에 막상 명령이 내려졌어도 대적하는 것이 꺼려졌다.

"다른 것은 없습니까?"

게리슨은 경계의 빛을 지우지 않고 말했다.

"무엇이 더 필요합니까?"

"편지를 보았습니까?"

"아직 본 적이 없습니다."

"보십시오."

게리슨이 편지를 크레이에게 주었다.

"이런 데도 믿지 못합니까?"

"이곳이 워낙 위험해서 그렇습니다."

"좋습니다. 증거를 보여 드리겠습니다."

크레이는 상식의 수급이 담긴 상자를 내밀었다.

"이것이 무엇입니까?"

"열어보십시오."

게리슨은 크레이의 말에 조심스럽게 상자를 열었다.

"이것은 무엇입니까? 누구의 머리입니까?"

게리슨이 기겁해서 물러섰다.

"보급부대를 맡고 있는 엘프디언 김의 머리입니다. 제가 며칠 전 발렌 성에서 베어 가지고 오는 길입니다. 이래도 못 믿으시겠습니까?"

"정말입니까?"

"자세히 보십시오."

지독한 악취를 풍기며 썩어가고 있었지만 엘프디언 김의 머리가 맞았다. 엘프디언 김은 자신도 지나가며 몇 번 본 적이 있었다.

"좋습니다. 계획을 짜봅시다."

"지금 당장해야 될 것입니다."

"지금 당장?"

"시간이 없습니다."

"그래도 지금 당장은……."

게리슨은 난색을 표했다. 너무 갑작스러웠다.

"제가 받은 가장 최근의 밀서에는 글랜 성이 곧 함락된다고 했습니다. 제가 그런 다급한 이유가 아니라면 왜 엘프디언 김의 목을 베어왔겠습니까?"

"그것이 사실입니까?"

"사실입니다. 제 목을 걸고 맹세합니다."

"그럼 한번 계획을 세워봅시다. 데시르, 나와도 된다."

그때서야 게리슨은 숨어 있던 데시르를 불러냈다. 만약을 대비한 약간의 조심성이었다.

"누가 있었습니까?"

"제가 데리고 있는 병사입니다."

"믿을 만합니까?"

크레이는 눈짓으로 데시르를 가리키며 물었다.

"물론입니다."

"데시르입니다."

조금은 창백한 인상의 사내였다. 기사 같지는 않았다.

"예전에는 크레이라 불렸고, 지금은 드렉이라 합니다."

"이제 계획을 세웁시다."

이제는 게리슨이 재촉하고 있었다.

"인수님, 부사령관님의 전령이 왔습니다."

"들어오라고 해."

군례가 끝나기 무섭게 인수가 물었다.

"무슨 일이지?"

"부사령관님께 미스트르에서 급한 전령이 왔습니다. 지금 당장 사령관님을 진영으로 모셔오라고 하셨습니다."

"무슨 전갈인가? 그렇게 급하면 직접 오면 될 것을."

"저도 내용은 잘 모릅니다. 부사령관님은 지금 기사들과 회의를 하고 계십니다. 무척 중요한 내용이라고 합니다."

"알았다. 그만 가봐라. 금방 가겠다."

"예, 알겠습니다."

"리베 부사령관도 거기 있나?"

막 막사를 나가는 전령에게 물었다.

"리베 부사령관님께도 전령을 보냈습니다."

"미치! 이반과 재수를 불러라. 같이 가겠다."

"예, 알겠습니다."

"아니, 재수는 빼라. 회의엔 관심도 없으니까."

회의에 데려가면 귀찮게 한다고 투덜댈지도 몰랐다.

"예, 알겠습니다."

잠시 후, 이반과 미치가 막사 안으로 들어왔다.

"충성! 부르셨습니까?"

"그래, 이반. 게리슨 진영에서 회의가 있다고 하니 같이 가지."

"예, 알겠습니다."

"미치."

"예, 인수님."

"넌 따라오지 말고 여기 남아서 특별히 보고할 것이 있으면 즉시 나에게 연락하도록."

"예, 알겠습니다."

"기다리고 계십니다."

게리슨의 막사에 당도하자 문을 지키던 기사가 말했다. 굉장히 중요한 일인 모양이었다. 기사가 문밖을 지키는 것을 보면.

"어서 오십시오."

게리슨이 의자에 앉아 있다가 반갑게 일어나며 인수를 맞아주었다.

인수는 자신이 꿈을 꾼다고 생각했다. 게리슨이 평소에 안 하던 짓을 하고 있었다. 인수는 그러거나 말거나 상석에 가서 앉았다.

리베도 더글라스를 데리고 이미 참석해 있었다. 더글라스라는 녀석은 저번에 오우거 요새에서 많이 다쳤다더니 이제는 제법 움직일 만한 것 같았다.

"그래, 중요한 전령이 왔다면서?"

"예."

"무슨 내용인데?"

"전령에게 직접 듣는 것이 좋을 것 같습니다."

"들어와."

게리슨이 외치자 병사가 들어왔다. 고개를 숙이고 있어서 얼굴을 제대로 볼 수가 없었지만 얼굴의 반이 천으로 가려져 있었다.

"넌?"

인수는 보자마자 자리에서 일어났다. 인수가 아는 자였다. 그 쥐새끼 같은 놈. 천으로 얼굴을 가렸지만 케이트가 그린 그림으로 본 적이 있었다. 다른 건 몰라도 눈매가 똑같았다.

"전령이 이자야?"

인수는 게리슨에게 눈도 돌리지 않고 물었다.

"예, 그렇습니다. 무슨 문제라도?"

"너도 한패냐?"

인수의 음성이 차갑게 가라앉았다. 크레이가 이 자리에 나타난 걸로 보아서 게리슨도 한패일 확률이 높았다.

“어떻게 아셨습니까?”

게리슨이 조금 놀란 듯한 음성으로 말했다.

“내가 저 쥐새끼를 몰라볼 거라고 생각했나?”

“그렇군요. 역시…….”

“사령관님, 이게 무슨 일입니까?”

리베는 아직 상황을 이해하지 못한 모양이었다.

“리베, 너도 알고 있겠지? 크레이 템플턴을?”

“예? 그 크레이 말씀입니까?”

“그래, 저자가 크레이 템플턴이야. 인사라도 하지, 쥐새끼.”

“크크큭, 역시 엘프디언 한이 대단하다는 것은 인정해야겠군. 하지만 다른 엘프디언은 그렇지 못하더군.”

“무슨 소리냐? 설마 재수가?”

“지금은 아니지만 그놈도 곧 그렇게 될 것이다. 상자를 가져와라!”

병사가 상자를 가지고 들어오자 고약한 냄새가 코를 찔렀다.

“뭐냐?”

“네가 원하는 것이 들어 있다.”

크레이의 말에 인수는 상자를 열었다.

그 안에는 눈도 제대로 감지 못한 상식이의 수급이 썩어가고 있었다.

“상식아!”

인수의 외침이 막사를 울렸다.

"크크크, 어떠냐? 그놈은 죽을 때까지 살려 달라고 울부짖더군."

"이런 쥐새끼 같은 놈이! 네놈을 살려두지 않겠다."

인수는 이를 악물었다. 약한 모습을 보일 순 없었다. 그것은 상식이도 바라지 않을 거라고 생각했다. 어떤 일이 있어도, 어떤 대가를 치르더라도 저놈은 기필코 죽이겠다고 마음먹었다. 눈으로 사람을 죽일 수만 있다면 벌써 저놈은 인수에게 죽었을지도 몰랐다.

"아아, 그렇게 열 받지 마. 나도 엘프디언이 화내는 것은 무서우니까."

"Kateno!"

무언가 알아들을 수 없는 외침이 들렸다.

그 외침을 듣고 나자 인수는 자신의 몸이 움직이지 않는다는 사실을 깨달았다.

"끝났습니다."

데시르가 휘장 뒤에서 나왔다.

"수고하셨습니다, 데시르님."

크레이가 고개를 까닥이며 말했다.

"마법은 잘 알고 있겠지? 속박 마법으로 너의 몸을 묶었다. 저 데시르라는 분이 바로 마법사이지."

인수는 몸에 힘을 주었다. 그러자 사지가 무형의 알 수 없는 기운에 의해 더 움직일 수 없을 정도로 조여왔다.

"크으윽."

인수는 신음을 흘렸다. 이렇게 답답해 보기는 처음이었다. 꼭 가위 눌렸을 때같이 정신은 멀쩡한데 몸이 움직여지지 않았다.

"괜한 힘 빼지 마십시오. 어차피 살아서 이 막사를 나가지는 못할 테니까."

"이게 무슨 짓입니까, 게리슨 부사령관님?!"

리베가 게리슨에게 소리를 질렀다.

"리베 부사령관님, 상황 파악을 제대로 못하신 것 같습니다. 하하하!"

게리슨이 크게 웃었다.

"배신하겠다는 겁니까?"

"배신이 아닙니다. 아직 못 들으셨나 본데, 글랜 성은 지금쯤 함락되었을 겁니다. 아마 쇼운도 죽었을 겁니다."

"헛소리!"

리베가 소리를 질렀다.

"크크큭, 아직 모르나 보군. 내가 마지막으로 받은 밀서가 글랜 성이 함락 직전이라는 정보였다."

크레이가 재수없게 웃으며 지껄였다.

인수는 조용히 상황을 살폈다. 크레이의 말이 사실이라면 정말 큰일이었다. 모두가 여기서 몰살당할 수도 있는 것이다.

"리베 부사령관, 기회를 주겠다. 글랜 성도 함락되었을 것이고, 쇼운도 죽었을 것이다. 항복한다면 적당한 자리를 만들어주겠다."

크레이가 리베를 회유하기 시작했다.

평소 리베의 행동으로 볼 때 인수는 넘어가는 쪽에 모든 것을 걸 수도 있었다.

"덧붙이자면 미스트르 왕국은 그랑시온 전하와 이미 새로운 계약을 한 상태라는 것을 알려 드립니다."

게리슨도 크레이를 거들었다.

"크크큭, 부하나 왕이나 행동이 똑같군."

인수는 정말 웃음이 나왔다. 이 세상에는 기사도나 신의라는 것이 없는 모양이었다.

"조건이 뭡니까?"

역시 리베는 돌아설 모양이었다.

"콜 영지의 병사들을 회유하는 것을 도와주고, 북부 5개 영지의 점령을 도와주시면 됩니다. 만약 프라이스 후작이 포로로 잡혀 있으면 풀어줄 수 있게 최선을 다하겠습니다. 또한 나를 도와 공을 세운다면 조그만 영지라도 얻을 수 있을 것입니다."

크레이의 조건은 나쁘지 않았다.

"안 됩니다. 조건을 받아들이시면 절대 안 됩니다."

더글라스가 자리에서 일어나더니 외쳤다.

"더글라스……."

리베의 표정이 아주 볼 만하게 변했다.

제대로 정신이 박힌 기사가 이 막사 안에 한 명은 있던 모양이었다. 인수는 전에 괜히 더글라스를 팬 것이 후회되었다. 생각보다 멋진 놈이었다.

"안 됩니다. 절대 안 됩니다."

"더글라스, 나를 따라주기 바란다. 조건을 받아들이겠습니다."

리베는 의자에 다시 앉았다.

인수는 한 편의 잘 짜여진 연극을 보는 기분이었다.

인수의 눈이 왼편에 있는 이반에게 가서 머물렀다. 주인이 당하는데 가만히 있는 것을 보니 역시 한패가 맞는 모양이었다.

"이반, 웬만하면 이제 정체를 드러내는 것이 어때?"

"죄송합니다, 한님. 기사단까지 만들어주셨는데……."

이반은 조금은 미안한 표정을 지었다.

"이반, 조금은 실망이야. 크크크, 이제야 그때의 수수께끼가 풀리는군."

인수는 머리가 맑아지는 것을 느꼈다. 이제야 그때의 알 듯 말 듯한 것이 감이 잡혔다. 그때는 자살한 시체를 처음 본 충격 같은 복합적인 요인으로 생각해 내지 못했던 모양이다.

"무슨 말씀입니까?"

"크릴의 죽음."

"어떻게 아셨습니까?"

"그때는 정확히 몰랐지. 무언가 떠오를 듯하면서도 말이야. 네가 배신할 줄 알았으면 그때 죽였을 텐데 조금은 아쉽군. 아, 그렇지. 어떻게 알았냐고? 엘프디언에게는 고대로부터 전해지는 많은 책이 있어. 그중에는 살인에 대한 것도 있지. 그중에서 나는 김전일이라는 사람의 책을 많이 읽었지. 그 책을 보면 네가 쓴 방법은 아주 하책이야. 그것은 아주 치졸할 정도로 하책이지. 지금 생각해 보면 내가 왜 그런 하책을 발견 못했을까 하는 그런 생각마저 들어. 아마 너무 치졸한 하책이라 발견 못한 것일 수도. 아, 이런, 자꾸 이상한 이야기만 했나? 죽을 때가 되니까 말이 많아지는 것 같아. 귀찮아도 끝까지 들어보라고. 아주 간단해. 그날 나는 크릴의 시체를 내리기 위해 의자를 밟고 올라가서 끈을 잘랐지. 그때는 몰랐는데 크릴의 발이 의자에 닿지 않더군. 자살이라면 의자에 닿아야 정상 아닌가? 그렇지?"

"대단합니다. 미처 거기까지는 생각하지 못했는데. 다음에는 실수가 없도록 하겠습니다."

이반이 감탄한 표정으로 말했다.

"이제 슬슬 지겨워지는데 더 할 말들 남았나?"

인수는 짐짓 큰소리를 쳤다. 말을 하면서도 몸을 움직여 봤지만 전혀 움직이지가 않았다. 점점 희망이 사라지는 것을 느꼈다.

게리슨이 사람들을 둘러봤다. 아무도 이의를 제기하는 사람이 없었다.

"그럼 끝내도록 하겠습니다."

"제가 해도 되겠습니까?"

이반이 나섰다.

게리슨이 크레이에게 눈짓을 보냈다.

"이반 경에게 맡겨도 됩니다. 그는 처음부터 저의 심복이었습니다."

이반은 인수에게 다가가서 총을 벗겨냈다.

"뭐냐?"

"이 마법 무기를 써보고 싶었습니다, 한님."

"방법은 알고 있나?"

인수는 내심 모르기를 바랐다.

"그동안 옆에서 유심히 지켜보았습니다."

그럼 제대로 작동시킬 수 없을지도 몰랐다.

"써봐도 되겠습니까?"

이반이 크레이에게 동의를 구했다. 크레이가 살며시 고개를 저으며 동의를 했다.

크레이의 허락을 받자 이반은 익숙한 솜씨로 개머리판을 눌러서 똑바로 폈다. 그리고 총을 들고 자세를 잡았다.

"크크크, 그게 끝이냐?"

인수는 이반을 보며 비웃어주었다.

“아, 이런, 일부러 잊은 척했습니다.”

이반은 얄밉게 말하며 장전손잡이를 잡았다가 놓았다. 완벽하게 알고 있었다.

총구가 인수의 심장을 노렸다. 인수는 심장이 오그라드는 것을 느꼈다. 이대로 죽을 수는 없었다. 여기까지 와서 죽는다는 것은 너무나 억울했다. 진짜 마법에 당해서 몸도 꼼짝 못하고 죽을 수는 없었다. 느낌은 꼭 가위눌린 것 같은데 몸은 움직이지 않는다.

인수는 온몸의 힘을 끌어모았다. 죽은 상식이를 생각하고, 가족을 생각했다. 제이미가, 안젤라가 그를 기다리고 있었다. 그리고 인수에게는 아직 3명의 전우가 남아 있었다. 그들도 인수를 기다리고 있었다. 케이트 또한 인수를 기다리고 있었다. 생각해 보니 굉장히 많은 사람들이 그를 기다리고 있었다. 이렇게 쉽게 죽어줄 수는 없었다.

“크아아아악!”

괴물 같은 소리를 내며 힘을 끌어모았지만 역부족이었다.

이반은 야속하게 조정간을 조정했다. 위치는 단발이었다. 너무 많은 것을 알고 있다고 속으로 욕을 했지만 방법이 없었다.

“이렇게 죽을 수는 없어!”

인수는 목에 핏대가 설 정도로 힘을 주며 한 자 한 자 뱉어냈다.

이를 악물다가 실수로 인수는 혀를 깨물었다. 그리고 거짓말처럼 왼손이 움직일 기미를 보였다.

예전에 부대에 있던 중사한테 들은 이야기가 생각났다. 총구를 막으면 총구가 터져 버린다는 소리를 얼핏 들었던 적이 있었다. 지금같이 절박할 때에는 그거라도 시도해 보는 수밖에 없었다.

인수는 혀를 힘껏 깨물며 재빨리 왼손을 뻗었다. 거짓말처럼 꼼짝도 않던 왼손이 움직이며 새끼손가락이 정확하게 총구를 깊숙이 틀어막았다. 그리고 그 순간, 이반이 방아쇠를 당겼다.

쾅!

총소리와는 좀 다른 소리와 함께 총구가 터졌다.

"으아아아악!"

인수는 비명을 질렀다. 그러면서 마법이 깨졌다.

상상도 할 수 없는 고통이 왼손으로부터 밀려들었다. 총구가 터지며 그 파편이 날아와서 인수의 몸과 얼굴에 박혔다.

"이러 제장!"

혀가 아파서 제대로 발음이 나오지를 않았다. 새끼손가락뿐만이 아니라 무명지까지 보이지를 않았다. 손가락이 날아간 곳에서 피가 철철 흘러내렸다.

인수는 몸을 일으키는 도중에 등이 화끈함을 느꼈다. 몸을 돌려서 쳐다보니 마법사인가 뭔가 하는 놈이 단검을 들고 서 있었다.

인수는 아픈 척을 하며 발목에 찬 군용 대검을 잡았다. 그리고 재빨리 녀석의 목을 향해 날렸다. 한 치의 오차도 없이 대검은 녀석의 목에 틀어박혔다.

"안 돼!"

게리슨의 비명이 들렸다.

이반은 파편을 얼굴에 잔뜩 뒤집어쓴 채 쓰러져 있었다. 나머지 놈들도 파편 한두 개씩은 맞았는지 그다지 정상적으로 보이지는 않았다.

"사령관님, 가십시오. 저희가 막겠습니다."

리베가 검을 빼 들고 더글라스와 같이 길을 막았다.

"덤벼라! 배신자들아!"

리베의 한 맺힌 듯한 음성이 들렸다. 결국 리베도 좋은 놈이었다.

"가십시오!"

인수가 머뭇거리자 리베가 다시 소리를 질렀다.

인수는 탁자 위에 있던 상식의 머리를 들어 올렸다. 이대로 두고 갈 수는 없었다. 휘장을 찢어서 상식의 머리를 싼 후 허리춤에 단단히 묶었다.

마법사는 아직도 숨이 끊어지지 않았는지 바닥에서 꿈틀거리고 있었다. 인수는 마법사의 가슴이 함몰될 정도로 강하게 밟은 후에 목에서 군용 대검을 빼 들고 그대로 막사를 찢었다.

찌이익.

막사 밖으로 몸을 날리는 인수의 귀에 리베의 음성이 들렸다.

"그때 그 느낌, 잊지 않았습니다."

타타탕!

총소리가 들리는 것 같더니 인수의 눈앞에 있던 병사들이 쓰러졌다.

"한인수 병장!"

재수가 총을 난사하며 다가오고 있었다. 미치와 병사들이 재수의 뒤를 따르며 미스트르 왕국군을 제압하고 있었다.

"쳐라! 배신자를 공격하라!"

기세만큼은 무척 좋았다.

어느새 재수가 바로 옆에서 부축을 했다.

"후퇴. 하정이다."

인수는 힘겹게 말했다. 혀가 많이 상했는지 말을 제대로 할 수가 없었다.

"알아!"

재수가 인수의 어눌한 발음을 이해한 모양이었다.

"가자!"

재수가 그렇게 말하고 달리기 시작했다. 병사들을 다 데려온 모양이었다. 1,500여 명의 병사가 그 뒤를 따르기 시작했다.

대질주의 시작이었다.

미치에게 보고가 들어온 것은 인수가 미스트르 진영으로 간 지 얼마 되지 않아서였다.

글랜 성 함락, 쇼운 참수.

미치는 자신의 손에 들려 있는 급한 보고를 눈으로 보면서도 믿을 수가 없었다. 이렇게 쉽게 글랜 성이 함락당하다니. 거기다 자신들이 따르던 왕까지 죽어버렸다. 보통 급한 일이 아니었다.

인수에게 전령부터 보냈다.

"미치님, 미스트르 진영에 들어갈 수가 없습니다."

"무슨 소리야?"

"중요한 회의 중이라서 진입을 못한다고 합니다."

전령이 되돌아와서 하는 소리에 미치는 불길한 예감과 함께 무언가 잘못되어 간다는 것을 알았다. 이것은 자기가 해결할 문제가 아니었다.

미치는 재수에게 뛰어갔다. 이것은 엘프디언만이 해결할 수 있는 문제였다.

"재수님 계시나?"

"예, 안에……."

미치는 대답을 제대로 듣지도 않고 막사로 뛰어들었다.

"뭐야?"

재수는 입술에 묻은 침을 닦으며 말했다.

전쟁을 하는 것도 아니고 행군을 하는 것도 아니었다. 도대체 왜 따분하게 벌판에 진을 치고 움직이지를 않는 건지, 한인수 병장이 무슨 생각을 하는지 알 수가 없었다. 그렇게 무료한 시간을 보내다가 잠시 잠이 든 모양이었다.

"재수님, 큰일 났습니다."

"무슨 큰일?"

"이것을 보십시오!"

재수는 미치가 내미는 종이쪽지를 보았다. 내용은 간단했다. 무슨 성이 함락되고 누가 죽었다는 이야기였다.

"이게 뭐?"

재수는 대수롭지 않게 생각했다. 얼핏 들어본 이름인 것 같았지만 크게 신경이 쓰이는 이름은 아니었다.

"왕이 죽었습니다."

"왕? 그랑시온?"

재수는 왕이란 소리에 그랑시온이 죽은 줄 알았다. 즐거운 상상이 재수의 머릿속에 마구 떠오르기 시작했다. 전쟁이 끝나고 이제 케이트가 기다리는 베르켄 성으로 돌아가면 되는 것이다.

“아닙니다. 쇼운이 죽었다고 합니다.”

“쇼운이라면 안젤라 오빠?”

재수는 그때서야 쇼운이 누군인지 떠올랐다.

“예, 그렇습니다.”

“이게 어떻게 된 거야?”

“게다가 지금 미스트르 진영으로 간 인수님께 연락이 안 됩니다.”

“왜 연락이 안 돼?”

“미스트르 진영에 전령을 보냈는데 중요한 회의를 한다면서 들여보내 주지 않았다고 합니다.”

“무슨 회의?”

“얼마 전에 회의를 한다고 해서 게리슨 부사령관이 인수님을 불렀습니다.”

“가자!”

재수는 무기를 챙겨서 일어났다. 다행히 미스트르 진영은 재수의 막사에서 그리 멀지 않았다.

재수가 미스트르 진영 안으로 들어가려고 하자 미스트르 왕국군의 기사가 재수를 막아섰다.

“뭐냐?”

“중요한 회의 중입니다.”

“내가 누군지 몰라?”

“알고 있습니다.”

“그럼 비켜!”

“안 됩니다. 출입을 금지하라는 명령을 받았습니다.”

“난 부사령관이야! 비켜!”

“안 됩니다.”

“정말 안 돼?”

“죄송합니다. 출입을 금지하라는 명령을 받았습니다.”

기사는 똑같은 말을 반복하며 재수를 막아섰다.

그제서야 재수도 무언가 잘못되었다는 것을 알았다. 재수의 손이 도의 손잡이를 잡아갔다.

그 모습에 기사가 움찔했다. 엘프디언이 어떤 존재라는 것은 지난 몇 번의 전투에서 충분히 본 상태였다.

“재수님.”

미치가 재수의 귀에 조용히 말했다.

“뭐냐?”

재수는 먹이를 노리는 독사처럼 기사에게 눈을 떼지 않고 말했다.

“미스트르 왕국군의 움직임이 이상하다고 합니다. 저녁때가 다 되었는데 훈련이라고 하며 저희를 포위하고 있습니다.”

“뭐야?”

재수는 일순간 어떻게 해야 될지 판단이 서지를 않았다. 이런 판단은 언제나 한인수 병장의 몫이었다. 하지만 한인수 병장은 저기 어딘가에 붙잡혀 있는 것이 분명했다. 자신의 출입을 막는 것만 봐도 무언가가 있었다. 도대체 부사령관이 못 갈 곳이 어디가 있겠는가? 하지만 불길한 생각은 애써 하지 않았다. 그렇게 쉽게 죽을 사람이 아니었다.

"결단을 내려주십시오."

미치의 단호한 말에 재수는 자신이 결정해야 된다는 것을 깨달았다. 포위가 되었다면 모두 몰살당할 수도 있다는 생각이 들었다. 각개격파당하는 것보다 한곳에 힘을 집중하여 돌파하는 것이 나았다. 그리고 그 돌파 대상은 하나밖에 없었다. 미스트르 왕국군의 중심이었다. 그와 함께 한인수 병장도 구해야 했다.

"미치! 조용히 병사들을 무장시켜. 다른 것은 모두 버리고 무기와 중요한 짐만 챙겨. 빨리. 시간이 없다."

"예, 알겠습니다."

"의자 하나 가져와!"

재수는 미스트르 왕국의 기사를 잡아먹을 듯이 노려보며 말했다.

"예? 무슨 말씀이신지?"

확실히 재수의 눈빛에 기가 꺾인 모양이었다.

"귓구멍 막혔어?! 여기서 기다릴 테니까 의자 가져오라고!"

"예."

기사가 질린 표정으로 직접 의자를 가져왔다.

재수는 의자에 앉아서 생각을 정리했다.

머릿속에 뛰어난 작전이 떠오르지는 않았다. 병사들을 모아서 일단 포위를 뚫어야 했다. 한인수 병장이 게리슨의 막사에 갔다고 하니 분명 중심부에 있을 것이다. 병사들을 모아서 그곳을 치고 들어가 한인수 병장을 구한 후에…….

미치가 다시 보고를 하러 오기까지는 그리 오랜 시간이 걸리지는 않았다.

"준비가 끝났습니다. 명령만 내리시면 뒤를 따를 것입니다."

"시작하자."

한인수 병장이 어떻게 되었을지 알 수 없었다.

"비켜라!"

재수가 다시 앞으로 나서며 기사를 압박했다.

"안 됩니다."

"그럼 죽어."

재수의 도가 뽑혀 나오며 기사의 허리를 파고들었다. 쇳소리가 들리는 것 같더니 재수의 도가 기사의 허리를 파고들었다. 피가 재수의 도를 타고 흘러내렸다.

기사가 멍한 표정을 지었다.

조금 미안하기는 했지만 자신의 앞길을 막은 이상 이제는 적이라는 생각이 들었다.

"이럴 줄 몰랐나?"

재수는 기사의 몸을 걷어차서 도를 뽑았다. 붉게 피를 머금은 도를 들어 올리며 미스트르 왕국군을 오만하게 쳐다봤다.

"내 앞을 막으면 죽는다!"

재수는 그렇게 말하며 미스트르 왕국군에게 달려들었다. 마치 양 떼 속에 뛰어든 늑대 같은 모습이었다. 그 뒤를 콜 영지의 병사들이 달려들었다.

재수는 좌우로 도를 휘두르며 중심부를 향해 달렸다. 어디에 숨어 있었는지 미스트르 왕국군이 튀어나와 그들의 앞을 막아섰다. 게리슨을 나타내는 군기가 꽂힌 막사가 보였다.

쾅!

게리슨 진영에서 무언가 터지는 소리가 들렸다. 재수는 그것이 총소리라고 단정 지었다. 한인수 병장에게 문제가 생겼다는 것을 알았고, 아직 죽지 않았다는 것을 확신했다. 앞을 막아서는 미스트르 왕국군의 숫자가 점점 늘어났다.

재수는 재빨리 도를 집어넣고 총을 들었다. 장전부터 발사까지 한순간에 이루어졌다.

타타탕!

총소리에 막사 주위에 있던 미스트르 왕국군이 쓰러졌다. 막사가 찢어지는 것 같더니 사람이 튀어나왔다.

한인수 병장이 틀림없었다. 재수는 그렇게 믿었다.

"돌격!"

타타탕!

재수는 총을 난사하며 달려갔다. 막사에서 나온 사람에게 달려들던 병사들이 재수의 총에 쓰러졌다.

"한인수 병장!"

예상대로 한인수 병장이었다. 여기저기가 피투성이였지만 아직 살아 있었다. 미스트르 왕국군이 포위망을 좁혀오기 시작했다.

"쳐라! 배신자를 공격하라!"

재수는 한인수 병장을 부축하며 소리를 질렀다.

"후퇴. 하정이다."

한인수 병장이 뭐라고 말을 했지만 알아듣기가 어려웠다.

"알아!"

재수는 인수를 안심시키기 위해 그렇게 말했다. 한인수 병장의 입이 피범벅이었다. 고문이라도 당한 것 같았다. 재수는 안타깝고 화가 나 당장에 배신한 게리슨을 쳐 죽이고 싶었다. 하지만 이곳을 빠져나가는 것이 먼저였다.

"가자!"

재수는 그렇게 말하고 한인수 병장을 부축한 채 달리기 시작했다. 그 뒤를 1,500여 명의 병사들이 따르기 시작했다.

대질주의 시작이었다.

6

　미스트르 왕국군이 여기저기에서 모습을 드러냈다. 인수는 도를 뽑아 들고 그들을 상대했다. 오늘만큼은 정말 후련하게 싸울 수 있을 것 같았다. 이것이야말로 인수가 기다리던 자신을 위한 싸움이었다. 아직 할 일이 너무 많았기에 이대로 죽을 수는 없었다.

　일도양단.

　인수는 도를 내리그었다.

　푸악!

　머리가 갈라지며 얼굴에 적의 피가 튀었다.

　재수도 옆에서 분전하고 있었다. 탄창을 갈 시간이 없는지 도를 뽑아 들고 이리저리 휘두르고 있었다. 재수의 우악스러운 칼질에 미스트르 왕국군은 이리 몰리고 저리 몰리며 우왕좌왕하고 있었다.

　병사들이 내지르는 함성이 귀를 따갑게 했다. 그것은 살기 위한 포효였다. 얼마나 휘둘렀는지 모르지만 앞에 미스트르 왕국군의 급조된 목책이 보였다. 여기만 넘으면 벌판이었다. 더 이상 막사 뒤에서 튀어나오는 미스트르 왕국군을 걱정하지 않아도 되었다.

　뒤를 돌아보자 콜 영지의 병사들이 길게 늘어서 있었다. 병사들을 지휘하고 싶었지만 말을 제대로 할 수가 없었다. 병사들을 한 명이라도 더 살려야 했다.

　뒤에서 미치를 어렵지 않게 찾을 수 있었다.

“미치, 벼사들이 흐터지지 아게 해.”

“흩어지지 마라. 목책만 넘으면 된다.”

인수는 미치의 고함에 만족했다. 그 뒤를 이어 호루라기 소리가 들려왔다. 돌격을 알리는 호루라기 소리였다. 호응을 하듯 끊임없이 울려 퍼졌다.

막사가 끝나고 인수는 눈앞에 나타난 목책을 그대로 뛰어넘었다. 등이 화끈거리기는 했지만 참을 만했다. 아픔을 걱정하기보다는 목숨을 걱정하는 것이 현명했다.

우당탕! 소리가 들려 뒤를 돌아보니 병사들이 목책에 부딪쳐서 따라오던 병사들의 발길이 늦어지고 있었다. 잠시 후 뒤에서 따라오는 병사들에게 밀려 목책이 박살이 났다. 병사들이 ‘와아~!’ 하는 함성 소리와 함께 둑이 터진 호수의 물처럼 쏟아져 나왔다. 개중에는 넘어져서 밟히는 병사들도 있었다. 그래도 대부분의 병사들이 무사해 보였다.

그것도 잠시, 전방에 미스트르 병사들이 모습을 드러냈다.

인수는 왼쪽으로 방향을 잡았다. 하지만 몇 발자국 뛰기도 전에 기세 좋게 뛰던 인수의 앞에 미스트르 왕국군이 모습을 드러냈다.

인수는 급히 몸을 뒤로 돌렸다. 하지만 뒤쪽도 여의치 않았다. 그쪽에서도 미스트르 왕국군이 모습을 드러내고 있었다. 완벽히 포위된 상태였다. 길은 하나였다. 어차피 병력은 그리 큰 차이가 없었다. 겨우 500명 정도의 차이였다. 콜 영지의 병력이 숫적으로는 열세였지만 미스트르 왕국군도 우세하다고 할 수는 없었다. 2,000명이 1,500명을 포위하면 그만큼 포위망이 얇을 수밖에 없었다.

오우거 요새의 방향을 가늠해 보니 정면을 돌파하는 것이 가장 빨랐다. 이대로 정면을 돌파해서 오우거 요새까지 달릴 생각이었다.

하늘은 이미 어두워지고 있었다.

미스트르 왕국군의 포위망이 점차 좁혀지고 있었다.

인수는 도를 높이 들고 외쳤다.

"도격!"

발음은 정확하지 않았지만 병사들은 이해하리라 생각했다.

인수의 뒤를 병사들이 함성을 지르며 따랐다. 거리가 가까워지자 화살이 쏟아졌다. 다소 주춤하는 모양새를 보이기도 했지만 재수가 그것을 해소해 주었다.

타타타탕! 타타탕!

연발로 쏘는 총소리가 요란하게 들렸다. 선두에서 화살을 쏘던 미스트르 왕국군의 진영이 일부 무너졌다.

인수는 그 부분을 향해 발끝에 힘을 모으고 빠르게 달려들어 갔다. 화살이 날아오기는 했지만 인수의 속도를 감당하지 못했다.

엉거주춤 석궁을 들고 있는 병사의 몸을 인수는 망설임없이 그대로 내리그었다. 도는 거기에서 멈추지 않고 X자 형태로 휘둘러지며 뒤에 있는 병사를 베어냈다. 사방이 적이었다. 멈추지 않고 부지런히 도를 휘둘렀다.

돌격 소리가 끊임없이 울려 퍼졌다.

적의 검이 인수의 몸을 훑으며 지나갔다. 하지만 인수의 도는 멈추지 않았다. 인수는 무아지경이었다. 금방 끝날 것 같은 포위망은 쉽게 끝나지 않았고, 앞에서 나타나는 적을 끊임없이 죽여도 끝이 보이지 않았다. 이대로 시간을 지체하면 좌우 협공에 큰 피해를 입을 수도 있었다.

그런 인수의 마음을 아는지 재수가 인수의 눈앞에 나타났다. 공중에서 떨어져 내린 재수가 인수의 앞을 쓸어갔다. 그리고 눈앞에 벌판의 모습이 보였다.

병사들이 쐐기 모양을 이루며 인수의 뒤를 따르고 있었다.

인수가 발걸음을 멈춘 것은 포위망을 뚫고 한참을 달린 후였다. 이미 사방은 어둠에 물들어 있었다. 선두에 있던 인수가 주저앉자 뒤를 따르던 병사들도 그 자리에 털썩 주저앉았다. 그렇게 앉아서 잠시 숨을 돌렸다. 적이 언제 뒤를 따라붙을지 알 수 없었기에 오래 쉴 수는 없었다. 꾸준히 병사들이 도착하고 있었다. 얼마나 살아서 나왔는지 정확히 알 수가 없었다.

인수는 끔찍하게 망가진 자신의 왼손을 내려다보았다. 그래도 목숨을 건져서 다행이라고 해야 되나? 다행히 중지와 검지, 엄지는 인수의 의지에 따라 움직였다. 손수건을 꺼내 피딱지가 생기기 시작한 상처를 싸맸다. 상처를 건드렸는지 손수건이 피로 물들었다. 고통을 참고 손수건으로 꽉 싸맸다.

등에서도 통증이 느껴졌다. 마법사가 단검으로 그은 상처였다. 고통이 심하기는 해도 움직이는 것에 제약을 주지는 않는 것을 보니 상처가 그리 심하지는 않은 듯했다.

오른팔에도 칼에 베인 상처가 있었지만 그다지 심하지는 않았다. 왼쪽 다리의 상처는 깊게 베여서 그런지 아직도 피가 흐르고 있었다. 마땅히 상처를 싸맬 만한 것이 없었다. 오른팔뚝에 붕대를 두르고 나타난 미치가 인수의 옆에서 쉬고 있던 병사의 피로 물든 서코트를 잡아 찢었다. 그리고는 인수의 다리에 있는 상처를 싸맸다.

얼굴에 통증이 느껴져서 가만히 쓰다듬어 보니 무언가가 박혀 있었다. 인수는 인상을 찡그리며 그것들을 잡아 뽑았다. 철 조각이었다. 총구가 터질 때 날아온 파편이었는데 생각보다 피는 많이 나지 않았다.

인수는 크큭, 소리를 내면서 웃었다. 눈에 박히지 않아 다행이라는 생각을 하다니……. 삶에 대한 인간의 본능이라고 생각했다. 살고 싶었다. 그런 생각을 하자 죽은 상식이가 생각났다. 허리춤에 묶어놓은 상식의 머리는 격렬한 움직임에도 불구하고 허리춤에 꼭 붙어 있었다. 다행이었다.

미치가 인수의 갑옷을 벗기고 등의 상처를 싸매려 했다.

"드으 대어."

"예, 알겠습니다."

미치가 알아들었는지 갑옷을 다시 싸맸다. 시간이 많지 않다는 것을 인수는 알고 있었다. 간간이 말의 푸르릉거리는 소리가 들리는 걸로 봐서 기사단도 따라온 모양이었다.

"기사다과 벼사드을 파아해."

"예, 알겠습니다."

재수가 어디 있나 찾아보니 길 건너편에 드러누워 있었다.

"괘차아?"

인수가 발로 툭툭 차며 물었다.

"무슨 소리 하는지 못 알아듣겠어."

죽지는 않았는지 상체를 벌떡 일으켰다.

말을 제대로 할 수 없을 정도로 혀가 아팠다. 그래도 완전히 잘리지는 않은 것 같았다.

"가야 대."

"알아."

재수는 인수의 말을 이번에는 알아들었는지 자신의 상처를 싸매기 시작했다.

"대충 병사 1,000명에 노역을 따라왔던 사람들이 400명 정도 되어 보입니다. 기사단도 50명 정도는 됩니다. 지금도 계속 낙오된 병사들이 합류하고 있습니다."

인원 파악이 대충 끝났는지 미치가 와서 보고를 했다. 낙오된 병사들의 숫자가 만만치가 않았다. 500명이 낙오되었다. 거기다 노역을 위해 따라왔던 1,000명의 사람들 중 600명이 낙오되었고, 기사단은 반수가 낙오되었다. 막대한 피해였다. 적에게 모두 잡혀서 죽지는 않았을 것이다. 지금도 어딘가에서 헤매고 있을 것이 분명했다.

인수는 대충 생각을 정리했다.

무리가 되더라도 병사들을 끌고 밤새 달려서 오우거 요새로 돌아가야 했다. 요새로 가는 길이 미스트르 왕국군에게 차단이라도 되면 꼼짝없이 죽은 목숨이었다.

글로 쓸까 하다가 불을 피우면 적에게 위치가 탄로날 것을 염려하며 인수는 미치를 붙잡고 명령을 내렸다. 재수는 인수의 말을 잘 알아듣지 못해서 미치가 대신할 수밖에 없었다.

"자, 들어. 서두는 기사드이 서. 벼사 700명이 그 뒤, 그 다음 노여꾸. 나, 나머지 기사드 10명과 달리기 자하는 벼사 300며으 이끄고 흐미에서 합류하느 병사드으 데리고 가다. 전려으 오으거 오새로 보내서 저투 주비르 시켜."

혀가 끊어질 듯 아팠지만 인수는 말을 멈추지 않고 고통을 참으며 말했다. 입 안에 피 맛이 느껴지는 걸로 봐서 상처가 다시 심해진 모양이었다. 제발 한 번에 미치가 알아들어야 한다는 생각이 들었다. 또 말을 하는 것은 고통이었다.

"예, 알겠습니다."

미치의 대답을 듣고 나서 인수는 안도의 한숨을 내쉬었다.

미치가 움직이며 지친 병사들을 닦달해 진영을 갖추었다.

진영이 갖추어지고 본진이 출발을 했다. 인수는 재수를 본진에 포함시키려고 했지만 좀처럼 말을 듣지 않았다.

"빠리 가!"

인수가 재수에게 돌을 집어 던졌다.

"안 가!"

"나 주지 안아!"

말을 정확히 할 수가 없어서 인수는 너무나 답답했다. '난 죽지 않아!' 라고 큰 소리로 외치고 싶었다.

인수가 두어 번 더 돌을 던지자 재수는 마지못해 본진를 따라서 달려갔다.

저 멀리 벌판 끝으로 불빛이 희미하게 보이기 시작했다. 아무래도 추격대가 나타난 것 같았다. 인수의 생각보다 빨랐다. 인수는 준비해 둔 횃대에 불을 붙였다. 이미 미끼가 되기로 마음먹은 상태였다. 300명이면 충분히 해볼 만하다고 생각했다. 더구나 지금은 밤이었다.

인수는 일부러 길을 조금씩 벗어났다. 불빛을 보고 적들이 악착같이 따라오기를 바라고 있었다.

적들은 인수의 예상과는 다르게 기마대가 아니었다. 하지만 착실히 인수의 뒤를 따르고 있었다. 어느 정도 거리가 되자 더 이상 거리를 좁히지 않는 걸로 봐서 저쪽도 나름대로 긴장하고 있는 듯했다.

인수는 적들이 꼬리를 물자 속도를 높였다. 이미 달리기를 잘하는 병사들만 뽑은 상태였고, 적들과는 다르게 무거운 갑옷은 이미 모두 벗어버리고 칼과 석궁만 들고 있었다.

드디어 적들이 따라붙기 시작했다. 적들의 진을 빼기 위해 좀 더 달리다가 옆에서 달리는 미치의 등을 두 번 때렸다. 반전을 알리는 암호였다.

"반전!"

미치의 외침에 병사들이 달리기를 멈추고 뒤를 향해 크게 함성을 지르며 달려갔다. 손에는 석궁을 들고 있었다.

인수의 눈에도 미스트르 왕국군이 들어왔다.

"발사!"

미치의 외침에 따라 병사들이 석궁을 발사했다. 퉁퉁거리는 소리와 함께 석궁이 적진을 향해 일제히 날아갔다. 횃불 주위로 화살이 집중되었는지 횃불이 쓰러지는 것이 눈에 들어왔다.

적진에서 누군가 열심히 돌격을 외치고 있었다.

미치가 호루라기를 길게 불었다. 후퇴 신호였다. 콜 영지의 병사들은 다시 몸을 돌려 뛰기 시작했다. 인수는 본진을 위해 적을 계속 유인해야만 했다.

적과의 거리가 벌어지자 인수는 병사들을 쉬게 했다. 갑옷을 벗었어도 도망치기에 쉽지가 않은지 병사들이 숨을 몰아쉬었다. 아마 모르기는 해도 적은 약이 좀 올랐을 것이다.

숨이 어느 정도 안정될 즈음 미스트르 왕국군이 다시 후미에 나타났다. 다시 천천히 움직이며 미스트르 왕국군을 유인했다. 아니, 유인하려고 했다. 하지만 약이 단단히 올랐는지 이번에는 미스트르 왕국군이 재빠르게 뒤를 따라붙었다.

미치의 등을 한 번 때렸다.

"질주!"

미치가 외치자 병사들이 앞을 향해 달려나갔다. 그렇게 달렸는 데도 불구하고 적들이 여전히 뒤를 따라왔다. 병사들의 숨이 턱에 닿아 있었다.

인수는 미치의 등을 두 번 때렸다.

"반전!"

병사들이 석궁을 들고 적을 향해 뛰어갔다. 처음 교전은 미처 미치가 명령을 내기도 전에 이루어졌다. 적들은 횃불을 뒤에 배치하고 있었다. 인수만 해도 바로 손만 뻗으면 닿을 거리에 있는 미스트르 왕국군의 얼굴을 향해 석궁을 쏘았다.

"발사!"

미치의 명령이 뒤늦게 들려왔다. 어둠은 아군과 적군을 모두 혼란에 빠지게 만들었다. 후퇴를 알리는 미치의 호루라기 소리가 들릴 때까지 인수는 석궁으로 적을 위협해야만 했다.
누가 적인지 아군인지 명확히 구분이 되지 않았다.

　호루라기 소리에 인수는 몸을 돌려 뛰기 시작했다. 횃불을
들고 있던 병사들이 집중 공격을 받고 있었다. 마지막 횃불을
들고 있던 병사가 쓰러졌다. 인수는 바닥에 떨어진 횃불을 들
고 앞으로 달려나갔다. 화살이 스치듯 날아들었지만 직접 몸
에 맞추지는 못했다. 곧 병사들의 발자국 소리가 들렸다.

　한참을 달리고 나서 병사들의 수를 헤아려 보니 70명 정도
가 보이지 않았다. 낙오되거나 적에게 죽었을 것이다. 이 정
도면 되지 않았을까 하는 생각이 들었다.

　인수는 길을 찾아서 움직였다. 이제는 오우거 요새로 돌아
가야 했다.

7

　전령은 도신도 잘 아는 자로, 배너라는 이름의 기사였다.
제법 똑똑해서 한인수 병장이 좋아했다.

　"어떻게 된 거냐?"

　배너의 모습은 전투를 치른 모습이었다.

　"게리슨이 배신했습니다."

　"게리슨, 이놈!"

　도신은 이를 갈았다. 상식을 죽인 놈은 역시 게리슨의 첩자

였던 것이 분명했다. 이 모든 것이 게리슨이 꾸민 짓이라고 생각하니 피가 거꾸로 솟는 것 같았다. 도신의 손이 분노를 참지 못하고 들썩였다.

"병사들은 포위망을 뚫고 탈출해서 지금 오우거 요새로 후퇴하는 중입니다."

"한인수 병장은? 장재수 병장은?"

도신은 두 사람이 걱정되었다. 쉽게 죽지는 않을 거라는 생각은 들었지만 상식도 너무나 허무하게 죽어버렸다.

"사령관님은 병사 300명을 이끌고 후미에서 적을 교란하기 위해 남으셨고, 장재수 병장님은 본진을 이끌고 지금 오우거 요새로 오는 중입니다."

도신은 다행이라고 생각했다. 둘 다 아직은 무사하다는 소리였다.

"적의 추격대가 있나?"

"확실히는 모르겠습니다."

"알았다."

도신은 그렇게 이야기하고 바쁘게 준비를 했다. 적의 추격대가 있을지도 몰랐다.

도신이 제일 먼저 한 일은 오우거 요새를 멀리서도 잘 볼 수 있게 요새로 진입하는 입구의 절벽 위에 크게 불을 피우는 일이었다.

"서둘러라!"

도신은 병사들을 독려했다. 커다란 횃불이 입구 좌우측 절벽에서 불타올랐다. 멀리서도 충분히 불빛을 보고 찾아올 수 있을 거라 생각했다.

그 다음으로 도신은 적의 공격을 막기 위해서 절벽 위에 통나무와 돌을 쌓을 것을 명령했다. 병사의 수가 얼마 되지는 않지만 통로가 협소해서 충분히 수천의 적도 능히 막을 수 있는 곳이었다. 병사는 아니었지만 노역꾼들도 이런 방어에는 도움이 될 터였다.

"앞에 불빛이 보입니다!"

누군가가 외쳤다.

재수의 눈이 전방을 더듬었다. 저 멀리 점 같은 것이 보였다. 오우거 요새가 분명했다. 전령이 제 몫을 다한 모양이었다.

병사들의 발걸음이 조금씩 빨라졌다.

"이제 다 왔다! 조금만 힘을 내라!"

재수는 병사들을 독려했다. 이들을 무사히 데려가야 한인수 병장을 볼 면목이 있었다. 그것이 자신의 임무였다.

"뒤에서 말발굽 소리가 들립니다."

추격대가 분명했다.

"불빛을 향해서 뛰어라! 창을 든 병사들과 기사들은 뒤를 막는다!"

재수는 그렇게 말하고 후미로 달렸다. 불빛이 빠르게 다가

오고 있었다.

"창을 든 병사들은 삼열 횡대로 서라!"

재수의 외침에 병사들이 움직였다. 다가오는 기마의 속도가 너무 빠르다고 느껴졌다.

백여 명의 병사들이 창을 들고 후미로 모여들었는데 어두워서 진영을 구성하는 것이 힘들었다. 게다가 병사들은 너무 지쳐 있었다. 대충 진영이 만들어지자 재수는 다음 명령을 내렸다.

"대기병 거창!"

병사들의 창이 수없이 훈련받은 그 동작을 취했다. 이 한 번을 위해 겨울의 추위에도 아랑곳하지 않고 훈련을 했었다. 적의 기마를 막을 수 있기를 바랐다.

재수는 창병의 뒤에서 도를 뽑아 들었다. 주위로 기사들이 검을 뽑아 들고 모여들었다. 절대 뚫려서는 안 되었다.

"무섭나!"

점점 커지는 말발굽 소리를 들으며 재수가 외쳤다.

"아닙니다!"

병사들이 큰 목소리로 대답했다.

"우리는 적을 막을 수 있다! 우리는 자랑스러운 엘프디언의 전사들이다!"

"와아아아아!"

병사들의 함성이 끝나기도 전에 기마대가 달려들었다.

창의 숲을 만들었다는 것을 아는지 모르는지 기마는 속도를 줄이지 않았다.

1열과 기마가 부딪쳤다. 쓰러진 말들이 달려오는 속도 그대로 병사를 덮치고 깔아뭉갰다. 말 울음소리와 비명에도 아랑곳하지 않고 뒤따르는 기마들이 앞에 쓰러진 말에 걸려 연속적으로 쓰러지며 창병을 깔아뭉갰다. 그리고 진영이 무너졌다.

그 뒤로 조금 속도를 줄인 기마가 쓰러진 말들을 뛰어넘거나 우회를 하기 시작했다.

"모두 오우거 요새로 후퇴하라!"

재수는 그렇게 외치고 막 쓰러진 말을 뛰어넘은 기마의 다리를 베어냈다. 손에 묵직한 충격이 왔다. 그대로 말의 발목이 잘리며 앞으로 꼬꾸라졌다. 충격 때문인지 병사는 일어나지 못했다. 재수는 시간을 벌기 위해 말의 다리만을 노렸다. 주위에 있는 말들을 모두 쓰러뜨린 재수는 오우거 요새를 향해 거침없이 달려갔다.

적의 기사들이 사냥을 하듯 콜 영지병을 무자비하게 공격하고 있었다.

재수의 눈에 입구가 들어왔다. 저기까지만 가면 살 수 있다.

"뛰어라! 입구가 저기 있다!"

재수는 그렇게 소리를 질렀다. 입구가 굉장히 멀게 느껴졌다.

그때 갑자기 앞쪽이 소란스러워졌다. 그리고 뒤편에서 우레와 같은 적의 함성이 들려왔다. 예상보다 훨씬 빨리 적이 나타났다.

인수는 석궁마저 버리고 오로지 검이나 도끼만을 들게 했다. 더 이상의 교란 작전은 의미가 없었다. 그때부터 병사들은 달리기 시작했다. 가끔 뒤처지는 병사들을 서로 격려하며 끌고 밀기도 하면서 달렸다. 어느 순간부터 그것은 달리는 것이라 보기 힘들 정도가 됐지만 병사들은 발을 멈추지 않았다. 그들도 낙오는 바로 죽음과 연결된다는 것을 알고 있었다.

저 멀리 불빛이 보였다. 인수는 저 불빛이 보이는 곳이 오우거 요새라는 것을 알았다. 그렇게 기뻐하는 것도 잠시였다. 어디선가 함성이 들려왔다. 그것은 한두 명이 낼 수 있는 소리가 아니었다. 교란 작전에도 불구하고 적들은 인수보다 훨씬 길을 잘 찾은 모양이었다.

"인수님, 왼쪽 편에 불빛이 보입니다. 적인 것 같습니다."

"뒤어!"

인수는 어눌하게 명령을 내리고는 다리에 다시 힘을 불어넣었다. 어디에 그런 힘이 남아 있었는지 자신도 모를 정도였다. 저 불빛까지만 가면 살 수 있었다.

앞에서 싸우는 소리가 들렸다. 본진이 적과 마주친 것 같았다. 적은 인수의 생각보다 훨씬 똑똑했다.

"힘내라! 다 왔다."

불빛이 가깝게 보였다. 병사들이 함성을 질렀다. 하지만 눈앞에 보이는 것은 콜 영지를 공격하는 미스트르 왕국군이었다.

"적들을 돌파하고 요새 안에서 만나자!"

미치가 명령을 내렸다.

"와아아아아!"

어디서 그런 힘이 솟았는지 병사들이 함성을 지르며 적을 향해 달려갔다.

"적들이 몰려옵니다!"

적을 요새 안으로 들어오게 할 수는 없었다.

도신은 창을 조립했다. 총은 지금 같은 때에는 오히려 거추장스러웠다. 쇠봉 두 개를 연결하고 자신의 도를 끝에 끼우자 3m가 넘는 창이 완성되었다. 그 모양이 꼭 삼국지에 나오는 청룡언월도와 비슷했다.

좌우로 휘두르자 붕붕 소리가 들리며 도신의 몸을 감쌌다. 이 정도면 충분했다.

도신은 창을 들고 입구를 향해 달려갔다. 드디어 자신의 실수를 만회할 기회가 왔음을 알았다. 다시는 전장에서 도망치지 않을 거라 마음먹었다.

이미 입구는 콜 영지병과 미스트르 기마병 때문에 아수라장이었다.

"덤벼라!"

도신은 소리를 지르며 미스트르 기마병을 향해 망설임없이 뛰어올랐다. 부웅― 하는 바람 소리와 함께 도신의 청룡언월도가 미스트르 기마병을 양단했다. 이제부터 시작이었다.

붕― 하는 소리가 들릴 때마다 미스트르 기마병이 죽어나갔다.

"덤벼라! 아무도 여기를 지나가지 못한다."

도신은 입구에서 서서 소리를 질렀다. 엄청난 무게 때문에 창으로 후려치기만 해도 적들은 버티지를 못했다.

입구로 들어서는 적들을 그렇게 해치우고 있을 때 반가운 얼굴이 보였다. 장재수 병장이었다. 장재수 병장도 걸음을 멈추고 입구에서 적들을 맞아 싸웠다.

도신은 왠지 힘이 났다. 자신은 혼자가 아니었다.

병사들이 도신과 재수의 보호 아래 속속 요새를 향해 달려갔다.

아직도 입구로 들어서지 못한 콜 영지병이 많았다. 그런 도신의 눈에 한인수 병장이 들어왔다. 적들에게 쫓기면서 악착같이 도를 휘두르고 있는 한인수 병장의 주위를 적들이 포위하고 있었다.

"한인수 병장!"

도신은 미친 듯이 청룡언월도를 휘두르며 한인수 병장을

향해 달려갔다. 그 모습이 마치 한 마리 사자를 보는 것 같았
다. 좌우로 후려치고 내리쬤었다. 검으로 막으면 검이 박살났
다. 그 무엇으로도 도신을 막을 수가 없었다.

　도신은 한인수 병장에게 미안하다는 말을 하고 싶었다. 그
말을 꼭 해야 했다.

　한인수 병장이 쓰러지는 모습이 보였다.

　"이놈들!"

　도신의 고함이 천지를 진동시켰다.

　"우라라차차!"

　적들을 두 세명씩 쓸어버렸다. 적들은 길을 막는 낙엽에 불
과했다.

　한인수 병장은 피투성이였다. 그 모습을 본 도신의 눈에 불
이 켜졌다. 한인수 병장을 부축하고 도신은 다시 길을 열었
다. 적은 도신의 기백에 감히 접근조차 하지 못했다.

　"내 앞을 막지 마라!"

　도신이 고함을 지르자 거짓말처럼 길이 열렸다.

　장재수 병장이 마중을 나오고 있었다.

　"화살을 쏴라!"

　누군가의 외침이 들렸다.

　호응이라도 하듯 등이 아팠다. 도신은 비겁한 놈들이라고
속으로 욕했다.

　한인수 병장의 몸을 자신의 몸으로 가리며 간신히 장재수

병장에게 넘겼다. 화살이 계속 날아오는지 등이 아팠다. 도신은 최선을 다해 한인수 병장과 장재수 병장의 몸을 가렸다.

어느 순간 화살이 그쳤다. 화살을 다시 재는 모양이었다. 그래도 다행이었다. 자신의 손으로 한인수 병장을 구했다. 그것만 생각하면 됐다.

적들은 무척이나 집요했다.

처음부터 인수를 노리는 것 같았다. 인수가 일부러 뒤로 처지자 인수를 둘러싸기 시작했다.

"엘프디언 한이 여기 있다."

누군가가 그렇게 외치자 병사들이 더 겹겹이 둘러쌌다.

이번에는 뚫고 나가지 못할 것 같았다. 할 만큼 했다는 생각이 들었다.

마지막 힘을 모아 도를 들어 올렸다. 최소한 10여 명은 더 길동무로 삼아야 했다. 자신의 목숨은 그 정도의 값어치는 있었다.

"다 주여주마!"

어눌하게 소리를 지르며 적에게 달려들었다.

적과 붙어 있으면 화살을 쏘지 못할 것이다.

적을 베는 만큼 적의 검도 인수의 몸을 베었다. 인수의 도가 인정사정 없는 것처럼 적의 검도 인정사정 없었다.

"크으윽!"

고통에 이를 악물다가 또 혀를 깨물었다.

입 안에 가득 찬 피를 달려드는 병사를 향해 내뿜었다. 병사가 그 피를 얼굴에 맞고 주춤했다. 그 틈을 인수의 도가 휘둘러지며 목을 베어냈다.

혀끝이 허전했다. 혀라도 잘린 모양이었다.

죽여도, 죽여도 적은 끝이 없었다. 다리가 화끈한 것 같더니 다리에 힘이 빠졌다. 몸이 인수의 의지와는 상관없이 중심을 잃고 바닥으로 허물어졌다.

'젠장! 젠장! 젠장……'

이대로 죽기에는 못해본 것이 너무 많았다.

인수의 눈먼 칼을 의식했는지 적들은 함부로 달려들지 못했다.

마지막을 예감하고 있을 때 도신이 나타났다. 인수는 꿈을 꾼다고 생각했다. 도신은 베르켄 성으로 간 줄 알았는데…….

도신의 부축을 받으며 인수는 몸을 일으켰다.

꿈이 아니었다.

아직 희망을 놓기에는 이르다는 생각이 들었다.

인수에게는 전우가 있었다.

도신은 입 안에 고인 핏물을 꿀꺽 삼켰다. 입으로 핏물이 넘어오면 백이면 백 다 죽었다. 그 정도는 알았다. 몸 상태도 확실히 좋지 않았다. 지금이라도 바닥에 누워 쉬고 싶었다.

자신이 얼마나 더 숨이 붙어 있을지 알 수 없었다. 그래도 사과는 할 수 있었다.

"한인수 병장, 미안해!"

도신은 마음이 편해졌다.

도신의 말에 인수는 불길함을 느꼈다. 상식이를 잃었는데 도신이마저 잃을 수는 없었다.

인수는 도신의 팔을 움켜잡았다. 말을 하고 싶었지만 입 안에는 핏물만 가득할 뿐 말을 할 수가 없었다.

'같이 가!'

그렇게 말하고 싶었다.

"뒤를 막겠습니다."

도신은 그렇게 말하고 인수와 재수를 떠밀었다. 창을 들고 나오는 순간부터 이런 순간을 예상했는지도 모른다.

상식이의 원수를 갚지는 못했지만 이놈들도 다 한패였다. 한 백 명쯤 때려잡으면 상식이가 좋아할 것이다. 어차피 죽을 거라면 멋지게 죽고 싶었다.

재수가 눈물을 흘리며 인수의 몸을 잡아끌었다.

그나마 저항하던 콜 영지병들은 하나도 보이지 않았다. 주변은 온통 적들로 가득했다.

재수에게 끌려가며 돌아보니 도신이 혼자서 입구를 막고 있었다. 적들은 아무도 입구로 들어설 수가 없었다.

'으라차차차!' 소리와 함께 도신이 창을 휘두르면 그 누구도 서 있지를 못했다. 시체가 산처럼 쌓이기 시작했다.

"내가 사도신이다! 다 덤벼!"

8

도신은 바보같이 죽어버렸다.

인수는 재수의 등에 업혀서 절벽에 올라갔다. 미치도 새벽의 전투에서 죽어버린 탓이었다. 입구가 한눈에 내려다보였다.

도신의 무용을 말해주듯 요새의 입구에는 아직 치우지 못한 적의 시체로 가득했다. 혼자서 백 명을 때려잡았다는 등 이백 명을 때려잡았다는 등의 이야기가 들렸다. 며칠 지나면 천 명쯤으로 불어나 있을 것이다.

멍청한 놈이라고 인수는 욕을 퍼부었다. 그래도 눈물이 나는 것은 막을 수가 없었다. 말라 버린 줄 알았더니 어딘가 숨어 있었던 모양이다.

미스트르 왕국군은 보란 듯이 입구 앞에 진을 치고 있었다. 진영 앞에 장대가 서 있었다.

저게 뭐야?

인수는 재수의 등에다 글을 썼다. 혀끝이 잘려서 말을 제대로 할 수가 없었다.

"도신이 목."

재수는 한 자 한 자 힘주어 말했다.

인수의 눈에 힘이 들어갔다. 저대로 놔두어서는 안 되었다.

이야기책에 보면 무용이 뛰어난 기사나 장수들은 죽은 후에도 적에게 그만큼의 대우를 받는다고 나온다. 하지만 도신은 그러지 못했다.

인수는 도신의 목을 직접 가져오고 싶었다. 하지만 그런 인수의 의지를 몸이 따라주지 못했다. 다른 방법을 써야 했다.

종이를 줘. 편지를 보내게.

엘프디언 사를 줘. 포로들을 풀어주겠다.

인수는 최대한의 인내심을 가지고 그렇게 편지를 썼다. 인수의 친필 서한을 가지고 전령이 미스트르 진영으로 갔지만 답장은 없었다.

미스트르 왕국군 10명을 절벽에 매달아.

인수는 그렇게 명령을 내렸다. 곧 10명의 포로가 끌려왔다. 그들의 목에 밧줄이 걸리자 상황을 파악했는지 살려 달라고 울부짖었다.

던져.

인수는 그렇게 명령을 내렸다. 그들의 목숨보다는 도신의 목이 더 중요했다. 미스트르 진영에서는 별다른 움직임이 없이 더욱더 열심히 목책을 세우고 있었다.

엘프디언 사를 줘. 포로들을 풀어주겠다.

인수는 다시 편지를 보냈다. 하지만 이번에도 답장은 없었다.

포로 10명을 더 데려와.

곧 다시 10명이 절벽 위로 올라왔다. 병사들이 부지런히 그들의 목에 밧줄을 걸었다.

던져.

인수에게는 그들의 죽음에도 아무런 감흥이 없었다.

잠시 후, 미스트르 진영에서 움직임이 있었다. 전령이 수레를 끌고 왔다. 도신의 목이 아직 효수되어 있는 걸로 봐서 도신의 목이나 몸은 아니었다. 상자를 열자 목이 잔뜩 들어 있었다. 어제 낙오한 병사들의 목인 것 같았다. 인수의 행동에 대한 항의인 것 같았다.

엘프디언 사를 줘. 포로들을 풀어주겠다.

인수는 개의치 않고 다시 똑같은 편지를 써서 보냈다. 반응이 없었다. 절벽에 10명을 다시 불러 올렸다.

던져.

인수는 망설임없이 명령을 내렸다. 병사들이 포로들을 밀자 끔찍한 비명을 지르며 하나씩 절벽 아래로 떨어져 내렸다. 걱정하지는 않았다. 아직도 요새 안에는 미스트로 왕국군 포로가 50명이나 남아 있었다. 부상이 심해서 치료를 위해 남겨 둔 자들이었다.

이번엔 미스트르 진영에서 반응이 있었다. 효수되어 있던 도신의 목이 내려지고 있었다.

도신이 오고 있었다. 비록 이제는 온기를 느낄 수는 없었지만.

전령이 가져온 서신에는 포로들을 교환하자는 이야기가
적혀 있었다. 전령은 포로들을 모두 받아가기를 바랐다.

그 말을 믿다니, 바보구나. 조만간 너의 목을 가지러 가마.
기다려라.

인수는 그렇게 적어서 보냈다. 그리고 요새에 남아 있던 미
스트르의 포로들을 모두 절벽에서 밀어버렸다. 통쾌한 기분
은 들지 않았다. 복수를 하지 않는 이상은 통쾌하지 않을 것
이다.

도신의 시신은 상식의 머리와 함께 화장했다. 불길은 활활
타올랐다. 인수는 불길이 완전히 사그라들 때까지 그 앞을 떠
나지 않았다. 그 크던 몸뚱아리는 모두 다 타서 한 줌 재로 변
했다. 인간은 누구나 죽기 마련이라는 말은 아무 도움도 되지
않았다.

모든 것이 자신의 잘못이었다. 몇 번의 승리는 인수에게 자
신감을 주었지만 그와 더불어 자만심을 주었다. 그리고 그 결
과는 전우들의 죽음이었다. 재수는 인수의 잘못이 아니라고
위로했지만 인수는 자신을 용서할 수 없었다.

며칠이 지나자 기다리던 신병들이 발렌 성에서 도착했다.
훈련이 아직 제대로 이루어지지 않아서 훈련도는 다소 떨어

졌지만 요새를 방어하는 데는 지장이 없었다. 요새가 아무리 튼튼해도 숫적으로 부족하면 지켜낼 수 없기에 취해진 조치였다.

적진에도 주변 영지에서 중원군이 잔뜩 몰려와 있었다. 하지만 인수는 걱정하지 않았다. 적에게는 요새의 문을 박살 낼 포탄이 없었고, 오우거 요새는 날개가 달리지 않은 이상 넘지 못할 것이다. 여차하면 입구를 완전히 막아버릴 생각이었다.

인수가 걷기 시작한 것은 10일이 지난 후였다. 모두가 놀라운 회복 속도라고 했지만 인수의 마음은 급하기만 했다. 할 일이 많았기 때문이다.

도신의 총은 요새 안에 남아 있었다.

"이제부터는 내가 너의 주인이다."

인수는 도신이 남긴 총을 쓰다듬으며 그렇게 말했다. 인수의 마음을 알기라도 하듯이 영점을 쉽게 잡을 수 있었다. 왼손이 세 손가락만 남았지만 총을 쏘는 데에는 아무런 불편함이 없었다. 물론 일상 생활에는 불편함이 있었다. 가끔은 왼손이 모두 있는 것으로 착각할 때도 있었다. 무엇보다 말을 하다가 갑자기 못하게 되니 그 불편함은 이루 말할 수가 없었다. 시간이 지나 혀의 상처가 아물자 발음이 조금 어눌하게 변하기는 했지만 말을 할 수 있었다.

적들의 공격이 시작된 것은 15일이 지난 후였다.

"공격!"

"돌격하라!"

적들이 머릿수만 믿고 요새 입구로 밀어닥쳤다. 인수는 차분하게 대응하기 시작했다. 절벽 위에서 적들을 향해 돌덩이와 화살, 통나무 등이 떨어져 내렸다. 그럼에도 불구하고 적의 공격은 쉽게 멈추지 않았다.

게리슨의 모습을 찾았지만 보이지 않았다. 재수와 함께 명령을 내리는 놈들을 향해 총알을 먹여주었다. 지휘관들이 죽자 적진이 혼란스러워지며 곧 후퇴 명령이 내려졌다.

인수는 적이 후퇴를 시작하자 요새의 문을 열고 나가서 적을 도륙했다. 적은 서로 엉켜서 제대로 도망가지도 못했다. 서두를 필요는 없었다. 무기들은 회수하고 아직 숨이 붙어 있는 놈들은 친절하게 숨통을 끊어주었다.

밤이 되자 어둠을 틈타 적의 공격이 다시 시작되었다.

인수는 절벽 위에서 불을 환히 밝히고 적들을 공격했다. 이번엔 낮의 공격보다는 좀 더 치열하게 달려들었다. 적들이 요새의 문 앞까지 몰려와서 공성 망치로 문을 두들겼다. 문 뒤에는 이미 많은 병사들이 무기를 든 채 인수가 명령만 내리기를 기다리고 있었다.

요새의 입구 쪽으로 인공 낙석이 떨어져서 적의 퇴로를 차단했다. 후퇴를 외치는 소리가 요란했지만 적은 후퇴를 할 수 없었다. 요새의 문 앞에 화살 공격이 집중되자 공간이 생겼다.

"문을 열어라!"

인수의 명령에 요새의 문이 열렸다.

병사들의 손에 힘이 들어갔다.

"돌격!"

문이 채 열리기도 전에 명령이 내려졌다.

병사들이 거침없이 적들을 공격했다.

대승이었다. 아군의 피해는 미비했다. 그 다음날 한 번의 공격이 더 있었지만, 적들은 변변한 공격도 하지 못하고 후퇴했다. 그리고 곧 소강 상태가 되었다.

CHAPTER 4

복수

“어디 가려고?”

등 뒤에서 들려온 목소리에 인수는 발을 멈추었다. 들켰다는 것을 알았다.

“바람 쐬러.”

대충 둘러댔다. 뒤돌아서서 얼굴을 마주 보게 되면 더 헤어지기 어려울 거라는 생각이 들었다. 삶의 애착이 인수의 발걸음을 막게 놔둘 수는 없었다. 그냥 이렇게 헤어지는 것이 나았다. 인수에게는 꼭 해야 될 일이 있었다.

적과의 전투는 소강 상태로 접어들었고, 문을 열어주지 않는 이상 패할 일은 없었다. 이미 책상 위에 몸을 추스르며 그

동안 구상했던 모든 일을 마무리 지어놓은 편지들이 놓여 있었다. 케이트의 곁에 재수와 상태만 있으면 충분했다. 그 정도면 충분히 독립을 선언하고 콜이라는 이름의 새로운 나라를 세울 수 있었다. 케이트가 인수의 말대로 선언만 하면 되었다.

"요즘은 바람 쐬러 갈 때 그런 무장을 하고 가?"

약간은 비꼬는 듯한 음성으로 재수가 말했다.

바람을 쐬러 가기에는 인수가 생각해도 너무 과한 무장 상태였다.

"그렇지 뭐. 넌 잠 안 자고 뭐 하냐?"

인수는 자연스럽게 말을 돌렸다.

복수를 하기 위해 적을 찾아가는 길이라고 사실대로 말할 수는 없었다. 정말 용서할 수 없는 자들이 저기 어딘가에 있었다. 그들 때문에 평화롭게 살기를 원했던 전우들이 죽어갔다. 이대로 그들을 놔둘 수는 없었다. 아니, 그들을 놔두어도 그들은 그런 자신의 호의를 무시하고 다시 우리의 목숨을 노릴 것이다. 그것을 막아야 했다.

"거짓말이 너무 서툴러."

"그런가?"

재수의 밝은 목소리에 인수는 태평하게 대답을 하며 나직하게 웃을 수밖에 없었다. 확실히 자신은 거짓말이 서툴렀다. 그것이 친한 사람에게 하는 것이라면 더욱더.

"같이 가면 안 될까?"

"안 되는 거 알잖아."

그것은 재수도 알고, 인수도 아는 사실이었다.

누군가 한 명은 이곳을 지켜야 했다. 그것을 인수는 재수에게 맡긴 것이다. 엘프디언이 이곳에 없다면 병사들은 흔들릴 것이다. 이곳을 지탱하는 힘은 전설 같은 존재인 엘프디언이었다.

"그렇지, 안 되겠지?"

"그래, 너하고 나는 정해진 운명이 달라."

"운명이라……."

재수의 수긍하는 듯한 목소리를 들으며 인수는 불현듯 재수에게 다짐을 받고 싶었다. 앞으로 해야 할 일과 부탁 몇 가지를 편지에 적어놓기는 했지만 글로 남기는 것보다는 당사자에게 직접 다짐을 받으면 발걸음이 한결 가벼워질 것 같았다.

"재수야."

"응."

"부탁을 해도 될까?"

"뭐?"

"제이미를 부탁한다."

"안젤라는?"

"그녀는 공주니까 혼자서도 괜찮을 거야. 하지만 제이미는

혼자서는 힘들 거야. 잘 돌봐줘. 너랑 케이트를 믿어도 되겠
지?"

"그럼 믿어봐. 이번에는……."

"상식이 부인이랑 도신이 부인이랑 돌봐주는 것도 잊지 말
고."

"알았어. 걱정하지 마."

"책상 위에 네가 할 일을 적어놓았으니까 그대로 해. 케이
트와 상태에게 보내는 편지도 있으니까 전해주고."

"알았어."

"이제 정말 간다."

"기다리고 있을게."

"기다리지 마."

"아니, 언제나 불을 훤히 밝혀놓고 기다릴 거야. 그러니까
꼭 돌아와."

"노력해 볼게."

"기다리는 사람도 생각해 줘야지."

"그런가?"

"그래."

"정말 간다."

"다녀와."

재수의 친근한 인사말을 뒤로하고 인수는 조용히 몸을 움
직였다.

숙소를 빠져나와 왼쪽 모퉁이를 돌자 미첼이 기다리고 있었다. 그는 뉴베리 출신이었기 때문에 믿을 수 있었다. 당분간 인수가 떠난 것은 비밀이었다. 잘못하면 병사들이 동요할 수도 있었다.

미첼과 움직여서 그런지 순찰을 도는 병사들과 거의 마주치지 않았다. 미첼이 미리 손을 써둔 모양이었다.

그믐날이어서 주위는 어두웠다.

오우거 장벽 위로 올라가는 계단의 입구에는 지키는 사람이 아무도 없었다. 보통 때는 두 명의 병사가 지키는 곳이었다. 이것도 미리 손을 써둔 모양이었다.

"인수님, 통로를 올라가면 티멜이 기다리고 있을 겁니다."

"그래, 고맙다."

미첼의 임무는 여기까지였다.

"아닙니다, 인수님. 저희가 모시지 못해서 죄송합니다."

"이건 내가 할 일이다. 난 죽은 피터를 비롯한 너희 뉴베리 사냥꾼들에게 약속했다. 또한 이건 죽은 엘프디언에 대한 복수이니 마음 쓸 것 없다. 내가 너희들을 믿는 것을 알지? 뒤를 부탁한다."

"걱정하지 마십시오."

"그래, 기회가 된다면 다시 볼 수 있기를."

계단을 올라가는 인수의 등에 대고 미첼은 손을 올려서 조용히 경례를 올렸다. 강철 같은 모습을 보여주던 엘프디언의 뒷모습이 오늘따라 왠지 슬퍼 보였다. 이제 다시는 볼 수 없을 것 같다는 헛된 생각이 미첼의 머릿속에 떠올랐다.

한 손으로 벽을 짚으며 인수는 계단을 조용히 올라갔다.

얼마쯤 올라가자 위에서 작은 목소리가 들렸다.

"자네르."

약속어를 말하는 것을 보니 티멜인 듯했다.

"피바다."

인수는 이번 작전명을 거침없이 말했다. 알고 있는 사람은 다 합쳐서 5명도 되지 않는 작전이었다. '자네르 왕성 피바다 작전' 이라는 제법 거창한 이름이기는 했지만 작전에 투입되는 사람은 겨우 한 명이었다.

눈이 어둠에 완전히 적응을 했는지 칠흑 같은 어둠 속에서 희미한 형체가 보였다.

"티멜인가?"

"예, 인수님."

"앞장 서."

"예, 알겠습니다."

그렇게 한동안 인수는 티멜을 따라서 걸어갔다.

길은 군데군데 갈라진 곳도 있었고 덤불과 나무들로 가로막혀 있을 때도 있었지만, 장애물이 있을 경우에는 티멜이 먼저 알려주어서 수월하게 걸어갈 수 있었다. 처음 계획을 잡고

티멜을 먼저 보내서 지리를 익히게 한 덕을 톡톡히 보고 있었
다.

"인수님, 이곳입니다. 이 아래로 내려가시면 바로 숲과 연
결됩니다. 능선을 따라 계속 남쪽으로 가시면 쉬란 후작령과
그랑시온 공작령의 경계를 가로질러서 지나가실 수 있을 것
입니다. 물건들은 이곳에 있습니다."

티멜이 지도의 한곳을 가리켰다.

재수의 눈을 피해서 티멜을 시켜 미리 옮겨놓은 물건들이
었다.

"수고가 많았다, 티멜."

"아닙니다."

"그만 가봐라."

대답을 하는 티멜의 음성만으로도 그가 어떤 표정을 짓고
있을지 대충 알 수 있었지만 인수는 애써 모른 척하며 말했
다.

"충성!"

티멜은 작은 목소리로 경례를 올리고 숲 속으로 사라졌다.

이제는 오로지 혼자 힘으로 헤쳐 나가야 했다. 오우거의 장
벽을 내려가는 그 순간부터 인수는 그 누구의 도움도 받을 수
가 없었다. 외롭다는 생각이 들었지만 이대로 멈출 수는 없었
다. 겁이 났지만 용기를 만들어낼 수밖에 없었다.

저 멀리 어딘가에 그들이 있었다. 게리슨과 크레이가, 그리

고 그랑시온이 있었다. 이 셋만은 도저히 용서할 수 없었다. 이 셋을 그대로 놔두면 먼저 간 전우들이 편안히 잠들지 못할 것이다. 인수도 이들 셋 때문에 열불이 나서 잠을 이루지 못했다. 불면증은 더욱 심해져서 요즘은 거의 잠을 이루지 못했다. 이 셋만 해치우면 잠도 잘 수 있을 것 같았다. 이 셋이 모든 문제의 근원이었다. 이 셋만 없어지면 모두가 행복해질 수 있다는 생각이 들었다.

여분의 밧줄을 이용해서 이제는 희미해진 옛 기억을 되살려서 유격장에서 레펠을 할 때 쓰는 안전 매듭을 어렵게 생각해 냈다. 문제는 부실한 왼손이었다. 만용을 부려 그냥 밧줄을 잡고 내려갈 수도 있었지만 안전하게 내려가는 것이 무엇보다 중요했다. 한순간의 방심과 실수로 복수는 시도해 보지도 못하고 허무하게 절벽 아래로 떨어져서 죽게 된다면 원수들이 인수를 비웃을 것이다. 그것은 먼저 간 전우들에게도 미안한 노릇이었다.

인수는 밧줄을 잡고 소리 나게 이를 악물었다. 아무것도 보이지 않는 절벽 아래를 향해 인수는 한 발 한 발 조심스럽게 발을 움직이며 내려갔다. 역시 왼손이 문제였다. 망가진 손으로 예전 같은 움직임을 발휘하는 것은 어려웠다. 몇 번이나 발을 헛디뎌서 위험한 지경에 놓이기도 했는데, 그때마다 누군가가 자신을 받쳐 주는 느낌이 들었다. 인수는 전우들의 손이라고 믿었다. 복수를 바라는 전우들이 인수를 지켜준다고 믿었다. 마음이 든든했다. 결코 혼자가 아니었다. 죽은 전우들이 자신을 수호하고 있었다.

오우거의 장벽을 내려온 인수는 발길을 재촉했다. 아직 안심할 수는 없었다. 이 밤을 도와서 최대한 자신이 노출되지 않도록 적당한 곳에 자리를 잡아야 했다. 서두르지 않으면 오우거의 장벽 앞에 진을 친 미스트르 왕국군이나 다른 영지의 정찰병들 눈에 띄게 될 수도 있었다.

2

뚜둑.

앞에서 나뭇가지가 부러지는 소리가 들렸다. 인수는 그대로 그 자리에 얼어붙었다. 규칙적인 발걸음 소리로 보아서 인간이 분명했다. 그것도 2명 이상이었다. 인수는 아주 조용히 근처의 아름드리나무에 몸을 붙였다.

"젠장, 이런 곳에 적들이 어디 있다고 순찰을 내보내는 거야?"

"조용히 해, 휴이트. 넌 악명 높은 콜 영지의 정찰병 이야기도 못 들었어?"

"그들이 아무리 대단해 봤자 이 휴이트님한테 걸리면 뼈도 못 추릴걸?"

"너, 그러다 정말 정찰병을 만날지도 몰라. 내가 미스트르 애들한테 들었는데, 걔들은 사람을 죽이면 머리 가죽을 벗기고 귀를 잘라 간다는 거야. 제국 남부에 있는 바인 왕국 놈들처럼."

"정말?"

"그래. 심지어는 인육을 먹는다는 소문도 있던데."

"그만 해라, 티에라. 심장 약한 휴이트가 바지에 오줌 싸겠다."

"크크크."

"잠깐 기다려 봐. 오줌 좀 싸야겠다."

"거봐라. 휴이트 녀석 벌써 놀랐잖아."

"야, 가자."

"기, 기다려, 티에라."

"완전히 겁먹었네, 우리 불쌍한 휴이트님."

"젠장. 기다려, 기다리라니까."

다른 영지의 정찰병이었다.

그들의 모습이 완전히 안 보이게 되어서야 인수는 안심을 하고 손에 쥐었던 대검을 내렸다.

정찰병 중 한 명이 자신이 숨어 있는 나무 근처에 왔을 때는 심장이 오그라드는 것처럼 놀랄 수밖에 없었다. 다행히 근처에서 소변만 보고 별다른 의심 없이 간 덕분에 불필요한 충돌을 할 필요는 없었다. 더구나 정찰병 몇 명을 죽여서 관심을 받게 된다면 복수를 하는 것에 많은 지장을 줄 수도 있었다. 이런 후방까지 감시를 하는 것을 보면 더욱 조심해야 했다. 아직 흔적을 드러내서는 안 되었다.

첫 번째 목표를 찾는 것은 그리 어렵지 않았다.

게리슨은 미스트르 왕국군 진영에 틀어박혀 있었다. 원래부터 겁이 좀 많은 놈이란 것은 알고 있었지만, 그 덕에 접근할 방법이 마땅치 않았다.

인수는 밤마다 미스트르 왕국군 진영을 돌며 들어갈 틈을 노렸지만 지은 죄가 많아서 그런지 주변을 철통같이 경계하고 있었다. 그렇게 헛되이 시간이 지날수록 차라리 세 번째로 미룰 걸 잘못했다는 생각이 들 만큼 인수는 초조해졌다.

난공불락의 요새라는 것을 알았는지 미스트르 왕국군은 어떠한 움직임도 없이 머물러 있었다.

인수의 가장 큰 걱정은 이들이 어느 날 갑자기 자신들의 나라로 돌아가는 것이었다. 그렇게 되면 미스트르까지 가야 했다. 그것은 너무나 먼 여정이었다.

인수는 8일 동안 적당한 기회를 노리며 미스트르 왕국군 진영을 맴돌았다. 그리고 하늘도 무심치 않아서 기다리던 기회가 왔다.

갑자기 어두워지고 먹구름이 끼더니 금방 폭우가 쏟아지기 시작했다. 미스트르 왕국군은 갑자기 쏟아진 폭우에 미처 대비를 하지 못해서 이리저리 뛰어다니기 바쁜 모습이었다.

인수는 며칠 전 진영에 몰래 숨어들어 훔친 미스트르 왕국군의 복장을 입었다. 지금이 기회였다. 이번보다 더 좋은 기회는 다시 오지 않을 거라는 걸 직감적으로 느꼈다.

바쁘게 뛰어다니는 병사들의 틈을 자연스럽게 파고드는 인수에게 신경을 쓰는 사람은 없었다. 이번에 실패한다면 게리슨은 다음에 처리를 하는 것이 나을 거라는 생각이 들었다.

갑자기 쏟아지는 폭우로 인해서 그 누구도 진영 한복판을 뛰어다니는 인수에게 신경을 쓰지 않았다.

인수는 빠르게 게리슨의 막사로 접근했다. 지은 죄가 많아서 그런지 막사를 자주 바꾸기는 했지만, 인수는 이미 간밤에 위치를 파악해 둔 상태였다.

게리슨의 막사 주위를 지키는 병사들도 행여 막사가 잘못될까 싶어 주위를 뛰어다니고 있었다. 인수는 막사를 돌며 주변을 살펴보았다. 인수에게 신경을 쓰는 사람은 없었다.

인수는 휘장을 살짝 들추고 막사로 들어갔다.

막사는 대낮인 데도 불구하고 술 냄새가 진동을 하고 있었다. 낮부터 술판을 벌인 모양이었다.

인수는 급히 막사 안을 살피며 게리슨을 찾았다. 게리슨을 찾는 것은 어렵지 않았다. 침실 휘장 너머에서 소리가 들렸다.

휘장을 살짝 들추고 안을 살폈다.

침대 위에서 게리슨은 여자를 겁탈하고 있었다. 짐승 같은 놈이었다. 여자가 저항을 하자 여자의 뺨을 망설임없이 철썩!
소리가 나게 때렸다. 그렇게 몇 번 여자가 감당하기 힘든 폭
력을 휘두르자 여자는 저항을 멈췄다.

인수는 아주 조용히 게리슨의 등 뒤로 다가갔다. 술과 여자
에 취해서 그런지 게리슨은 등 뒤를 전혀 신경 쓰지 않았다.

인수의 손에는 발목에서 빠져나온 군용 대검이 들려 있었
다. 너무 쉽게 죽여줄 수는 없었다. 아주 고통스럽고 잔혹하
게 죽일 생각이었다. 이 짐승 같은 더러운 배신자에게는 그런
죽음이 어울렸다. 이놈 때문에 사도신이 죽었다. 이 녀석이
배신만 하지 않았더라도 사도신이 그렇게 죽지는 않았을 것
이다. 게다가 이놈은 죽은 사도신의 시신을 모욕했다.

군용 대검을 든 인수의 손에 저절로 힘이 들어갔다.

인수는 게리슨의 목을 왼팔로 감았다. 게리슨이 저항하기
위해 발버둥을 쳤지만 인수가 감당 못할 정도는 아니었다.

"조용히 해. 떠들면 죽여 버리겠다."

인수는 여자를 향해 그렇게 말하고 게리슨의 목을 더욱 강
하게 조였다. 산소 공급이 중단돼서 그런지 게리슨의 저항이
점점 미약해지더니 이내 멈추었다. 죽지는 않고 기절만 시켜
놓은 상태였다. 이렇게 쉽게 고통없이 죽이는 것은 사도신에
대한 모독이었다.

"살려주세요. 집에 애들이 기다리고 있어요."

여자가 옷을 추스르며 말했다.

"난 여자와 아이는 죽이지 않는다. 조용히 시키는 대로만 하면 살려주겠다."

여자의 고개가 좌우로 바쁘게 움직이며 알아들었다는 신호를 맹렬히 보냈다.

"좋아. 의자를 가져와."

인수는 여자가 가져온 의자에 게리슨을 앉히고 팔과 다리, 그리고 몸통을 꽁꽁 묶었다. 게리슨이 명령을 내려놓아서 그런지 막사로 들어오는 사람은 없었다.

밖에는 아직도 비가 내리는지 빗소리가 요란하게 들리고 있었다.

주어진 시간이 그렇게 많지는 않았다. 폭우가 멈추기 전에 게리슨을 해치우고 이곳을 빠져나가야 했다.

어지럽게 널려진 탁자에서 인수는 술병을 집어 들었다. 술병에는 아직도 술이 많이 남아 있었다. 술병에 입을 대고 몇 모금 넘겼더니 뱃속이 요동을 치며 목을 타고 열기가 올라왔다. 생각해 보니 요즘엔 거의 식사를 하지 않았다.

인수는 술병에 남은 술을 게리슨에게 부었다. 효과가 있는지 게리슨이 서서히 정신을 차렸다.

"소리를 지르면 혀를 잘라 버리겠다."

인수는 정신을 차리는 게리슨의 귀에 조용히 속삭였다.

"누, 누구냐? 무엇 때문에……."

"섭섭한걸. 벌써 나를 잊은 거냐?"

"누구……?"

게리슨이 고개를 좌우로 돌리며 뒤를 돌아보려고 했다.

"엘프디언 한이다."

게리슨이 놀라서 소리를 지르려고 하는 바람에 인수는 급히 게리슨의 입을 틀어막았다.

"쉿. 혀를 뽑아버리기 전에 조용히 하는 것이 좋을 거다. 난 이미 참을성이 바닥난 상태니까."

게리슨이 움직임을 멈추고 나서야 인수는 게리슨의 입을 막고 있던 손을 치웠다.

"살려주십시오. 제발 살려만 주시면……."

인수의 얼굴을 확인하자 게리슨이 애걸하기 시작했다.

"쉿."

"사령관님, 한님, 제발."

"분명히 조용히 하라고 했을 텐데 말귀를 못 알아듣는군. 그리고 나는 너같이 더러운 놈의 사령관이 아니다."

인수는 게리슨의 옷을 잡아 뜯어서 그 옷을 입에 밀어 넣었다.

"이제 좀 조용하군. 근데 약속을 어겼으니 대가를 치러야지. 난 엘프디언의 죽음에 지금 반쯤 미쳐 있는 상태니까 조심하는 게 좋을 거야."

인수는 게리슨의 오른쪽 허벅지를 망설임없이 찔렀다. 게리슨이 비명을 지르려고 했지만 입 안을 가득 채우고 있는 형

겊 덕분에 소리가 밖으로 새어 나오지는 않았다.

인수는 게리슨의 다리에 박힌 대검을 비틀었다. 고통 때문인지 게리슨의 눈이 흰자위만 보일 정도로 커졌다.

"이제 말 잘 들을 거야?"

게리슨의 머리가 미친 듯이 좌우로 움직였다. 인수는 게리슨의 입에서 헝겊을 빼주었다. 게리슨의 입에서 나직하게 신음 소리가 흘러나오기는 했지만 그리 크지는 않았다.

"자, 다시 이야기를 해보자고, 아주 차분하게. 우리를 배신한 대가로 무엇을 받았지?"

"자, 잘 모르겠습니다. 전 그냥 왕의 지시만 받았을 뿐입니다."

"아직 고통이 부족한가 보군. 시간은 많으니까 천천히 즐겨보자고."

인수는 그렇게 말하고 이를 악물고 있는 게리슨의 입을 억지로 벌리고 헝겊을 밀어넣었다. 공포를 주기 위해 피 묻은 대검을 눈앞에서 몇 번 흔들어주다가 그대로 왼쪽 허벅지를 찔렀다. 게리슨이 고통에 몸부림을 쳤지만 인수는 아랑곳하지 않고 오른쪽 허벅지에 했던 것처럼 대검을 비틀었다. 게리슨이 미친 듯이 몸을 비틀어댔다.

"당장 몸부림을 멈추지 않으면 이번에는 뱃속을 휘저어주겠다."

인수의 말이 효과가 있었는지 게리슨의 몸부림이 어느 정도 잦아들었다.

"모든 걸 말하겠습니다."

헝겊이 입 밖으로 나오기 무섭게 게리슨이 말했다.

"목소리가 너무 커. 이제 하나씩 알아가 보자고."

"예, 말씀만 하십시오."

고통에 굴복했는지 게리슨의 말투가 달라져 있었다.

"추격은 누가 지시했나?"

"크레이란 자가 싹을 잘라 버려야 한다고 직접 병사들을 지휘했습니다."

"정말인가?"

"정말입니다. 믿어주십시오."

인수가 의문을 표하자 게리슨이 재빨리 덧붙여 말했다.

"크레이는 어디에 있나?"

"추격이 실패한 후 바로 수도로 떠났습니다."

근처에 있을 줄 알았더니 이미 멀리 떠난 후였다. 차라리 잘됐다는 생각이 들었다. 어차피 그랑시온을 잡으러 수도로 갈 생각이었다.

"넌 이번 전쟁의 대가로 무엇을 받기로 했나?"

"새로 얻은 땅의 영지를 새로 받기로 했습니다."

"엘프디언의 목숨 값이라고 하기에는 너무 싸."

"죄송합니다, 죄송합니다."

게리슨이 비굴하게 말했지만 인수의 마음에는 전혀 와 닿지 않았다.

인수는 다시 헝겊을 게리슨의 입에 밀어 넣었다. 그리고 오른쪽 어깨 부위를 아주 천천히 찔렀다. 게리슨의 얼굴이 고통에 일그러졌다. 사도신은 더한 고통을 느꼈을 것을 생각하니 꺼림칙한 마음도 들지 않았다.

"사실대로 말했습니다. 제발 살려주십시오."

게리슨이 입에서 헝겊을 빼내자 말을 토해냈다.

"그래? 이번 것은 실수라고 해두지. 엘프디언 사의 목을 벤 자가 누구지?"

"캐슬러가 했습니다."

인수의 말이 끝나기 무섭게 게리슨이 대답했다.

"지금 있겠지. 물론?"

"예, 근처에 있을 겁니다."

"기사인가?"

"예, 호위기사 중 한 명입니다."

"대답하는 태도가 아주 마음에 들어."

인수는 다시 헝겊을 입에 밀어 넣고 여자를 쳐다봤다. 인수가 쳐다보자 여자는 자신의 옷을 여미기에 정신이 없었다.

"나를 이 개 같은 녀석이랑 같이 취급하지 마."

인수는 기분이 나빠졌다.

"예, 예."

여자가 겁먹은 얼굴로 말했다.

“네가 잠시 도와줘야겠다. 나를 도와준다면 너를 살려주마.”

“감사합니다, 감사합니다.”

인수는 여자를 입구가 있는 휘장 쪽으로 끌고 가 휘장을 살짝 들추고 밖을 살폈다. 아직도 밖에는 비가 쏟아지고 있었다. 막사 앞을 지키던 병사들은 다른 곳에서 비를 피하는 것 같았다.

“사람을 불러서 기사 캐슬러를 불러라. 만약 상대편이 알아차리게 되면 너부터 죽일 것이다.”

“살려주십시오.”

“넌 내가 시킨 대로만 하면 된다.”

인수는 여자의 왼팔을 잡고 얼굴만 내밀 수 있게 만들었다.

“시작해.”

“캐슬러 경! 캐슬러 경!”

“무슨 일이냐?”

누군가 뛰어오는 소리가 들리더니 곧 남자의 목소리가 들렸다.

“게리슨 백작님이 캐슬러 경을 급히 찾으십니다. 좀 불러주십시오.”

“그래?”

“예, 급한 일이라고 합니다.”

“알겠다. 내가 불러오겠다.”

얼마 지나지 않아 휘장이 들려졌다. 캐슬러가 온 모양이었다. 인수는 때를 놓치지 않고 남자의 입을 막고 목에 대검을 들이댔다.

“움직이지 마.”

인수의 충고에도 불구하고 남자는 몸을 비틀며 저항했다. 인수의 대검이 남자의 목에 박혀들었고, 얼마 지나지 않아 남자의 움직임이 멈추었다.

인수는 남자의 시체를 게리슨 앞으로 끌고 갔다.

“이자가 캐슬러인가?”

“예, 그렇습니다.”

“젠장, 너무 쉽게 죽였어.”

인수는 스스로를 자책하며 서둘러 캐슬러의 옷을 벗겨냈다. 이젠 가야 할 시간이었다. 여기서 복수를 멈추는 것이 아쉽기는 했지만 아직 해야 할 복수가 많이 남아 있었다. 자칫 비라도 멈추게 되거나 병사들에게 발각이 된다면 모든 것을 망칠 수도 있었다.

“나는 이만 가겠다, 게리슨.”

인수는 캐슬러의 옷으로 바꾸어 입고 나서 말했다.

“감사합니다, 감사합니다.”

게리슨이 울 것 같은 표정을 하고 말했다.

“우리 엘프디언은 은혜는 백배로, 원수는 천배로 갚아준다는 것을 잊지 말아라."

"살려주서서 감사합니다."

"누가 살려준다고 했나?"

"그건 약속이……."

게리슨은 더 이상 말을 잇지 못했다. 이미 그의 목은 몸과 분리가 되어 있었다.

"난 약속한 적 없다. 특히 거짓말쟁이하고는."

막사를 떠나는 인수를 여자가 불안한 얼굴로 쳐다보고 있었다. 약속은 지켜야 했다.

"누가 너를 죽이려고 하면 이렇게 말해라. 너를 죽이면 엘프디언 한이 다시 올 거라고."

인수는 여자에게 그렇게 일러주었다.

인수는 한낮의 폭우가 쏟아지는 세상을 향해 달려나갔다.

게리슨이 호화롭게 먹고 마시던 탁자 위에는 두 개의 목이 올려져 있었다.

하나는 게리슨, 하나는 캐슬러.

눈알은 뽑히고 혀는 잘려 있었다.

그 앞에는 경고문이 놓여 있었다.

약속을 어긴 자에게 자비란 없다.

엘프디언 한.

숲은 영주의 것이었다. 영주의 허락없이는 사냥을 해서도 안 되고 나무를 잘라서도 안 된다. 그 덕에 숲에는 사람의 인적이 뜸했다. 가끔 숲을 지키는 숲지기들의 오두막이 보이기도 했지만 아직까지 그들에게 들킨 적은 없었다. 그렇게 몇 번의 경험 덕분에 숲지기들의 오두막이 있을 만한 곳은 아예 처음부터 우회를 해서 길을 갔다. 불필요한 살인을 할 필요는 없었다.

산맥의 줄기에 들어선 덕분에 위협이 될 만한 것은 거의 없었다. 대략 앞으로 15일 정도만 더 가면 수도에 도착할 수 있을 거라는 계산이 나왔다. 물론 인수의 손에 들린 지도가 그리 정교하게 만들어지지 않은 덕에 나름대로 생길 수 있는 변수들을 고려해서 내린 결론이었다.

인수는 적당한 자리를 찾기 위해 부지런히 걸었다. 저 앞에 보이는 계곡 어디쯤이면 적당할 것 같았다. 운 좋게 잡은 산토끼가 인수의 허리춤에 매달려 대롱거리고 있었다. 간만에 화식을 할 생각을 하니 마음이 급해졌다. 그동안 행적이 들통 날 것을 염려해서 불도 제대로 피우지 못했는데, 오늘은 그동안의 굶주림을 털어버릴 생각이었다. 몸이 튼튼하지 못하면 복수도 할 수 없었다.

계곡을 따라 걸은 지 얼마 되지 않아 구릉지에 적당한 곳을 찾을 수 있었다. 벌써 해는 넘어가고 사위가 어둠에 묻히고 있었다. 군장을 내려놓고 서둘러 마른 나뭇가지를 모았다. 나무가 우거지고 움푹 들어간 지형이라 불빛이 밖으로 새어 나가지는 않겠지만 연기도 조심해야 했다. 땅을 조금 파고 돌을 주변에 둘러서 화덕 비슷하게 만들었다.

작은 나무에 토끼를 묶은 뒤에 가죽을 벗기기 위해서 칼집을 냈다. 목 부위를 잡고 아래로 잡아당기자 어렵지 않게 가죽이 벗겨지며 토끼는 매끈한 고깃덩어리로 변했다. 배를 가르고 내장을 꺼낸 후에 가죽과 함께 땅을 파고 묻었다. 흔적을 남기고 싶지 않았다.

적당한 나무를 잘라서 토끼를 꿰었다.

낙엽으로 시작한 불은 이내 잔가지로 옮겨 붙으며 모닥불로 변했다. 잘 마른 나뭇가지를 써서 연기는 거의 나지 않았다. 제법 불길이 거세어졌을 때 Y자형 나무를 불 양편에 꽂고 토끼를 올려놓자 기름이 지글거리며 노린내가 콧속을 찔렀다. 군장에서 소금통을 꺼내 골고루 뿌리며 천천히 익히기 시작했다. 토끼의 노린내가 조금 역겹기는 했지만 허기를 억누르지는 못했다.

한참을 그렇게 불가에서 침을 흘리며 토끼가 익기를 기다렸다. 토끼의 노린내는 차츰 향기로 변해가다가 기름이 불길에 떨어지며 소리를 낼 때는 절정을 맞이했다.

불이 사그라들 때 즈음 잘 익은 토끼 다리를 뜯어내어 먹기 시작했다. 오랜만에 화식을 해서 그런지 맛이 좋았다. 대충 배가 불러올 즈음에 인수는 아껴두었던 술을 꺼냈다. 굉장히 독해서 한 모금만 마셔도 목이 타 들어가는 듯한 느낌을 주는 술이었다.

술이 독해서 그런지 몇 모금 마시지도 않았는데 벌써 취기가 돌았다. 그대로 벌렁 드러누웠다.

앉아 있는 것마저도 힘이 들었다. 가슴이 아팠다. 왜 가슴이 아프냐고 누가 물어도 명쾌하게 대답할 수 없었다. 그저 아팠다.

하늘에는 인수의 이런 고통을 아는지 모르는지 수를 헤아리기 힘들 정도로 많은 별들이 떠 있었다. 괜히 눈물이 났다.

"아저씨, 울어요?"

갑자기 들려온 말소리에 인수는 깜짝 놀라 몸을 일으켰다. 손에는 이미 대검이 들려 있었다. 목소리의 주인을 찾기 위해 사방을 두리번거렸지만 사람의 모습은 보이지 않았다.

"누구냐?!"

무서운 생각이 들어 일부러 큰 소리로 외쳤다. 술을 괜히 마셨다는 생각이 들었다. 그래서 조심성이 없어진 모양이었다.

"아저씨는 항상 울기만 하네요?"

다시 들려온 목소리는 아이의 목소리였다. 평소에 귀신을 믿지는 않았지만 이렇게 인적없는 산속에서 들려오는 아이의 목소리는 인수를 두렵게 하기에 충분했다. 숲지기가 나타난 것이 아닐까 하는 생각이 머리를 스쳤다. 숲지기의 딸 정도면 제법 아귀가 맞아떨어졌다.

"누구냐니까?"

인수의 목소리가 격해졌다. 등줄기를 타고 소름이 돋았다.

"저예요."

친근감이 담긴 목소리였지만 왠지 그것이 더욱 무섭게 느껴졌다.

"모습을 보여라!"

목소리가 들려왔다고 생각되는 부분을 유심히 살펴도 사람의 모습은 보이지 않았다.

"아저씨 뒤에 있어요."

인수는 그 말에 깜짝 놀라서 뒤를 향해 대검을 휘둘렀다.

"아저씨, 깜짝 놀랐잖아요!"

대검의 궤적이 지나간 자리에 아이가 서 있었다. 초록색의 귀여운 옷을 입은 아이였다.

인수의 뇌가 바쁘게 움직이기 시작했다. 눈앞에 있는 아이와 이곳에 있다고 알려진 괴물들의 특징을 바쁘게 대조해 나갔다. 비슷한 것들이 몇 가지 있었지만 딱히 조건에 부합되는 괴물은 없었다. 또 오우거의 장벽 이남에는 괴물이 거의 없다고 들었다. 그리고 숲으로 이동을 하면서 인수를 긴장하게 할 만한 어떠한 괴물의 흔적도 없었다. 괴물이 나타난 적도 없었다.

"흐음. 토끼 고기인가요?"

아이가 킁킁거리며 냄새를 맡는 것 같더니 모닥불을 가리키며 물었다.

"그, 그래."

인수는 자신도 모르게 대답을 하고 말았다.

"아저씨, 배가 고파서 그런데 저기 있는 토끼 고기 좀 얻어먹을 수 있을까요?"

차분한 아이의 목소리에 인수는 대검을 더욱 세게 움켜쥐었다. 뭐라고 대답해야 될지 딱히 떠오르는 말이 없었다. 대검을 다시 휘두르기 위해서는 발을 움직여야만 했다. 군장의 위치를 찾으니 좌측에 있었다. 도를 뽑을 수 있는 시간이 있을지 이해득실을 따져봤다.

"겁내지 마세요. 해치지 않아요."

여자 아이가 웃으며 말했다.

아이의 웃음을 보자 인수는 마음이 푸근해지는 것 같았지만 마음을 놓을 수는 없었다.

"토끼 고기는 줄 수 있지만 먼저 내 물음에 대답을 해야해."

"물어보세요."

"숲지기의 딸이니?"

"그렇다고 할 수도 있고, 아니라고 할 수도 있어요."

"무슨 소리지?"

“아저씨, 정말 배가 고파서 그런데 먼저 배 좀 채우면 안 될까요?”

아이가 정말 배가 고픈 표정을 지었다.

아이와 대화를 하면 할수록 인수는 경계심이 누그러지는 것을 느꼈다. 근처에 인수가 미처 알지 못한 숲지기의 집이 있을지도 모르겠다는 생각이 들었지만 그의 이성이 방심하지 말라고 외치고 있었다.

“알았다. 하지만 배를 채운 다음에는 내 물음에 대답을 해 줘야 돼.”

“예, 알겠어요.”

아이는 모닥불 가에 자리를 잡았다. 갑자기 아이가 괴물로 변해서 덤벼들지도 몰랐다. 인수는 경계를 늦추지 않고 아이가 먹기 좋도록 앞다리 한쪽을 뜯어서 조심스럽게 건넸다.

인수가 건네준 고기를 아이는 귀엽게 오물거리며 먹었다. 그 모습만 봐서는 어떤 위협도 느낄 수 없었지만 이런 식으로 방심을 하게 만든 후에 덤벼드는 괴물들도 있다는 것을 익히 들어서 알기에 인수는 방심할 수가 없었다.

“더 먹을래?”

인수는 아이가 다리를 다 먹자 자신도 모르게 물었다.

“괜찮아요. 많이 먹었어요. 토끼 고기가 참 맛이 있네요.”

아이는 기름이 묻은 손을 옷에 쓱쓱 문질러서 닦았다.

"이제 내가 물은 것에 대답을 해줄래?"

"예, 좋아요."

"넌 누구지?"

"비즈요."

"비즈? 예쁜 이름이구나."

"아저씨, 저번에도 그렇게 말했잖아요."

"내가? 넌 나를 아니?"

"뉴베리 마을에서 봤잖아요."

"뉴, 뉴베리 마을?"

비즈라는 아이의 말에 인수는 놀라서 되물었다.

"예, 그때도 아저씨는 울고 계셨잖아요."

비즈의 말을 듣고서야 인수는 그 기억을 머릿속에서 끄집어낼 수 있었다. 첫 살인의 죄책감에 울고 있을 때 위로를 해주던 아이였다. 하지만 한편으로는 이해가 안 갔다.

"그럴 리가 없어. 마을에 있던 사람들은 모두 죽었다. 도대체 넌 누구지? 어떻게 이곳에 있을 수 있는 거야?"

인수의 목소리가 다시 커졌다. 무서운 생각이 들었다. 갑자기 아주 나쁜 꿈을 꾸고 있는 것이 아닐까 하는 생각이 들기도 했고, 아이가 말로만 듣던 귀신이 아닐까 하는 생각마저 들었다.

"전 그 마을 사람이 아니에요. 전 어디든 마음대로 갈 수 있어요."

“혹시 몬스터냐?”

“아니에요.”

“그럼?”

“엘프디언이요.”

“네가 엘프디언이라고?”

“예, 제가 엘프디언이에요.”

아이가 웃으며 말했다.

“정말 그런 것이 있었어? 엘프디언이…….”

“그럼요. 언제나 저는 영원의 숲에 있어요, 숲을 지키기 위해서. 그것이 우리가 엘프에게 부여받은 성스러운 임무예요.”

“혹시 우리 때문에 화가 나지는 않았니? 아니, 나를 죽이러 온 거야?”

“왜요?”

“우리가 엘프디언이라고 했잖아.”

“아무려면 어때요. 진짜 엘프디언은 전데요.”

아이의 이야기가 계속될수록 인수는 놀랄 수밖에 없었다. 그렇다고 아이의 말을 안 믿기도 어려웠다. 왠지 아이가 엘프디언이라고 말하니 진짜 엘프디언일 거라는 생각이 들었다. 아이의 말은 묘한 설득력 같은 것이 있었다.

“그런데 왜 영원의 숲에 나타나지 않았지?”

“항상 아저씨랑 가까운 곳에 있었어요. 단지 아저씨가 저를 발견하지 못했을 뿐이에요."

"그럼 내가 들은 이야기처럼 마법을 쓸 줄 알겠구나?"

"조금이요."

"보여줄 수 있어?"

"불."

아이가 작게 말하자 눈앞에 불덩어리가 생겼다. 저번에 본 마법사는 뭔가 알 수 없는 말로 떠들었던 것 같은데 아이는 너무나 쉽게 마법을 보여주었다. 혹시 마법이 아니고 눈속임 마술이 아닐까 하는 생각이 들 정도였다. 눈으로 보면서도 믿을 수가 없었다. 인수는 뺨을 꼬집으려다가 그만두었다.

"내가 얼마 전에 마법사를 봤는데 조금 다른 것 같던데? 그자는 내 몸을 못 움직이게 만들었어."

"속박. 이제 움직여 보세요."

인수가 몸을 움직이려고 하자 몸이 움직여지지 않았다. 당했다는 생각이 들었다. 이대로 아이가 달려들면 죽은 목숨이었다. 그런 인수의 생각을 알아챘는지 아이가 웃었다.

"취소."

아이의 말이 끝나자 인수의 몸이 다시 움직여졌다.

"인간 마법사는 원래 그래요. 의지가 약하니까. 남에게 알려지는 것도 싫어하고."

아이의 손에서 불덩이가 커졌다가 작아졌다를 반복했다. 마치 불덩이가 춤을 추는 것 같았다.

“이게, 이런 것이 마법이구나. 내가 꿈을 꾸는 것은 아니지?”

인수는 아이를 믿을 수 있었다. 얼마 전 마법사에게 당하고 나서도 제대로 믿어지지가 않았는데, 이제는 마법이라는 것을 믿을 수 있었다.

“꿈이 아니에요.”

“숲에서 우리를 도와주었으면 좋았을 텐데.”

인수는 아쉬운 생각이 들었다. 도와주었으면 전우들이 죽지도 않았을 것이다.

“왜 도와주어야 하지요?”

비즈의 물음에 인수는 당황해서 일순간 대답을 할 수가 없었다. 생각해 보니 아쉽긴 해도 틀린 말은 아니었다.

“그렇구나. 네 말이 맞다. 도와줄 필요는 없지.”

인수는 너무나 쉽게 그 말에 수긍했다. 하지만 곧 의문이 생겼다. 케이트는 맹약에 의해 도와주게 되어 있었다.

“그럼 케이트는 왜 도와주지 않았지?”

“피를 잇지 않았으니까요.”

“응?”

“그 사람에게는 맹약의 냄새가 나지 않았어요.”

“그러니?”

“예.”

하긴 오래된 약속이었으니 피가 섞이지 않을 가능성도 존재하는 것이다.

어느 정도 의심이 풀리자 인수는 자칭 엘프디언에 대해 궁금한 것을 묻기 시작했다.

"넌 혼자니?"

"전엔 아버지랑 같이 살았지만 이제 아버지는 없어요. 죽었거든요. 제가 마지막 남은 엘프디언이에요."

"안됐구나."

"괜찮아요. 저에게는 할 일이 있어요. 그것을 하기로 아버지하고 약속했거든요."

"무슨 약속?"

"인간들로부터 영원의 숲을 지키는 거요."

"우리도 숲을 침입한 건데 왜 우리를 그냥 두었지?"

"숲을 지키는 것이 우리의 사명이에요. 아저씨들은 인간이지만 인간이 아닌 존재들이더군요. 그렇죠?"

"그래, 그렇지. 우린 그런 존재지."

인수는 수긍을 했다. 하늘에서 갑자기 이곳으로 뚝 떨어진 존재였다. 이 엘프디언은 모든 것을 알고 있었다. 어쩌면 집으로 돌아갈 수 있지 않을까 하는 생각이 들었다.

"혹시 마법으로 우리가 왔던 곳으로 돌아갈 수 있니?"

"불가능해요, 그것은. 아저씨들은 존재하지만 존재하지 않는 인간들이니까요. 어디서 온지도 알 수 없는 그런 존재들이요."

"그렇구나."

인수는 비즈의 말에 쉽게 수긍을 했다. 그냥 아주 작은 가능성에 기대를 했던 것이기에 실망감은 크지 않았다.

"오늘은 왜 갑자기 내 앞에 나타난 거니?"

"아저씨의 슬픔이 저를 불렀어요."

"무슨 이야기이지?"

"영혼의 공명이 저를 불렀어요."

"그게 무슨 소리야?"

"아버지에게 들은 이야기인데 아주 가끔 특별한 사람들은 남의 슬픔을 공명할 수 있다고 그랬어요. 그 사람들은 아무리 멀리 떨어져 있어도 그것을 느낄 수 있데요. 이유는 알 수 없지만 아저씨와 제가 그래요. 오늘도 아저씨가 저를 부른 거에요. 외롭다고. 아저씨의 영혼이 저를 불렀어요."

"믿기지 않는구나."

"하지만 사실이에요. 이제 제가 물어봐도 돼요?"

"그래."

인수는 편하게 대답했다. 그동안 궁금했던 것들이 조금은 해소됐다. 집으로 돌아갈 수는 없지만 어느 정도 기반을 마련했으니 남은 녀석들은 잘살 것이다.

"어디 가는 길이에요?"

"복수하러 가는 길이야."

"도와줄까요?"

"뭘?"

“복수.”

“괜찮아. 내 손으로 해야 돼. 복수는.”

인수는 주먹을 움켜쥐며 말했다. 복수를 남에게 맡길 수는 없었다. 남에게 맡기면 이를 악물고 살아남은 의미가 없어지는 것이다. 인수는 그렇게 생각했다.

“그 상처 아프지는 않아요?”

아이가 인수의 왼손을 가리키며 말했다.

“이제는 아프지 않아.”

“제가 다시 만들어 드릴까요?”

아이가 대수롭지 않게 말했다.

“그럴 수 있니?”

“예.”

아이의 대답에 마법으로 불가능한 것이 과연 있을까 하는 생각이 들었다. 손을 만들어주겠다니…….

“근데 왜 도와주려고 그러니?”

이유없이 도와주지 않는다고 아까 말했던 것이 생각났다.

“토끼 고기 값이라고 생각하세요. 시작할까요?”

“아니다. 그냥 놔두는 것이 나을 것 같아. 너의 도움을 받으면 마음이 약해질 것 같거든.”

“그런가요?”

“그래.”

“그럼 토끼 고기 값은 어떻게 할까요? 빚을 지면 안 되는

데……."

아이가 심각한 표정으로 고민을 하기 시작했다.

인수는 아이의 고민을 덜어주고 싶다는 생각이 들었다. 머릿속에 적당한 것이 떠올랐다.

"그럼 마법으로 나를 다른 곳으로 보내줄 수 있니?"

"어디로 가고 싶은데요."

"원수가 있는 곳으로."

"그거라면 그렇게 어렵지는 않아요."

"다행이다. 잠깐만 준비 좀 하고."

인수는 재빨리 짐을 정리했다. 아직 잠자리도 펴지 않은 상태여서 금방 정리가 끝났다.

"준비됐어요?"

"그래."

"이미 아저씨에게 마법을 걸어두었어요. 눈을 감고 마음속으로 가고 싶은 곳이나 사람을 떠올리세요. 그리고 세 번 외치면 그곳으로 이동할 거예요."

"무리한 부탁이 아니어서 다행이다. 고마워."

아이는 너무나 쉽게 인수가 원하는 것을 들어주었다. 마치 아이에게는 그러한 것들이 숨을 쉬는 것과 같이 자연스러워 보였다.

"토끼 고기 값으로는 적당하네요. 아저씨, 이번이 마지막은 아니겠지요?"

"모르겠구나. 나중에 다시 볼 수 있다면 숲으로 찾아가 보
도록 할게."

"기다릴게요. 아저씨의 이야기를 전부 듣고 싶어요."

"기다리지는 마. 장담할 수는 없으니까."

"안녕, 아저씨."

비즈가 손을 흔들었다.

인수도 손을 흔들었다. 그리고 거짓말처럼 눈앞에서 비즈
가 사라졌다.

엘프디언은 정말 있었다. 그리고 전설보다 훨씬 착했다.

인수는 눈을 감고 마음속으로 크레이를 떠올렸다. 절대 잊
을 수 없는 얼굴이었다.

"크레이! 크레이! 크레이!"

인수의 외침이 끝나기 무섭게 머리에서 시작된 빛이 인수
의 몸을 감쌌다.

4

인수가 눈을 뜨자 보이는 건 어느 방 안이었다. 침대 위에
는 누군가가 자고 있었다. 인수는 그것이 크레이라는 것을 알
았다. 발목에서 조용히 대검을 뽑아 들었다.

크레이가 아직 정신을 차린 것 같지는 않았다. 인수는 조용
히 침대로 다가갔다. 15일은 더 걸릴 것 같았던 일이 이제 손

만 뻗으면 이루어질 찰나였다.

“누구냐?!”

그 순간 튕기듯 크레이가 일어나며 소리쳤다.

“지옥에서 왔다!”

인수는 그렇게 외치며 크레이의 품으로 달려들었다. 크레이에게 검을 뽑을 시간을 주면 안 되었다. 인수는 크레이의 검이 있는 위치를 막아서며 대치했다.

“엘프디언이냐?”

“알면서 왜 물어!”

인수의 손이 크레이의 목을 향해서 휘둘러졌다. 기사답게 반사 신경이 좋아서 그런지 크레이가 인수의 손목을 잡아챘다. 하지만 그것은 크레이의 실수였다.

인수가 오른손에 힘을 주고 밀어붙이자 크레이는 양손으로 인수의 손을 막았다. 그 틈에 인수의 왼손이 크레이의 오른쪽 손목을 쥐고 힘을 주었다. 비록 손가락이 세 개밖에 남지 않은 손이지만 그 정도의 힘은 있었다.

“크으윽.”

크레이의 입에서 신음 소리가 터져 나왔다.

“넌 처음부터 우리를 건드리지 말아야 됐어.”

인수의 말이 끝나기 무섭게 크레이의 오른 손목에서 우드득거리는 소리가 들려왔다.

“으아아악!”

“아프냐?”

인수는 그렇게 물었다.

크레이는 대답 대신 이를 악물며 고통을 참고 있었다. 하지만 인수의 오른손을 붙잡고 있는 크레이의 왼손에서 힘이 점점 빠져 갔다.

인수는 크레이의 오른쪽 무릎을 걷어찼다. 뼈 부러지는 소리와 함께 크레이의 비명이 방 안을 맴돌았다. 크레이의 무릎은 인간이라면 절대 불가능할 것 같은 모습으로 꺾여 있었다.

“아프냐?”

인수가 그렇게 물었지만 크레이는 대답을 하지 않고 오히려 입을 더욱 굳게 다물었다. 소리를 내면 인수가 좋아할 것이라는 생각을 한 모양이었다.

그것이 인수를 더 화나게 만들었다. 크레이가 상식이에게 한 짓이 생각났다.

비명 소리가 너무 커서 누가 방 안으로 뛰어올 법도 하건만 문밖에서는 아무런 반응이 없었다. 인수에게는 다행이었다.

인수는 크레이의 왼쪽 손목을 붙잡고 망설이지 않고 꺾어 버렸다.

“크으윽.”

신음 소리를 흘리기는 했지만 아까보다 크지 않았다.

“아프냐?”

크레이는 여전히 입을 열지 않았다.

인수는 망설이지 않고 왼쪽 무릎을 걷어찼다. 뼈 부러지는 소리와 함께 크레이가 비명을 지르며 주저앉았다. 인수가 손을 놓아주자 크레이의 몸이 바닥으로 허물어졌다. 이미 양손목과 양 무릎은 박살이 나서 정상적인 생활을 할 수가 없는 상태였다. 하지만 불쌍하다거나 하는 그런 느낌은 들지 않았다.

"너를 쉽게 죽이지는 않을 것이다. 하지만 대답을 하지 않을 때마다 뼈를 하나씩 박살 낼 것이다. 인간이 몇 개의 뼈를 가지고 있는 줄 아느냐?"

크레이는 대답하지 않았다. 그것은 인수가 바라던 바였다.

인수는 크레이의 손을 쇠징이 박힌 전투화 뒷굽으로 밟아버렸다. 크레이가 비명을 질렀다. 크레이의 손은 형체를 알아보기 힘들 정도로 뭉개졌다.

"이제 겨우 인체에 있는 206개의 뼈 중에 10개 정도만 박살 냈을 뿐이다. 그러니 엄살 부리지 마. 너에게 한 가지는 고맙게 생각한다. 도대체 어떻게 해야 비명을 이렇게 질러도 사람이 찾아오지 않는 거지?"

크레이는 대답을 하지 않았다.

"좋아. 대답을 하지 않겠다면 대가를 받아야지."

크레이가 손을 감추려고 팔을 움직였다. 하지만 이번 목표는 손이 아니었다.

인수는 크레이의 발을 힘껏 밟았다. 크레이가 비명을 질렸다.

"이런, 약간 빗나갔다. 발가락만 박살 내려고 했는데 다른 것도 박살이 나버렸네."

인수는 계속해서 크레이를 조롱했다.

"아직도 대답할 생각이 안 들겠지? 넌 의지가 강하니까. 내가 너에게 부탁을 하고 싶다. 제발 살려 달라고 나에게 애원하지 마. 나는 의지가 약해서 살려 달라고 네가 버둥거리면 마음이 약해질지도 몰라. 그러니 절대 살려 달라고 애원하지 마. 알았지?"

인수는 그렇게 말하고 발을 들어 올렸다.

크레이는 그 모습에 버둥거렸다. 이를 악물고 있었지만 이미 몸은 인수가 준 고통을 기억하고 있었다. 그 모습이 다른 때의 인수였다면 불쌍하게 생각할 수도 있었지만 지금은 아무런 감흥을 주지 못했다.

인수는 망설임없이 크레이의 복사뼈를 밟았다. 복사뼈가 박살이 났지만 크레이는 비명만 지를 뿐 여전히 대답을 하지 않았다.

"내 손을 잘 봐라. 너만 의지가 강하다고 생각하지 말아라. 이 왼손을 봐. 결국 왼손을 희생해서 난 살아남았다. 어떠냐? 결국 나에게도 이렇게 기회가 왔어. 세상은 정말 공평하지 않냐? 너에게 기회를 준 것처럼 나에게도 이렇게 기회가 왔으니? 아, 혹시라도 너에게 다시 기회가 올 거라고 생각하진 마.

난 너를 반드시 죽일 거니까.”

인수는 그렇게 말하고 크레이의 왼발을 박살 냈다. 크레이가 짐승같이 울부짖었다.

“그래, 짐승처럼 울부짖어라. 넌 인간이 아닌 짐승이니까!”

인수의 말에 크레이가 이를 악물었다. 인수는 그 모습이 마음에 들지 않았다.

인수는 왼발의 복사뼈를 박살 냈다. 크레이가 비명을 질렀지만 아직까지 살려 달라고 말하지는 않았다. 크레이의 의지를 꺾기에는 아직 부족했다.

“아주 잘 참는구나. 하지만 지금까지는 그저 장난이었다. 그것은 너도 알고 나도 알고 있는 사실이다. 이제는 더 아프게 만들어줄게. 기대해도 좋을 거야.”

인수는 그렇게 말하고 크레이의 부러진 발을 천천히 힘을 주어 밟았다. 크레이가 이를 악물었지만 곧 입이 열리며 비명을 질렀다.

“살려 달라고 울부짖어라. 너에게는 그런 모습이 어울린다. 크레이, 살려 달라고 애원해!”

크레이가 발버둥을 치기 시작했다. 이번 것은 제대로 효과가 있는 모양이었다.

“외치고 싶지? 살려 달라고 외치고 싶지?!”

인수는 발을 비틀며 말했다. 인수의 흰자위가 번뜩이고 있었다.

“살려 달라고 애원하고 싶지 않아?”

인수는 은근한 목소리로 말했다. 조금 전의 그런 다그치는 목소리는 효과가 없다는 것을 알았다.

“살려 달라고 애원한다면 이 고통을 당장 멈출 수 있어. 크레이, 어때?”

인수의 음성은 한층 더 부드러워지고 달콤해졌다. 그리고 조개처럼 입을 꽉 다물고 있는 크레이의 입을 열게 하기에도 충분했다.

“살려주십시오.”

크레이가 고통에 얼굴을 찡그리며 한 자 한 자 힘겹게 말했다.

“크크큭. 싫어.”

인수는 입술을 비집고 나오는 웃음을 참으며 말했다. 그리고 크레이를 얼굴을 보며 비웃어주었다.

“이런 악마의 자식 같으니. 엘프디언 김도 살려 달라고 울부짖었지. 크크크.”

크레이가 인수를 보며 악에 받친 목소리로 말하며 웃었다.

“좋아, 아주 좋아. 나를 제대로 화나게 만드는구나. 네놈이 벌레처럼 버둥거려서 마음이 약해지려고 했는데 잘했어. 뿌린 대로 거두는 거다, 크레이. 악마에게 안부를 전해줘.”

인수는 그 말을 끝으로 더 이상의 대화를 거부한 채 크레이의 뼈를 부러뜨리는 데에 집중했다. 특히 쉽게 죽지 않을 부

위들만 골라서 부러뜨렸다. 너무 쉽게 죽게 하는 것은 상식이
에 대한 예의가 아니었다.

어느 순간부터 인수의 귀에는 아무 소리도 들리지 않았다.
이것이 상식이에 대한 복수인지 아니면 그냥 자신의 광기인
지 알 수 없을 정도였다.

인수가 갈비뼈를 박살 냈을 때 결국 크레이가 죽었다. 하지
만 인수는 손을 멈추지 않았다. 계속해서 뼈를 하나씩 박살
냈다.

마지막으로 인수는 눈알을 뽑고 혀를 잘라낸 크레이의 목
을 탁자에 올려놓았다. 그리고 그 옆에 친절하게 편지를 남겨
두었다.

약속을 어긴 자에게 자비란 없다.

엘프디언 한.

천둥 번개가 치는 것 같더니 이내 비가 쏟아졌다.

크레이의 집을 나설 때까지 마주치는 사람은 없었다. 인수
는 비를 맞으며 빗속을 걸었지만 거리에 사람의 모습은 보이
지 않았다. 이제 그랑시온만 남았다. 그만 죽이면 끝이었다.

우르릉, 꽝!

천둥소리에 놀라서 인수는 몸을 떨었다. 자신이 저지른 광
기에 놀라서 몸을 떠는 것은 절대 아니었다.

"천둥소리가 너무나 무서워."

인수는 그렇게 중얼거리며 빗속을 걸었다. 그랑시온이 있는 왕궁으로.

5

왕궁은 크기에 걸맞게 숨을 곳이 많았다. 인수가 숨은 마구간도 그랬다. 규모가 커서 사람 한 명이 숨기에는 알맞아 인수는 지붕까지 높이 쌓인 건초 더미 사이에 몰래 몸을 숨겼다. 낮에는 일꾼들이 많이 돌아다녀서 몸을 쉽게 드러낼 수 없었다. 그렇다고 밤에 돌아다니는 것도 쉽지 않았다. 인수가 한 일이 왕궁에 알려졌는지 병사들의 경비가 밤에는 더 삼엄했다. 크레이를 죽인 후에 바로 왕궁에 들어온 일은 잘한 일이었다.

인수는 잠잠해질 때까지 몸을 숨기고 때를 기다렸다. 혹시 그랑시온이 말을 타러 오지 않을까 하는 생각에 일부러 마구간의 지붕에 구멍을 내고 낮에는 밖을 살피며 기다렸지만 그랑시온은 나타나지 않았다.

일꾼들이 마구간 옆 숙소로 들어가는 것을 보고 인수는 몰래 지붕에서 내려왔다. 이미 먹을 것이 떨어진 상태라 말 먹이를 훔쳐 먹으며 기회를 기다리고 있었다.

왕의 말을 돌보는 곳이라 그런지 가끔 먹을 만한 것들이 있었다.

여물통을 보니 오늘은 귀리였다. 껍질이 두꺼워서 먹기가 만만치 않았지만 오래 씹으면 나름대로 고소한 맛도 났다. 처음에는 위가 아파서 고생도 했지만 이제는 몸이 어느 정도 적응을 해서 그다지 고통스럽진 않았다.

인수는 귀리를 조금 집어 입에 털어 넣었다. 그 모습을 본 말이 아까운지 푸르릉거리며 콧김을 내뿜었다.

"미안하다. 배가 너무 고파서."

인수는 그렇게 말하며 말의 콧잔등을 쓰다듬어 주었다. 인수의 말귀를 알아들었는지 말이 투레질을 했다.

적당히 여물통을 돌아다니며 귀리를 주머니에 모은 후에 건초 더미 위로 다시 올라갔다.

인수는 귀리를 씹으며 마음을 다잡았다. 그랑시온을 해치우면 끝이었다. 어서 그랑시온을 죽일 수 있는 기회가 왔으면 했다. 크레이가 죽은 지 벌써 한 달이 다 되어가면서 점차 경계가 느슨하게 풀리고 있었다. 조만간 기회가 올 거라는 생각이 들었다.

가끔 일하는 하인들이 떠드는 소리에 귀를 기울였지만 인수가 듣고 싶은 소식은 듣지 못했다. 아직 여기까지 소식이 전해지지 않은 것인지, 아니면 인수가 모르는 어떤 위험이 생긴 것인지 알 수가 없어서 답답했다.

인수는 사람들의 말소리에 잠이 깼다. 이미 마구간에서 일하는 하인들이 부산하게 움직이고 있었다. 잠깐 눈을 붙인 것 같았는데 벌써 아침인 모양이었다.

"이봐, 그 소문 들었어?"

"무슨 소문?"

"엘프디언이 나라를 세웠다는 소문 말이야."

"그걸 이제 들었어? 그리고 한참 잘못 알고 있구먼."

"왜? 그게 아니야?"

"엘프디언이 세운 게 아니고 케이트인가 하는 계집이 여왕이 됐다더만."

"아니, 계집이 왕이 됐어?"

"그래, 이 사람아. 그 계집이 세운 나라 이름이 뭐라더라. 가만 있자. 아, 맞다. 콜이다. 거기는 계집도 재주만 있으면 한 자리 한다더구먼."

"젠장, 계집도 왕이 돼는데 난 이게 뭔지."

"크크크, 왜 부러운가?"

"그럼 부럽지. 안 그런가, 자네는?"

"조만간 없어질지도 모르는 왕국은 관심없네."

"그건 또 무슨 소리야?"

"쉬쉬하지만 저 북부 어디 성인가에서 엘프디언에게 몇 번 박살이 난 모양이야. 게다가 엘프디언 한인가 하는 괴물이 수도에 나타나서 설치니 누군가는 꿈자리가 뒤숭숭하겠지. 그래서 지금 대규모로 병사를 모으는 중이래. 그 덕에 우리도 꼼짝없이 노역하러 가야 될지도 몰라."

"우리 같은 놈을 어디다 쓰려고?"

"말은 뭐 거저 움직이나. 다 우리 같은 놈들 손이 닿아야 움직이는 거지. 기사님들이 돌볼 수는 없잖아. 안 그래?"

"그렇긴 하네."

"허허. 이놈들, 일이나 하지 못해!"

"예, 알았습니다."

인수는 뜻밖의 소식에 가슴이 설레었다. 케이트가 드디어 나라를 세운 모양이었다. 여러 가지로 도움될 만한 것들을 잔뜩 써놓고 왔으니 당분간은 걱정이 없다고 생각했는데 대규모로 병사를 파견한다는 소리에 인수는 걱정이 앞섰다.

빨리 그랑시온을 처리해야 했다. 그랑시온이 죽으면 다시 혼란에 빠질 가능성이 있었다. 그러면 케이트에게 여유가 생길 것이다.

이틀 동안 기회를 엿보았지만 그랑시온이 있는 건물에는 접근조차 하지 못했다. 그렇다고 무턱대고 창문가에 보이는 사람을 쏠 수도 없었다.

그렇게 또 시간이 흘렀다. 인수는 매일매일 피가 마르는 것 같았다. 가까운 곳에 마지막 목표가 있었지만 여전히 복수를 할 수가 없었다. 그리고 마음을 굳혔다. 살려는 마음이 자신에게 있었기 때문에 그랑시온을 지금껏 죽이지 못한 것이라 생각했다. 살려는 의지를 버리자 안 보이던 길이 보였다.

새벽, 인수는 다시 한 번 그곳으로 숨어들었다. 경비병들의 경계를 하지 않는 유일한 곳이었다. 전에는 살기 위해서 숨었지만 이번에는 목적을 가지고 숨어들어 갔다.

아침이 되자 많은 사람들이 그곳을 거쳐 갔다. 인수는 묵묵히 기다렸다. 적당한 시간과 적당한 표적을 기다렸다. 오늘이 아니라면 내일까지라도 기다릴 수 있었다.

"자네 먼저 가."

"왜? 큰 거야?"

"그래."

"어쩐지 나뭇잎을 챙기더라. 빨리 와. 괜히 경비대장한테 걸리지 말고."

"알았어."

처음에는 두 명이 들어와서 이번에도 틀렸다고 생각했다. 하지만 하늘의 도우심인지 한 명이 먼저 나갔다.

둔탁한 소리는 무기를 끌러 내려놓는 소리가 분명했다.

"카악. 퉤."

병사는 침을 한 번 뱉더니 자리를 잡았다.

인수는 망설이지 않고 위로 대검을 찔렀다. 병사의 살을 뚫고 자루까지 기분 좋게 푹 들어갔다. 다행히 한 방에 제대로 들어갔는지 병사는 비명도 지르지 못했다.

인수는 대검을 휘저었다. 피가 대검을 타고 폭포처럼 흘렀지만 이미 숨이 끊어졌는지 아무런 움직임이 없었다. 그제야 인수는 죽은 병사의 몸을 밀어내고 구멍 위로 올라왔다. 전에 숨었던 곳보다 높이가 낮아서 쉽게 올라갈 수 있었다.

피가 묻지 않게 병사의 옷과 갑옷을 벗겼다.

병사의 바지를 덧입고 사슬 갑옷을 걸쳤다. 다행히 덩치가 비슷해서 불편하지는 않았다. 사슬 갑옷은 무릎까지 내려왔고, 그 위에 단독 군장을 차고 서코트를 입었다. 배가 좀 나와 보이겠지만 그렇게 이상하게 보이지는 않을 것 같았다. 투구는 코뼈를 보호하는 나잘 바가 크게 만들어져 있어서 시야가 가려 조금 불편했지만 얼굴을 많이 가려주었다.

운이 좋다면 그랑시온이 있는 건물까지 들키지 않고 갈 수 있을 것 같았다. 총은 방법이 없어서 장전을 한 채 병사의 상의로 감싼 후 등에 멨다.

천천히 문을 열고 주변을 살피니 밖에는 아무도 없었다. 인수는 고개를 살짝 숙이고 그랑시온이 있는 건물로 향했다. 지키는 초병이 있었지만 대부분이 가벼운 목례를 하거나 아니면 아예 관심도 가지지 않았다.

그랑시온이 있는 건물이 보였다. 저기가 목표였다.

정문에는 할버드를 들고 좌우에서 지키는 병사들이 있었다. 저들만 통과하면 건물 안이었다. 거침없이 걸었다. 웅크

리면 괜한 의심을 살 수도 있었다. 주변에 다른 병사는 보이지 않았다.

"멈춰."

막 들어가려는 찰나에 할버드가 X자로 교차되며 앞을 가로막았다. 이곳은 옷만으로는 안 되는 모양이었다.

"뭐냐? 큭, 무슨 냄새야?"

병사의 말을 들으며 인수는 다시 주변을 돌아보았다. 병사 둘 이외에는 보이지 않았다. 왕이 있는 곳치고는 무척 한적하다는 생각이 들었다.

오른손에 거꾸로 쥐고 있던 군용 대검으로 우측에 있는 병사의 목을 찔렀다. 예측하지 못한 기습에 병사는 가장 취약한 목이 꿰뚫려서 그대로 허물어졌다. 사슬 갑옷은 목까지 완벽하게 가려주지는 못했다.

"어어……."

좌측에 있는 병사가 당황해서 소리를 냈다.

인수는 재빨리 병사의 배를 걸어차고 우측 병사의 할버드로 머리를 찍었다. 순간 수박 깨지는 소리와 함께 피가 사방으로 퍼졌다. 미처 할버드를 걷어올리지 못해서 돌바닥에 떨어지며 제법 큰 소리가 들렸다.

인수는 낭패라는 생각과 함께 주위를 둘러봤다. 다행히 보는 눈은 없었다. 시간이 없었다. 목에서 단검을 회수하고 문을 열었다.

낭패였다. 안에는 10여 명의 병사들이 있었고, 그 앞에는 기사 복장을 한 자가 서 있었다. 눈을 마주치기가 무섭게 기사에게 단검을 던졌다. 그리고 병사의 검을 뽑아 들고 가장 가까이 있는 병사의 목을 향해 달려들며 횡으로 베었다.

"누구냐!"

고함이 터져 나오고 병사들이 일제히 검을 뽑아 들었다.

인수는 미친놈처럼 칼을 휘둘렀다. 왕궁 경비를 하는 병사들이라서 그런지 철퇴 같은 것이 없어서 아쉬웠다. 죽이려면 목을 노리는 수밖에 없었다. 갑옷이 평소에 입던 형태가 아니라서 격렬히 움직이자 거추장스러워졌다.

"엘프디언이다! 내 앞을 막지 마라!"

인수가 소리를 지르자 병사들이 주춤했다. 그 틈에 거리를 벌리며 총을 손에 쥐었다.

탕!

제일 앞에 있는 녀석부터 죽였다. 하지만 총소리에도 불구하고 달려드는 놈이 있었다.

탕!

처음부터 한 명도 살려둘 마음이 없었기에 한 치의 망설임도 없었다. 그러자 나머지 병사들은 소리를 지르며 도망가거나 바닥에 납작 엎드렸다. 도망가는 놈을 우선 맞추었다.

"움직이지 마라! 마법 무기로 구멍을 내주겠다!"

그렇게 호통을 치고 문의 빗장을 걸었다. 그제야 다른 문이

있을지도 모른다는 생각이 들었지만 그래도 조금은 시간을
벌어줄 것이다.

주변에 있는 병사들이 이곳을 향해 몰려오고 있을 것이다.

"한 놈만 살려주겠다. 그랑시온은 어디 있느냐?"

"제가 압니다."

의외로 약삭 빠른 놈이 있었다.

탕!

그놈은 쏘아버렸다.

"거짓말을 하면 이렇게 죽는다."

인수는 그렇게 말하고 제일 가까이에서 떨고 있는 놈을 일
으켜 세웠다.

"앞장서라."

병사는 총구로 폭 찌르자 살려 달라고 애원을 했다.

"살고 싶으면 빨리 가."

병사가 앞장을 섰다.

"잠깐 기다려."

이대로 두고 가기가 찜찜해서 인수는 총을 왼손에 들고 검
으로 엎드려 있는 병사들의 목을 한 번씩 내려쳤다. 마지막
한 놈이 도망갔지만 총으로 간단히 해결했다.

"무슨 일이냐?"

문을 두들기며 병사들이 외치는 소리가 들렸다. 병사들이
벌써 몰려들기 시작했다.

인수는 망설임없이 문을 향해 총을 쏘았다. 비명과 고함 소리가 들리는 것 같더니 조용해졌다. 조금은 시간을 벌 수 있겠다는 생각이 들었다.

"가자!"

병사가 앞장을 섰다.

"빨리 가"

인수가 총구로 쿡쿡 찌르자 병사는 거의 뛰다시피 계단을 올라갔다. 재수없으면 그랑시온은 이미 도망을 갔을지도 몰랐다. 그럼 정말 낭패였다.

인수를 보더니 복도를 뛰어다니던 하녀들이 소리를 지르며 흩어졌다.

"어디야! 빨리 가."

병사를 재촉해서 문을 열었다. 경계 자세를 취한 인수가 무안하게 안에는 아무도 없었다. 빠르게 방 안을 살폈지만 사람이 숨을 만한 곳은 없었다. 그리고 왕이 있기에도 무언가 부족해 보였다. 아무래도 이곳은 접견을 기다리는 곳인 모양이었다. 인수의 그런 생각을 뒷받침하듯이 우측에 고풍스럽게 장식된 문이 있었다.

병사를 앞세워 문을 열었다. 문 뒤에 숨어 있었는지 기사 두 명이 앞세운 병사를 향해 보기 좋게 검을 찔러 넣었다.

탕, 탕!

두 발의 총성이 들리고 두 기사가 쓰러졌다. 안으로 들어서

자 테이블 밑에 숨어 있는 놈이 보였다.

"너냐?"

그랑시온이 어떻게 생겼는지는 인수도 어느 정도는 알고 있었는데 이놈은 아니었다.

"아닙니다. 전 시종입니다."

역시 아니었다. 무엇보다 너무 젊었다. 그랑시온은 40대라고 들었는데 이놈은 많이 봐줘야 30대였다.

"그랑시온은 어디있어?"

"잘 모르겠습니다."

그랑시온의 심복인지 제법 강단이 있었다. 인수는 망설이지 않고 시종의 허벅지에 대검을 박아 넣자 비명을 질렀다.

"어디야? 이번에도 대답하지 않으면 죽이겠다. 난 시간이 없어."

"3층에 계십니다."

"정말이야?"

"예."

인수는 다시 시종을 앞장세웠다.

"빨리 가."

복도 끝에 있는 계단을 통해서 위로 올라갔다. 그랑시온도 이 계단을 이용했을 것이다.

계단을 올라가자 과하다 싶을 정도로 병사들이 있었다. 앞에 선 시종을 무시한 채 병사들이 석궁을 쐈다. 순식간에 시종은 화살 받이가 됐다.

다시금 인수의 총이 불을 뿜었다.

탕! 탕!

총소리가 들릴 때마다 병사들이 쓰러졌다. 결국 화살을 다시 재우지도 못하고 병사들은 모두 바닥에 쓰러졌다.

인수는 마음이 급해졌다.

6

문 양옆에 좀 전처럼 기사들이 숨어 있을 것 같아서 인수는 한 방씩 미리 먹였다. 어차피 나무였기에 관통하는 데는 아무런 문제가 없었다. 문 뒤에서 신음 소리가 들리는 것으로 보아 대충 예감이 맞은 모양이었다.

인수는 문을 걷어차고 들어섰다. 공격은 없었다.

기사로 보이는 자들이 문 옆에 쓰러져 있었고, 인수는 친절하게 그들을 고통에서 해방시켜 주었다.

구석에는 여자 몇 명이 울면서 떨고 있었다.

"너희들은 뭐냐?"

대답이 없었다.

"다 죽여 버리기 전에 대답해!"

인수가 소리를 지르자 그때서야 다투어 입을 열었다. 인간의 본성은 똑같다. 위협을 받으면 반사적으로 결과가 나왔다.

대충 보아도 하녀 복장이 두 명이고, 나머지 세 명은 귀부인처럼 옷을 입었다. 세 명의 귀부인은 게이트가 가진 옷, 아니, 안젤라가 예전에 입었던 옷처럼 화려했다. 한 명은 나이가 지긋했고, 나머지 두 명은 나이가 어려 보였다. 대충 감이 왔다. 한 명은 왕비, 부둥켜안고 있는 것들은 공주쯤?

"왕비야?"

여인이 대답없이 인수를 노려봤다. 이렇게 실랑이를 할 시간이 없었다.

복도에서 발자국 소리가 났다.

살며시 문을 열고 밖을 살펴보니 병사들이 보였다. 인수가 총을 쏘자 주춤거리며 다시 후퇴했다.

"너희들, 이것으로 문을 막아."

인수가 하녀들에게 명령을 내렸다. 하녀들은 어디서 그런 힘이 솟아났는지 꽤 무거워 보이는 화장대를 들어다 문을 막았다.

인수는 거추장스러운 갑옷부터 벗었다. 이미 그랑시온을 죽이는 일은 틀어졌다는 것을 알았다.

"여러 번 묻게 하지 마. 이번에도 대답 안 하면 네 딸을 죽이겠다."

정말 죽일 수 있을지는 인수도 확신이 서지 않았다. 아직 여자는 죽여본 적이 없었기에.

"내가 왕비다. 딸들은 가만히 놔둬."

말을 안 할 것 같더니 역시 모성애 때문인지 바로 대답이
나왔다.

"내가 누군지 알아?"

"모른다."

"내가 엘프디언 한이다. 소문은 들었겠지?"

인수가 그렇게 말하자 왕비의 표정이 당당한 표정에서 두
려운 표정으로 바뀌었다.

갑자기 문밖이 시끄러워졌다. 곧 병사들이 들이닥칠지도
몰랐다.

"그랑시온은 어디 있나?"

"모른다."

왕비의 얼굴에는 두려운 표정이 가득했지만 쉽게 입을 열
지는 않았다.

인수는 조금 커 보이는 소녀의 머리채를 왼손으로 잡아챘
다. 그러자 소녀는 귀가 따가울 정도로 비명을 질렀다.

"말하지 않으면 목을 비틀어 죽이겠다."

인수는 일부러 험상궂게 인상을 쓰며 말했다. 지금은 레이
디 퍼스트를 외치는 신사가 아니라 목적을 위해서라면 수단
과 방법을 가리지 않는 악당이 되어야 했다.

"모른다, 몰라. 어디로 갔는지."

왕비가 다급하게 말했다. 그녀는 정말 모르는 것 같았지만
그렇다고 이대로 놓아줄 수는 없었다.

"거짓말을 하다니."

인수가 그렇게 말하고 오른손으로 소녀의 목을 잡았다.

"모른다. 제발 살려줘. 제발……."

왕비가 눈물을 흘리며 인수의 팔에 매달렸다. 측은한 생각이 들었다. 한편으로는 안젤라도 이런 비슷한 상황을 겪지 않았을까 하는 생각이 들었다.

인수는 조금 거칠게 소녀와 왕비를 밀어버렸다.

"안젤라도 그랑시온 때문에 너와 비슷한 감정을 느꼈을 것이다. 생각 같아서는 죽여 버리고 싶지만 잠시 동안은 살려주겠다."

인수는 창으로 다가가서 휘장을 살짝 젖히고 밖의 동정을 살폈다. 이미 병사들이 주변을 겹겹이 에워싸고 있었다.

그랑시온도 제법 영악한 놈이라는 생각이 들었다. 가족을 일부러 미끼로 쓸 줄이야. 아니, 그 정도로 비정하니 조카를 죽이고 왕의 자리를 차지한 것이리라.

인수가 상상한 그랑시온의 모습은 당당하게 나서서 목숨을 구걸하지 않는 배짱있는 호걸이었다.

문밖이 더 소란스러워졌다. 이대로 놔두면 곧 진입을 할지도 몰랐다.

탕!

문을 향해 총을 한 방 먹이자 총소리에 놀란 여자들이 비명을 질렀다.

"쉿!"

문밖은 인수의 의도대로 조용해졌다.

인수는 탄창을 갈아 끼웠다. 항상 총알은 넉넉한 것이 좋았다.

불현듯 어딘가에서 그랑시온이 자신을 보고 있을 거라는 생각이 들었다.

구석에서 떨고 있는 하녀를 끌고 와서 인수는 귓가에 부드럽게 속삭였다.

"살고 싶으면 밖에 그랑시온이 어디 있는지 보고 알려줘. 난 원래 너같이 귀여운 하녀의 피로 목욕하는 것을 최고로 좋아한다. 판단은 네가 알아서 해."

그리고 나서는 창가로 데려가서 살짝 휘장을 걷고 밖을 볼 수 있게 해주었다.

"아직 멀었어?"

인수의 협박이 통했는지 하녀는 꽤 오랫동안 밖을 살폈다.

"자, 잠시만 기다려 주세요."

하녀의 얼굴에는 긴장한 표정이 역력했다. 계속 불안한 듯 왕비 쪽으로 눈이 돌아가는 것이, 밖에 그랑시온이 있는 듯했다. 그걸로 충분했다. 일발역전의 기회가 인수에게 왔다.

"너!"

"예, 옛!"

자신을 가리키는 것을 알았는지 구석에서 울고 있던 하녀가 놀라서 대답을 했다.

"저 셋을 묶어. 단단히 묶어라. 내가 확인해서 시원치 않으면 창밖으로 던져 버리겠다."

하녀가 울상을 했다.

"괜찮으니 묶어라."

왕비가 부드럽게 말했다. 그러고 나서야 하녀가 왕비에게 다가갔다.

"저… 묶을 것이 없는데요."

"아무거나 찢어서 묶어."

"예."

하녀는 침대 휘장을 뜯어내서 왕비를 묶기 시작했다. 이제는 저 밖 어딘가에 있는 그랑시온을 처리할 때였다.

여자를 고문하는 것은 내키지 않았지만 그랑시온의 소재를 알아야 했다.

하녀의 손목을 왼손으로 잡고 오른손으로 대검을 들었다.

"손바닥 펴."

하녀는 인수의 명령에 손바닥을 폈다.

"그랑시온이 어디 있지?"

인수는 대검으로 하녀의 손바닥 중앙을 찌르며 물었다. 살짝 찔렀는 데도 불구하고 피가 났다. 하녀는 아파서라기보다는 피를 보고 놀라 소리를 질렀다.

인수는 오른손에 좀 더 힘을 주었다. 효과는 바로 나타났다.

“왼쪽 단풍나무 아래에 기사 복장을 하고 있습니다.”

인수가 휘장을 살며시 걷고 확인했다. 하녀가 말한 곳에 한 기사가 병사들과는 다른 복장으로 서 있었다. 거리는 대충 50미터쯤? 나무에 몸을 반쯤 숨기고 있었는데 인수가 보기에도 그랑시온과 용모가 비슷했다.

드디어 기회가 왔다는 것을 알았다. 이 순간을 얼마나 기다려 왔던가. 너무 쉽게 죽이는 것이 안타깝기는 하지만 이것이 최선이었다.

인수는 총구를 창틀에 살짝 올렸다. 거리는 50미터였지만 이걸로 끝이라는 생각에 긴장이 되었다. 심호흡을 한 번 하고 숨을 멈추었다.

탕!

목표했던 자가 쓰러지는 것이 눈에 들어왔다.

탕탕!

연속적으로 쓰러진 몸에다 두 발을 더 쏘아서 만전을 기했다. 살아남을 수 없을 것이다. 첫 발은 분명히 머리에 맞았고, 나머지는 몸통에 맞았다. 병사들이 우르르 그쪽으로 모여들었다. 그랑시온이 맞는 것 같았다.

드디어 복수가 끝이 났지만 생각만큼 기쁘지는 않았다. 인수는 왜 그런지는 알 수 없었다. 그냥 기분이 그랬다.

인수는 죽은 기사의 피를 손에 듬뿍 묻힌 후 벽에 크게 글씨를 썼다.

약속을 어긴 자에게 자비란 없다.
약속을 어기면 다시 돌아오겠다.

엘프디언 한.

이걸로 충분히 교훈이 될 거라는 생각이 들었다.

이제는 빠져나가야 했다. 아직 빠져나갈 수 있을지 없을지는 모르지만 기회가 있다면 시도해 볼 가치는 있었다. 복수를 했으니 이제는 자신을 위해서 버둥거리는 것도 괜찮을 것 같았다. 인수에게는 인질로서 가치가 있는 사람이 세 사람이나 있었다.

인수는 총을 왼손에 들고 왕비의 목에 검을 겨누었다. 왕비와 두 딸은 인질이었다.

"가자! 성을 빠져나갈 때까지 도와줘야겠어. 그러면 죽이지 않겠다."

인수는 왕비를 일으켰다.

"너희도 나를 따라와. 아니면 너희 어머니를 죽이겠다."

큰애는 인수의 말에 울면서 왕비의 옆에 섰다. 하지만 작은애는 일어서지를 않았다.

"뭐 해!"

인수가 버럭 소리를 지르자 소녀가 말했다.

"다리가, 다리가……."

“다리가 뭐?”

“움직이지 않아요.”

측은한 생각이 들었다.

“넌 남아라. 안젤라를 생각해서 넌 먼저 놓아주마. 말만 잘 들으면 모두 살려주겠다. 난 그랑시온처럼 악랄하지 못하거든.”

인수는 문가에 다시 총을 쏘았다. 그러자 문밖에서 비명 소리와 함께 부산하게 움직이는 소리가 들렸다.

문을 열고 나가자 병사들이 계단 쪽에 잔뜩 진을 치고 서 있었다.

“물러서지 않으면 왕비를 죽이겠다.”

인수의 위협에 병사들이 주춤하며 우르르 물러섰다. 하지만 저 속으로 들어간다는 것은 자살 행위라는 생각이 들었다.

복도 쪽 창을 보자 후원이라 그런지 경계가 반대쪽보다는 삼엄하지 않았다. 높이도 그다지 높지 않다는 생각이 들었다.

“고마웠습니다.”

인수는 왕비의 귀에 속삭이고 창문으로 몸을 날렸다. 최대한 무릎을 굽혀 충격을 흡수하며 앞으로 몸을 한 번 굴렸다. 아픈 곳은 없었다. 인수는 몸을 일으키며 당황한 병사들에게 총을 쏘며 달려나갔다.

“앞을 막으면 죽는다.”

소리를 지르며 앞에 있는 병사들을 향해 총을 쏘자 길이 뚫렸다. 이대로 일직선으로 달릴 생각이었다. 그러다 보면 왕궁의 성벽이 보일 것이다.

"여기다! 여기 있다!"

등이 아팠다. 인수의 경고나 총소리에도 불구하고 간 큰 녀석들이 있는 모양이었다.

인수는 등에 꽂힌 화살을 무시하고 부지런히 달렸다. 낮은 담을 뛰어넘자 정원이 보였다. 작은 관목이 보이기에 무작정 그쪽으로 달려들었다.

힐끔 뒤를 돌아보니 쫓아오는 병사의 수가 상당히 많았다. 관목에 들어와서 보니 미로 정원 같은 곳이었는지 사람이 한 명 지나갈 정도의 통로가 있고, 앞은 관목이 막고 있었다. 인수는 억지로 틈을 벌리고 관목을 넘어갔다. 한가하게 미로 정원을 감상할 틈이 없었다. 거침없이 앞으로 넘어갔다. 얼굴이 쓸려서 따가웠지만 얼굴 가죽이 목숨보다 귀하지는 않았다. 정확히 몇 개를 넘었는지 알 수 없었지만 정원은 곧 끝이 났다. 다시 앞을 막고 있는 담을 뛰어넘었다.

여기저기서 병사들이 외치는 소리가 들리는 것 같더니 어느새 뒤로 병사들이 다시 따라붙었다. 앞을 막는 건물을 피해서 좌측으로 돌자 담이 보였고, 그 너머에 성벽이 보였다. 등이 다시 아팠다. 또 화살에 맞은 모양이었다. 하지만 이제 목적지가 보였다. 조금만 더 가면 살 수 있었다. 오른손으로 담을 작고 몸을 가볍게 공중에 띄웠다.

“놓치지 마라!”

“침입자가 여기 있다!”

병사들은 인수처럼 담을 넘지 못했는지 고래고래 소리를 질렀다.

앞으로 성벽을 오르는 계단이 보였다. 좌우를 둘러보며 밧줄을 찾았지만 좀체 보이지 않았다. 발을 늦추지는 않았다. 여차하면 그냥 성벽을 뛰어내릴 생각이었다. 어차피 왕성의 성벽은 높지 않았고, 미리 성벽을 향해 총을 쏴서 병사들을 흩어지게 만들었다. 모든 것이 인수의 의도대로 되고 있었다.

계단을 오르며 왼쪽 허벅지가 아파 쳐다보니 화살이 박혀 있었다. 어느새 벌써 병사들이 몰려들고 있었다.

성벽에 올라 아래를 향해 뛰어내리려다 간신히 멈추었다. 생각보다 성벽은 훨씬 높았다. 전에 넘어올 때는 한밤중에 밧줄을 타고 넘어와서 이 정도로 높은 줄 몰랐었다. 그냥 뛰었다가는 어디 한 군데 부러지거나 죽기에 알맞았다.

밧줄이 필요했다.

인수는 성벽을 따라 달렸다. 그에 맞추어 성벽 아래의 병사들도 인수를 따라서 움직였다. 화살이 눈앞을 휙휙 지나갔다. 병사들을 향해 총을 쏘자 병사들이 주춤하며 숨기 바빴다.

적당한 밧줄이 앞에 보였다. 운이 좋았다. 너무 좋았다. 밧줄의 끝을 성가퀴에 묶었다.

“약속을 어기면 다시 돌아온다. 으하하하!”

인수는 그 급박한 순간에도 멋진 대사 한마디를 생각해 내서 외쳤다. 그리고 호탕하게 웃으며 밧줄의 끝을 잡고 무작정 성벽 아래로 몸을 날렸다. 만화와 영화를 너무 많이 본 부작용이었다.

밧줄은 인수의 생각만큼 그리 길지 않았고, 인수의 무게를 이기지 못하고 밧줄이 끊어지며 인수의 몸은 자유낙하를 시작했다. 최대한 충격을 흡수하려 했지만 다리에 오는 충격은 컸다. 오른쪽으로 몸이 기울었다. 그 찰나의 순간에 본능적으로 총이 망가지지 않게 몸을 틀었다. 요란한 소리와 함께 지면과 부딪쳤다. 지면과 부딪친 오른쪽 어깨가 뻐근했다. 일어서자 오른쪽 다리에서도 통증이 느껴졌다. 역시 만화나 영화와는 달랐다. 몸이 움직이는 걸로 보아서 어디가 부러진 것 같지는 않았다.

인수는 이를 악물고 성에서 가능한 멀리 떨어지기 위해서 달렸다. 병사들이 성벽 위에서 지르는 소리가 들렸다. 곧 추격대가 따라붙을 것이다.

인수는 왕을 죽였다.

인수의 악명이 한 단계 더 높아질 것이고, 명분을 부르짖으며 추격자들은 더 집요하게 따라붙을 것이다.

7

제이미에게.

네가 이 편지를 읽을 때쯤이면 나는 멀리 가 있을 것이다.

그곳이 어디인지 나도 정확히 알지 못해서 알려줄 수가 없구나. 나중에 소문으로라도 내 소식이 너에게 전해졌으면 좋겠다.

여러 가지로 너에게 잘못한 것이 많다는 것을 안다. 네 아버지 일부터 해서 말이야. 그럼에도 불구하고 네가 나를 용서해 주어서 한편으로는 무척 기쁘게 생각하고 있단다. 그날 밤, 네가 말을 되찾아서 내가 얼마나 기뻤는지 너는 모를 것이다. 난 너를 영원히 보호해 주고 싶었다. 그것만은 네가 기억해 주었으면 좋겠다.

너에 관한 일은 앞으로 케이트와 재수, 상태가 도와줄 것이다. 그들은 너를 돌보아주겠다고 나에게 약속을 했다. 그러니 어렵게 생각하지 말고 무슨 일이 있으면 도움을 청하도록 해라. 네가 어려움을 겪게 된다면 내 마음이 무척 아플 것이다.

이제 가야 될 것 같다.

어디가 되었든 나는 너를 지켜보고 있을 것이다.

한인수.

"형수님?"

뒤에서 들려온 말소리에 제이미는 놀라서 눈물을 닦으며 돌아섰다. 상태 오빠였다. 그의 편지를 읽고 있으면 꼭 다시는 못 돌아올 것 같은 예감이 들었다.

"예."

제이미는 어색하게 인사를 했다. 요즘 들어 너무나 깍듯해
져서 오히려 부담이 되었다. 더구나 안젤라 공주와 같이 있을
때도 안젤라 공주에게는 공주님이라 지칭하고 자신에게는 형
수님이라고 부를 때는 어디론가 숨고 싶어졌다.

"또 나와 계시는 거예요?"

상태의 말투에는 걱정이 가득 담겨 있었다. 형수님은 해질
녘이 되면 항상 성문 망루에 나와 있었다. 저러다 망부석이
되지 않을까 하는 걱정이 되었다. 한인수 병장은 도대체 무엇
을 하는지 소식조차 없어서 자신도 무척 답답했다.

"그냥 바람이 좋아서요."

제이미는 어색하게 둘러댔다. 바람 쐬기 좋은 곳은 이 성안
에 성문 망루 말고도 많이 있다.

어색한 침묵이 감돌았다.

"소식이 있었나요?"

"크레이에 대한 소문 이후에는 없습니다. 어쩌면 돌아오는
길일지도 모릅니다."

"그렇군요."

"너무 걱정 마세요. 반드시 돌아올 겁니다."

"예."

"저희 엘프디언 속담 하나 이야기해 줄까요?"

"예."

[무소식이 희소식이라고 했습니다.]

"그게 무슨 소리인가요?"

"소식이 없는 것이 오히려 좋은 소식이라는 말입니다. 죽었으면 벌써 죽었다고 소문이 전해졌을 것입니다. 그러니 편하게 마음을 먹으세요. 절대 쉽게 죽을 사람이 아닙니다."

"역시 그렇죠?"

그렇게 묻는 제이미의 눈에 눈물이 가득했다.

"걱정하지 마십시오. 돌아옵니다. 그럼 저는 아직 할 일이 남아서……."

상태는 그렇게 얼버무리고 물러났다. 차마 그녀의 눈물을 볼 수가 없었다. 한인수 병장이 미웠다. 잠깐이나마 한인수 병장을 오해하고 있었던 자신도 미웠다. 자신에게 너무 큰 짐을 지워주고 그렇게 휭하니 가버리다니. 하지만 돌아올 것이다. 한인수 병장은 누구보다 강한 사람이니까.

"제이미 양?"

"고, 공주님, 여기는 어떻게?"

제이미는 서둘러 눈물을 닦으며 인사를 올렸다. 그의 아내였다. 유일한 아내. 자신은 그를 생각하며 울어서는 안 되었다.

"그런 건가요?"

"예?"

"아니, 부러워서요. 저는 그와 결혼했지만 지금은 뭐가 뭔지 알 수가 없어요. 생각나는 것이라고는 저의 머리를 쓰다듬어 주던 그의 두툼하고 억센 손밖에 없어요. 얼굴도 가물가물해요. 참 이상하죠?"

제이미는 공주의 물음에 뭐라고 대답해야 될지 알 수 없었다.

제이미는 그의 모든 것이 생각났다.

그을린, 약간은 강인해 보이는 얼굴. 하지만 남들이 생각하는 것만큼 강인하지 않았다.

눈썹은 짙었고, 눈에는 쌍꺼풀이 없었다. 하지만 거짓이 없었다.

코는 남들보다 낮았다. 하지만 남들보다 거짓 냄새를 잘 가려냈다.

입술은 크고 붉었다. 하지만 거짓말을 하지 않았다.

그를 모르는 사람은 그를 과장해서 말했지만, 그를 아는 사람들은 그런 말을 하지 않았다. 그는 자상하고 사려 깊은 사람이었다.

"좋은 사람이에요."

제이미는 말없이 성문 밖을 바라보다 겨우 그 말을 할 수 있었다. 아름답고 훌륭한 말로 치장해서 그를 표현하는 것보다 짧은 그 말이면 그를 설명할 수 있었다.

"그렇죠? 지금 와서는 후회가 돼요. 그에게 다정하게 대해 주지 못한 것 같아서요."

"그렇게 생각하지 않을 거예요. 오면 물어보세요."

“그럼 다행이네요. 처음에는 그가 무척 무서웠어요. 안 좋은 소문을 많이 들었거든요.”

“저도 그랬어요. 제가 살던 곳은 영원의 숲과 가까웠거든요.”

“그래요?”

“예, 처음 봤을 때는 너무나 무서웠어요.”

“저만 그런 게 아니었군요? 솔직히 잘생긴 얼굴은 아니잖아요.”

안젤라가 활짝 웃었다.

“예.”

제이미도 마주 웃었다.

그렇게 둘은 한참을 웃었다.

“그가 보고 싶어요.”

그렇게 웃다가 웃음이 거짓말인 것처럼 안젤라는 안색을 굳히고 말했다.

‘저도요.’

제이미는 그렇게 말하고 싶었지만 입 밖으로 내뱉지는 않았다.

“어렸을 때는 아버지를 기다렸고, 아버지가 죽고 나서는 오빠를 기다렸어요. 언제나 바빴어요. 아버지도, 오빠도.”

“옆에 계셨잖아요?”

“그렇기는 했지만 얼굴을 보기가 힘들었어요. 그리고 결혼을 하고 나서 또 기다리게 된 거예요. 기다리는 것에는 익숙하다고 생각했는데 아니었나 봐요. 가끔 다시는 그를 못 보는 것이 아닐까 하는 생각이 들어요. 너무 무서워요. 아버지나 오빠도 그랬거든요. 제가 기다리면 다시는 나타나지 않는 거예요."

"돌아올 거예요. 약속은 꼭 지키는 사람이니까요."

제이미는 그렇게 안젤라를 위로했다. 하지만 그는 편지 어디에도 다시 돌아온다는 이야기는 하지 않았다. 그것은 제이미의 일방적인 희망 사항일 뿐이었다. 그는 약속을 하지 않았다. 약속을 했으면 오히려 이렇게 힘들지는 않았을 것이다. 해질 때가 되면 이렇게 성문에 나와서 마음을 졸이며 기다리지 않아도 되었을 것이다. 약속은 반드시 지킬 그이기에.

"저도 그런 믿음을 가지도록 노력해야겠어요."

"공주님, 어디 계세요?"

누군가가 찾는 소리가 들렸다.

"산드라인가 봐요. 못다 한 이야기는 나중에 해요, 제이미 양."

"예, 안젤라 공주님. 말씀 즐거웠습니다."

아버지가 죽었을 때는 세상이 끝난 것 같았다. 전설에 나오는 무서운 엘프디언들이 아버지를 죽였다. 그에게 돌을 던졌을 때는 정말 그가 죽어버렸으면 좋겠다고 생각했다. 하지만 돌 따위에 맞아서는 죽지 않았다. 그에게도 인간과 같은 붉은 피가 흐른다는 것을 그때 처음 알았다.

기회는 금방 다시 찾아왔다. 그날 밤, 그를 죽이고 싶었다. 첫 번째 시도는 실패였다. 그래서 다시 마음먹었다. 그가 잠들면 그를 죽이자고. 그는 친절하게 잘 아는 무기를 쓰라고 조언을 해주었다. 그의 말대로 해줄 생각이었다. 그의 의심을 누그러뜨리기 위해서 거짓으로 가족이 되어달라고 했다. 그는 순순히 그러겠다고 약속해 주었다. 그는 술에 취해서 자신을 붙잡고 하염없이 울었다. 미안하다고, 잘못했으니까 제발 자신을 용서해 달라고. 그는 어린아이처럼 그렇게 울었다. 그가 그렇게 울다가 잠들었을 때 그의 검을 손에 쥐었지만 찌를 용기가 나지 않았다.

어느 것이 진짜 그의 모습인지 구분이 가지 않았다. 약간은 무뚝뚝하지만 그것이 그의 본모습은 아니었다. 힘들어하는 자신에게 버팀목이 되어주었다. 가족을 잃어 슬퍼하는 사람에게 용기를 주고 같이 아파했다. 비가 오는 날에는 비를 맞지 않게 그의 옷을 덮어주었다. 그는 남들 앞에서는 잘 웃지 않았지만 자신 앞에서는 웃어주었다. 그는 정말 자신의 가족이 되어주었다.

어느 날 잠에서 깨면 그가 곁에서 내려다보며 다녀왔다고 말해줄 것 같았다.

그가 정말 보고 싶었다. 지금이라도 말을 타고 이곳을 향해 달려올 것 같았다. 떠났을 때처럼 아무 말 없이.

대지에 어둠이 낮게 깔리고 있었다. 그는 오늘도 돌아오지 않았다. 하지만 언젠가는 꼭 돌아올 거라 믿었다.

"빨리 돌아오세요."

제이미는 그렇게 소원을 빌었다.

8

숨을 곳이 필요했다.

인수는 인적이 뜸한 곳을 찾아서 달렸다. 곧 추격이 시작될 것이다. 그전에 몸 상태를 호전시켜야 했다.

인수는 겨우 어느 집 후원의 담장 아래로 숨어들 수 있었다. 본 사람은 없을 거라 생각했지만 그래도 오래 숨어 있을 수는 없었다.

인수는 담장 아래서 잠깐 숨을 돌리며 등과 허벅지에 박힌 화살을 뽑았다. 등에 박힌 화살 중 한 발은 정말 위치가 묘해서 간신히 뽑을 수 있었다. 다리의 상처를 대충 지혈하고 몸을 일으켰다. 아직 갈 길이 멀었다.

수도라 그런지 왕성을 둘러싸고 있는 도시는 인수가 보던 마을과는 비교가 안 될 정도로 컸다. 인수는 수도 주위에 숨지 않고 그대로 수도를 빠져나갈 생각이었다. 적은 인수를 찾기 위해서 눈에 불을 켜고 달려들 것이 뻔했기에 어설프게 어느 집 창고 같은 곳에 숨었다가는 꼼짝없이 갇혀 버릴 수도 있었다. 어차피 모든 일은 끝났다. 이제는 최대한 빨리 돌아가고 싶었다. 돌아갈 수 있다면.

수도를 벗어나는 것은 매우 힘든 일이었다. 문제는 사람이 많은 곳에서 수상하게 보이는 인수가 남의 이목을 끌지 않고 인적이 드문 곳으로 숨어들어야 한다는 것이었다. 피를 흘리고 있는 수상한 모습의 사람은 사람들의 눈에 너무나 잘 띄었다.

대부분의 사람들이 인수를 보면 비명을 지르며 숨기에 바빴다. 인수는 사람들의 신고 정신이 투철하지 않았으면 했다.

달리다가 걷다가를 반복했다.

추격대의 모습은 보이지 않았다. 그래도 마음을 놓기는 어려웠다.

해질녘이 되어서야 숨어들 만한 산을 발견할 수 있었다. 무슨 산인지 정확한 이름을 알 수가 없었다. 지도조차 몸에 지니고 있지 않아 필요한 것들은 모두 군장에 있었고, 지금 그 군장은 마구간 바닥에 땅을 파 묻어둔 상태였다. 지금 인수가 가진 것이라곤 오직 무기뿐이었다. 왕궁에 다시 들어갈 수도 없을뿐더러 다시 가고 싶지도 않았다. 생존 능력을 최대한 발휘하면 어떻게 되겠지 하는 생각이 들었다.

어둠이 내리고 나서야 인수는 발을 멈추었다. 등의 상처는 속옷을 찢어서 대충 싸맸다. 불을 피우고 상처를 지지는 것이 좋겠지만 불을 피우면 위치가 탄로날지도 몰랐다.

졸음이 밀려왔다.

인수는 자신의 뺨을 힘껏 때렸다. 정신을 차려야 했다. 하지만 수마의 유혹은 너무나 달콤했다.

인수가 잠을 깬 것은 개 짖는 소리 때문이었다.

마을에서는 개를 키우지 않았다. 사냥을 좋아하는 영주들이나 개를 키웠다. 그런 개 짖는 소리가 산 아래에서 들렸다. 인수를 잡기 위해 사냥개라도 풀어놓은 모양이었다. 사람들의 신고 정신이 인수의 기대와는 다르게 매우 높았던 모양이다.

개 따위에게 잡힐 수는 없었다.

인수는 다시 몸을 움직였다.

어둠이 인수의 발걸음을 느리게 만들었다.

사냥개 소리가 갈수록 가까워졌다. 개들을 따돌리기 위해서는 물을 찾아야 했다.

그러나 계곡은 보이지 않았다. 밤이라 그런지 더 찾기가 힘들었다.

개 짖는 소리가 아까보다 가까워졌다.

인수는 마음이 급해졌다.

바쁘게 발을 놀리다가 넝쿨 같은 것에 발이 걸려서 꽤 요란한 소리와 함께 앞으로 엎어졌다.

"젠장!"

어두운 산길이 인수를 방해하는 것 같았다.

"내가 질 것 같아!"

인수는 그렇게 외치고 벌떡 일어났다. 이 정도에 굴복할 수는 없었다.

부지런히 걸었다.

아래쪽에서 불빛이 보이고, 병사들도 움직이고 있었다. 점점 포위망이 좁혀오고 있었다.

구원의 소리가 들린 것은 바로 그때였다.

시원한 물소리가 들렸다. 앞에 계곡이 있는 게 분명했다. 일단 물로 뛰어들어서 개들이 냄새를 맡지 못하게 만들어야 했다. 인수에게는 주어진 시간이 많지 않았다.

개 짖는 소리가 어느 순간 바로 뒤에서 들려왔다.

인수는 뒤로 돌아서며 무작정 왼팔을 휘둘렀다. 무언가 달려드는 것 같더니 왼팔을 물었다. 개였다. 아니, 개라기보다는 늑대를 보는 것 같았다.

인수는 팔을 흔들어 개를 떼어놓으려 했지만 개는 놓을 생각이 없는지 그대로 매달려 있었다. 그렇게 잠깐 실랑이를 하는 동안 개들이 인수를 둘러쌌다. 개는 한두 마리가 아니였고, 하나같이 사나워 보였다. 개들은 인수의 주위에서 요란하게 짖으며 틈을 보고 있었다.

개가 인수의 팔을 물고 흔들어댔다. 왼팔이 떨어져 나갈 듯이 아팠지만 검을 뽑아서 팔에 매달린 개부터 죽였다. 그래도 개는 인수의 팔을 놓지 않았다. 불독이 한번 물면 죽을 때까

지 안 놓는다는 이야기를 들은 적이 있다. 이 개도 불독 못지
않았다.

인수가 검으로 크게 휘두르며 위협을 하자 개들이 주춤했다.

"왈왈왈!"

인수도 개처럼 짖으며 개에게 달려들었다. 검으로 내려치
자 검을 맞은 개들이 깨갱거렸다. 완전히 쫓아버리거나 죽여
버려야 더 이상 쫓기지 않을 것이다. 무식하게 칼을 휘두르며
개들을 몰아붙였다. 몇 마리는 검에 맞아 죽는 소리를 냈고,
몇 마리는 꼬리를 말고 도망가기 시작했다.

일단은 시간을 벌었지만 곧 병사들이 나타날 것이다. 불빛
이 이쪽을 향하고 있었다.

인수는 몇 번을 더 짖어준 다음 계곡으로 뛰어들었다. 물속
에서 상류로 오르다가 적당한 곳에서 반대편으로 나와 뛰기
시작했다. 나뭇가지들이 얼굴과 몸을 때렸다. 하지만 그런 것
에 신경 쓸 겨를이 없었다.

한참을 그렇게 움직이고 나서야 인수는 발을 멈추었다. 하
지만 안심할 수는 없었다. 개에게 물린 팔뚝에서 피가 뚝뚝
떨어졌다. 전투복 상의의 밑단을 찢어서 대충 묶었다. 광견병
에 걸리는 것은 아닌지 걱정이 되었다.

피곤했지만 발을 멈출 수는 없었다. 발을 멈추는 순간이 바
로 죽는 순간이었다.

날이 서서히 밝아졌다. 아침이 오고 있었다.

이대로 무작정 산을 헤맬 수는 없었기에 인수는 해를 보고 신중하게 북쪽으로 방향을 잡았다.

개들의 추격은 아침이 되자 다시 시작되었다. 이번에는 앞쪽에서 들려왔다. 아마 적들이 인수의 의도를 먼저 알고 포위를 한 모양이었다. 사방에서 개 짖는 소리가 들렸다.

인수는 탄창을 확인하고 이를 악물었다. 포위를 뚫지 못하면 죽는다는 생각이 들었다. 아마 잡히면 곱게 죽지는 못할 것이다. 너무 성급하게 도망을 쳤다는 후회가 밀려오며 수도에 숨어 있는 것이 나았을지도 모른다는 생각이 들었다. 끝마쳤다는 후련함이 일을 망쳤는지도 몰랐다.

숲 속을 달린 지 얼마 되지 않아 앞에 개들이 나타났다. 개들이 무섭게 짖으며 인수를 포위했다. 인수도 지지 않고 같이 짖었다. 검을 크게 휘두르며 위협해도 이번에는 소용이 없었다. 개들은 인수가 달려들면 재빨리 물러섰다가 다시 짖으며 달라붙었다. 결단을 내려야 했다.

위치가 발각되는 위험을 무릅쓰고 인수는 총을 쏘았다.

탕!

제일 덩치가 크고 흉악하게 짖던 녀석이 쓰러졌다. 개들은 익숙하지 않은 총소리에 일제히 꼬리를 말고 도망갔다. 빨리 이 장소를 벗어나야 했다.

달려가는 인수의 앞에 화살이 날아와 박혔다. 무시하고 그대로 달려나가는데 왼쪽 어깨에 화살이 박혀들었다. 석궁용 화살이 아닌 사냥꾼들이 쓰는 화살이었다.

화살을 날린 사냥꾼을 찾았지만 보이지 않았다. 인수는 대충 있을 것 같은 곳에 총을 쏘고 앞으로 달려나갔다. 다시 다리에 화살이 날아와서 박혔다. 정말 유능한 사냥꾼이었다.

인수는 이를 악물고 다리에 박힌 화살을 잡아 뽑았다.

"크으윽!"

참을 수 없는 고통이 밀려왔다. 어깨에 박힌 화살은 뽑기가 두려울 정도였다. 먼저 뽑은 화살을 입에 물고 화살을 잡아 뽑았다. 지혈할 틈도 없었다. 어서 빨리 이곳을 벗어나야 했다. 저 사냥꾼은 인수를 이곳에 잡아들 속셈인 것 같았다. 사냥꾼의 의도대로 끌려갈 수는 없었다. 길을 만들어야 했다.

인수는 눈을 크게 뜨고 사냥꾼의 위치를 찾았다. 짐작조차 가지 않았다. 나가는 척하면서 몸을 앞으로 숙이며 사냥꾼의 위치를 찾았다. 화살이 인수의 등 위로 날아갔다.

인수는 바닥에 몸을 바싹 붙였다. 조금 전 분명히 사냥꾼이 숨어 있는 곳을 보았다. 20여 미터 떨어진 수풀이었다. 사냥꾼이 수풀 뒤에서 움직이기를 마냥 기다릴 수는 없었다. 인수의 인내심은 이미 바닥 상태였다. 인수가 막 무작정 총을 쏘려는 찰나에 사냥꾼이 수풀 뒤에서 아주 잠깐 움직였다. 인수는 그 순간을 놓치지 않았다.

탕!

총성과 함께 사냥꾼이 허물어지는 것이 보였다.

인수는 사냥꾼에게 다가갔다. 복장이 사냥꾼과 비슷했지만 가죽 갑옷을 입고 있었다. 콜 영지의 정찰병처럼 사냥꾼 출신인 것 같았다. 사냥꾼은 등에 작은 가방을 메고 있었다. 내용물을 확인해 보지도 않고 인수는 사냥꾼의 가방을 가지고 무작정 달리기 시작했다. 이곳에서 시간을 너무 지체했다.

조금 여유가 생긴 다음 가방을 뒤졌다. 육포 조각이 몇 개 들어 있었다. 무슨 고기인지 정확히 알 수는 없었지만 뱃속이 요동을 쳤기에 딱딱한 육포를 입에 물고 마구 씹었다. 그렇게 육포를 급하게 먹고 나자 좀 살 것 같았다. 가방에는 연고 같은 것도 들어 있었다. 효과가 있기를 바라며 인수는 무턱대고 연고를 바르고 상처를 붕대로 싸맸다.

포위망을 벗어날 수 있을지 걱정되었다.

"여기다! 여기에 핏자국이 있다!"

가까운 곳에서 누군가의 외침이 들렸다.

인수는 다시 달렸다.

"이쪽이다! 엘프디언이 도망간다!"

인수는 소리를 지르는 자의 입을 찢어버리고 싶은 충동을 느끼며 다시 움직였다.

인수는 어두워지자 쉴 곳을 찾았다. 몸 상태가 말이 아니었

다. 상처도 너무 많았고, 피도 너무 많이 흘린 상태였다. 쉬어
야 했다. 적당한 굴 같은 것을 찾았지만 쉽게 눈에 띄지는 않
았다. 그렇게 헤매다 작은 굴을 발견할 수 있었다. 너무 작아
서 몸을 집어넣는 것조차 힘들었지만 인수의 의지는 그것을
가능하게 했다.

짐승의 냄새가 코를 찔렀다. 어떤 짐승인지는 모르겠지만
얼마 전까지도 이곳에 있었던 모양이다. 죽는 것보다는 낫다
고 생각하니 참을 수 있었다. 개들이 짖는 소리도 들리지 않
았다. 어느새 인수는 죽은 듯이 잠이 들었다.

인수가 잠에서 깼을 때는 빛이 굴속으로 들어오고 있었다.
바깥의 동정을 살피자 조용했다. 몰래 나와서 길을 걸었다.
며칠 더 숨어 있을까 하는 생각도 들었지만 멀리서 개들의 짖
는 소리에 다시 길을 걷기 시작했다.

잠을 푹 자서 그런지 배가 고픈 것을 제외하면 몸 상태는
많이 좋아졌다.

귀여운 다람쥐가 앞에서 얼쩡거렸다.

인수는 돌을 집어 들었다. 먹을 것, 그 이상도 이하도 아니
었다.

인수의 손을 떠난 돌이 다람쥐를 맞췄다. 다람쥐는 몇 번
경련을 하더니 숨이 멎었다. 불쌍한 생각이 들었지만 살아야
했다.

껍질을 벗기고 내장을 손질하는 것이 순식간에 끝났다. 그리고 피가 뚝뚝 흐르는 고기를 인수는 입에 물었다. 불을 피울 수는 없었다. 역한 피비린내에 토하고 싶었지만 꾹 참았다. 먹으면 힘이 좀 더 날 것이고, 그러면 적을 따돌리고 집으로 돌아갈 수 있었다. 조금은 속이 든든해진 것도 같았다.

적들의 매복 공격을 받은 것은 밤을 보낼 굴을 찾고 있을 때였다.

작은 언덕 아래 몸을 숨기고 있던 병사들은 인수를 발견하고 화살부터 날렸다. 갑작스러운 공격에 인수는 한 발은 가슴, 한 발은 다리에 맞고는 다시 뒤돌아 달리기 시작했다. 화살을 뽑을 시간도 없이 달리고 또 달렸다. 적은 끈질기게 인수의 숨통을 끊어놓기 위해서 계속 따라붙었다. 인수는 총으로 적당히 견제를 하며 어딘지도 모를 곳을 무작정 달렸다.

가슴의 상처는 지혈이 잘 되지 않았다. 그래도 멈출 수는 없었다. 지금 멈추면 끝이었다.

개 짖는 소리가 인수를 괴롭혔다.

인수는 달리고 또 달렸다. 그러다 힘들면 걷고 또 걸었다.

하루를 더 그렇게 잠도 자지 않고 움직였다.

개 짖는 소리도 들리지 않았고 병사들도 보이지 않았다.

인수는 어딘지 모를 산속을 헤매고 있었다.

어느 순간 의식이 혼미해졌다. 정신을 차려야지 하면서도 마음과 달리 눈앞이 뿌옇게 흐려졌다.

피곤했다. 쉬고 싶다는 생각이 들었다. 숲을 나선 이후로 제대로 쉬지도 못했다.

잠도 마음 편히 자본 적이 없었다. 하지만 지금은 잠이 잘 올 것 같았다.

이제는 정말 쉬고 싶었다.

이제는 정말 자고 싶었다.

이제는 정말…….

인수는 천천히 바닥으로 쓰러졌다.

"빨리 돌아오세요."

9

"그래서요? 어떻게 됐어요?"

아이가 초롱초롱한 눈으로 물었다.

"자, 그만 자야지."

"조금만 더요."

"다음에 해줄게."

"다음에 꼭 해줘요."

"알았어."

원하는 대답을 듣고서야 아이는 이불을 목까지 끌어올렸
다.
아이의 머리를 부드럽게 쓰다듬었다.
"좋은 꿈꾸렴."

『오포』終

글쓴이의 짧은 이야기

작가 후기라는 거창한 이름을 빌려 나와 같은 이가 이런 글을 써도 되는지 걱정이 앞선다. 유명한 분들도 잘 쓰지 않는 것이기에. 차라리 작가 후기가 아니라 글쓴이의 짧은 이야기 정도면 만족하겠다.

군대를 가기 전에도 무협 소설을 쓴다고 하드를 낭비하던 시절이 있었다. 그 막바지 무렵에 무협이 아닌 판타지라는 세계를 알았다. 그 처음은 김근우님의 '바람의 마도사'였다.
정령 합체술. '쿠론 에이데'.
그것은 내게 아주 강렬하게 다가왔다. 어쩌면 판타지라는 이름을 빌린 무협 소설식의 이야기 전개가 익숙해서 그런지도 모른다. 새로운 세계에 대해서 더 많이 알고 싶었지만 국가의 부름을 외면할 수는 없었다.
이영도님의 '드래곤 라자'를 두 번 읽었을 때 군대라는 새로운 세상으로 가게 되었다. 그것은 정말 잊지 못할 경험이었다. 그것은 오포에 등장하는 인물들이 갑자기 알 수 없는 세계로 간 것과 같은 느낌일 것이다.

우습게도 내게 첫 번째 기회를 준 곳은 군대였다. 짧은 단막극을 우연하게 쓰게 된 것이다. 첫 작품은 너무 웃기기만 해서 우승을 하지 못했다. 전역하기 전, 두 번째 기회가 왔다. 절치부심하며 6.25 전쟁 당시의 유명한 일화를 섞어서 단막극을 썼다. 그리고 결국 4개의 포대 중에서 우승을 하였다. 지금 생각하면 그때의 일이 나에게 많은 영향을 준 것 같다.

작년 이맘때 즈음 머릿속에서 생각만 하고 있던 군대 이야기를 써야겠다는 생각이 들었다. 그것은 대한민국 남자라면 누구나 한 번쯤 해보는 생각이 아닐까? 남자들이 술 먹으면 이야기하는 군대에서 경험한 기묘하고 이상한 일들, 때로는 액션 활극이 되는 그런 이야기들……. 그전에도 여러 번 쓰기는 했지만 장편이 된 적은 없었다. 하지만 이번에는 끝까지 쓸 수 있을 것 같았다.

오포는 그렇게 탄생하였다. 오포에 등장하는 인물들은 거의 대부분 군에서 내가 직접 겪은 선임병이나 후임병들의 모습을 조합해서 탄생한 것이다. 그들과 함께 내가 창조한 세계에서 모험을 해보면 어떨까?

그것이 이야기의 시작이었다. 이렇게 끝을 알리는 글을 쓰게 되자 그들의 모습을 제대로 그려내지 못한 것 같아서 미안한 마음이 든다.

오포를 쓰며 몇 가지 단어가 나의 머릿속을 계속 맴돌았다.
사실성, 공포, 생존.
하지만 이 세 가지 것들이 글속에 들어 있는지 나 자신은
모르겠다. 이 글을 읽은 독자분들의 판단에 맡기겠다.

많이 부족한 글을 읽어주셔서 감사합니다.

2007년 3월 대한민국 이병장.

지금 유전자가 말하는 사랑과 성의 관한 솔직 대담한 진실이 펼쳐집니다!

남편의 후광을 등에 업는 것은 까마귀와 인간뿐…

모두에게 바보 취급받던 독신 암컷이 단번에 인생대역전을 해서
서열 1위인 수컷의 아내 자리를 차지하게 될 수도 있다는 말입니다.
모든 여성이 이상형의 남자와 결혼할 수 있는 것은 아닙니다.
적당한 선에서 타협하여 적당한 사람과 결혼하지요.
하지만 솔직히 말해서 당연히 멋진 남자가 더 좋지 않겠습니까?
따라서 여성은 생각합니다.
'그럼 어떻게 하지? 유전자만이라면 가질 수 있어!'
그리하여 장기계획형이나 단기승부형과 같은 여러 가지 방법의
외도가 생겨나는 것입니다.
물론 모든 여성이 이를 실행에 옮기지는 않습니다.

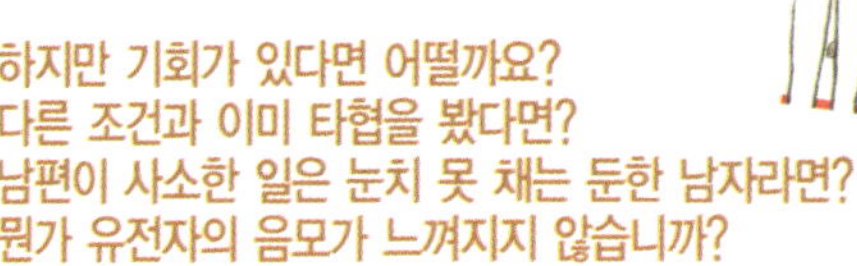

하지만 기회가 있다면 어떨까요?
다른 조건과 이미 타협을 봤다면?
남편이 사소한 일은 눈치 못 채는 둔한 남자라면?
뭔가 유전자의 음모가 느껴지지 않습니까?

실패를 모르는 남자 선택법!
「내 남자친구는 왼손잡이」 법칙

어째서 여성은 왼손잡이 남성에게 마음이 끌리는 걸까요?

여기서 기억해야 할 것은 몸의 좌우와 뇌의 좌우는 원칙적으로 반대 관계라는 점입니다.
따라서 왼손잡이 남성은 우뇌가 발달했습니다.
발달했다는 사실이 왼손잡이를 통해 반영된 것입니다.

그리고 두 번째로 생각해야 할 것은 우뇌는 남성 호르몬의 일종인 테스토스테론에 의해 발달한다는 점입니다.
요약하자면 왼손잡이 남성은 우뇌가 발달했는데, 그것은 테스토스테론 수치가 높기 때문입니다.
그것은 다름 아닌 생식 능력이 높다는 것올 의미하지요.

「내 남자 친구는 왼손잡이」에 감춰진 의미는… 내 남자 친구는 생식 능력이 높아… 인 것입니다.

초등학생이 반드시 읽어야 할 좋은 책 49권

각 학년별로 초등학생이 반드시 읽어야할 좋은 책을 선정하여 통합논술의 기본이 되는 '올바른 독서법'을 일깨워 줍니다.

교과서와 함께하는
초등학교 통합논술

초등1학년 | 값 12,000원 / 초등2학년 | 값 9,500원 / 초등3학년 | 값 11,000원 / 초등4학년 | 값 9,500원 / 초등5학년 | 값 9,500원 / 초등6학년 | 값 11,000원

♣ 혼자 할 수 있어요.

엄마가 책 읽는 방법을 가르쳐 주어도 좋아요.
독서지도하는 선생님이 가르쳐 주어도 좋답니다.
"초등 교과서와 함께하는 **통합논술 시리즈**"는
아이 스스로 독서할 수 있도록 꾸며진 책이에요.
엄마와 선생님은 요령만 가르쳐 주시면 된답니다.

♣ 교과서의 중요한 내용이 총정리되어 있어요.

각 학년별로 중요한 교과 내용이 함께 수록되어 있어요.
초등학생은 교과서 내용을 충실하게 공부해야 합니다.
아울러 그와 병행한 독서가 대단히 중요하지요.
"초등 교과서와 함께하는 **통합논술 시리즈**"는
두가지 방법 모두 알려준답니다.

♣ 이 책은 훌륭하신 선생님들이 함께 쓰신 책이랍니다.

동화작가 선생님들이 쓰셨어요. 소설가 선생님도 쓰셨답니다.
국어 논술독서지도 선생님들도 함께 쓰셨지요.
"초등 교과서와 함께하는 **통합논술 시리즈**"는
엄마의 마음으로 모든 선생님들이 함께 꾸민 책이랍니다.

입소문을 통해 아는 분은 다 알고 계십니다!
올 한해 공인중개사 최고의 화제작!

1~2권 합본 | 이용훈 지음
3~4권 합본 | 이용훈 지음
5~6권 합본 | 이용훈 지음
용어해설 | 이용훈 지음

수험생 기본 필독서
만화 공인중개사

제목 : 만화공인중개사 쓰신 분에게 감사드립니다.

학원을 두 달 다녔어요. 근데 과연 그 숫자 외우기 그런 게 몇 문제나 나올까 생각을 했어요.
아니라는 생각이 드네요. 학원강의를 뒤로하고 서점을 갔어요. 내 머리에 가장 이해될 수 있는
책이 없나 하구요. 거기서 만화를 발견했어요. 무조건 세 번 봤어요. 3개월 걸렸어요. 문제집을 보라고
했는데 그건 시행을 못했어요. 근데 합격을 했네요.
어떻게 감사의 말을 해야 될지……
도서관에서 만화책 들고 다니니까 사람들이 비웃더라구요. 만화책으로 공인중개사를 공부한다고
미친 사람처럼 보더라구요. 근데 그거 다 감수하고 했던 내가 자랑스럽습니다.
어떻게 감사의 말을 해야 할지… 정말 감사합니다.
부디 행복하세요. 제 나이 41살에 좋은 스승을 만난 것 같습니다.
엎드려 감사드립니다.

—본사 홈페이지에 독자분이 올린 메일 中 에서 발췌—